KB038249

위대한 소원

II

위대한소원 2

초판 1쇄 인쇄 2019년 4월 16일
초판 1쇄 발행 2019년 4월 30일

지은이 하늘가리기
발행인 오영배
편집 편집부
디자인 Another
본문편집 오정인
제작 조하늬

펴낸곳 (주)삼양출판사 · 피오렛
주소 서울시 강북구 도봉로 173
대표 전화 02-980-2112 / **팩스** 02-983-0660
편집부 전화 02-987-9393 / **팩스** 02-980-2115
블로그 blog.naver.com/dan_gul
출판등록 1999년 3월 11일 제9-00046호

ISBN 979-11-283-9653-3 (04810) / 979-11-283-9651-9 (세트)

fioret 은 (주)삼양출판사의 로맨스 판타지 문학 브랜드입니다.

ROMANCE FANTASY NOVEL

하늘가리기
로맨스 판타지 장편 소설

위대한 소원

The Great Wish

II

Contents

§

§

1장

제국의 그림자

주변이 환했다. 벌써 아침인가?

눈을 뜨자마자 보이는 광경이 낯설었다. 당황해 벌떡 일어나려 했으나 움직여지지 않았다. 미묘한 위화감. 이 감각이 뭔지 안다.

—꿈이구나.

시에나는 안도의 숨을 내쉬었다.

지난번, 황제가 의식을 잃으며 꿈이 끝난 후 계속 마음에 걸렸다. 어디가 잘못된 건 아닐까, 다시 꿈에 들어오지 못하는 건 아닐까 초조했다.

한참을 허공만 응시하던 황제가 몸을 뒤척였다. 바로 시녀가 다가왔다.

"황상! 정신이 드십니까?"

누군가 다급히 물었다. 시녀의 부축을 받아 일어나 앉은 황제가 시선을 들었다. 시에나가 헛숨을 들이켰다.

──……어머니.

노부인이 된 패트리샤가 몹시 걱정스러워하는 안색으로 침대 곁에 바짝 다가와 있었다.

패트리샤는 여전히 아름다웠다. 세월의 흔적은 어쩔 수 없지만, 최소한 예순 살이 넘은 나이라고 생각하면 놀라울 정도였다.

"황망한 소식을 전해 듣고 얼마나 놀랐는지 모릅니다. 기분은 어떠십니까?"

"심려를 끼쳐드렸군요. 괜찮습니다."

패트리샤가 고개를 돌려 시녀들에게 언성을 높였다.

"너희는 무엇 하고 섰느냐? 당장 의관을 불러오지 않고. 그쯤은 말을 꺼내기 전에 알아서 해야지. 황상을 살뜰히 곁에서 모셔야 하는 것들이 매사가 이리 굼떠서야, 원!"

카랑카랑한 목소리가 귀에 거슬렸다.

"하아……."

황제의 작은 한숨 소리를 시에나만 들었다.

의관들이 들어왔다.

"어지럼증이 느껴지십니까?"

"아니다."

"두통이 있으시거나 가슴이 답답하지는 않으십니까?"

"괜찮다."

의관이 문답을 통해 황제의 상태를 파악하는 동안 시에나는 황제의 눈을 통해 어머니를 살폈다. 몹시 근심스러워하는 패트리샤의 표정에 꾸밈이 없었다. 딸을 걱정하는 어머니의 진심이 느껴졌다.

─어머니도 미래에 내 곁에 있어 주는 사람이군요.

포프 백작부인과 엠마처럼. 근래 패트리샤에게 실망했던 마음이 다소 누그러졌다.

"폐하께서는 무탈하신가?"

"예. 휴식을 취하시면 금방 기력을 되찾으실 것입니다."

의관과 시녀가 모두 나가고 침실에 모녀만 남았다.

"어머니도 그만 가 보세요."

황제의 목소리가 쌀쌀맞았다. 시녀들이 있을 때와 달랐다.

"걱정되어 달려온 어미에게 그렇게밖에 말씀 못 하십니까?"

"별일 아니었습니다."

"황상께 그런 무도한 짓을 했다는데 별일이 아니라니요."

황제가 훗, 낮게 웃었다.

"그새 어머니께 쪼르르 달려가 고했나 봅니다. 내 기사인지 어머니의 수족인지 모르겠군요."

"황상. 스투스 경은 틀림없는 황상의 충신이에요. 곁에 두는 사람을 믿으셔야 합니다. 신하를 덕으로 감싸 안으세요."

―스투스. 그자가 맞군.

시에나는 패트리샤가 보낸 서류에서 봤던 기사의 이름을 기억해 냈다. 그자를 호위로 삼지 않은 건 역시 잘한 결정이었다.

"어머니가 그자를 두둔하는 말을 참 자주 듣습니다."

"스투스 경이 그리 마땅치 않으시면 내치지 그러십니까."

황제가 잠시 패트리샤를 바라보더니 건조하게 말했다.

"적은 가까이 두라고 배웠으니까요. 그래서 어머니께 창건궁을 내드린 겁니다."

패트리샤의 아름다운 얼굴이 흉하게 일그러졌다. 동시에 조마조마한 심정으로 대화를 듣던 시에나는 놀란 숨을 들이켰다.

확실하게 선을 긋는 한마디였다.

―적…… 이라고?

어머니가? 잠시 부드럽게 풀어졌던 시에나의 심장이 차갑게 긴장했다.

"황상. 언제까지 어미의 진심을 곡해하시렵니까? 전부 황상을 위해서였어요. 이게 다 그 무뢰배들이 황상의 총안을 흐리기 때문입니다. 지엄한 황궁의 질서를 어지럽히고 있어요. 당장 그자들을 황성에서 쫓아내세요."

"……."

"황상. 진정한 충신이 누군지 아셔야 합니다. 공왕은 망령의 그림자를 좇을 뿐이에요."

"망령이라니요. 선황 폐하께 예를 갖추라고 분명히 말씀드렸습니다."

"선황? 선황이라고요?"

패트리샤의 목소리가 히스테릭하게 올라갔다.

"그자는 파렴치한 도둑이에요. 황상의 제위를 비열한 수법으로 갈취한 자란 말입니다!"

소리치는 패트리샤의 눈에 핏발이 섰다. 눈동자에 격렬한 증오가 가득했다.

시에나는 모녀의 대화에 등장하는 인물이 누군지 눈치챘다.

─디안 황자⋯⋯. 철왕.

"보세요! 어미를 이 지경으로 만든 자입니다. 잔악무도한 광인입니다!"

패트리샤가 벌떡 일어나 제 손으로 드레스 자락을 움켜잡아 들추었다.

─헉.

시에나가 놀란 비명을 삼켰다. 패트리샤의 한쪽 다리는 발목 아래가 없었다.

"⋯⋯쉬고 싶습니다. 나가세요."

황제는 고개를 돌려 패트리샤를 외면했다. 패트리샤가 길게 한숨을 쉬었다.

"알겠습니다. 늙은 어미가 무슨 힘이 있겠습니까. 황상께서 가라고 하시면 가야지요. 한 말씀만 더 드립니다. 내게 더는 욕심이 없습니다. 황상이 성혼하여 뒤를 이을 후계만 보시면 내일 죽어도 여한이 없어요. 언제까지 청왕궁을 비워 두실 건가요? 아직 늦지 않았습니다."

—뭐?

시에나는 놀라 소리쳤다. 어쩐지 이상하다고 생각했다. 쓰러져 누운 황제를 찾아온 사람이 어머니뿐이라서, 왜 다른 가족은 보이지 않을까 궁금했다.

—황제가 미혼이라니. 저 나이에? 대체 왜?

황제가 느닷없이 웃기 시작했다. 정신 나간 사람처럼 폭소를 터뜨렸다.

"황상!"

패트리샤가 당혹스러워하며 부르는데도 황제의 웃음소리는 그치지 않았다.

시에나는 할 수만 있다면 두 손으로 귀를 막고 싶었다. 억지로 쏟아 내는 자조적인 웃음이 듣기 거북했다.

패트리샤도 마찬가지였는지 복잡한 표정으로 황제를 바라보다가 침실을 나갔다. 혼자가 된 황제의 웃음이 잦아들었다.

"……내 어리석음을 누구 탓으로 미룰까. 흘러간 시간은 되돌릴 수 없는 것을."

황제가 한탄하며 중얼거렸다.

건조한 독백 속에 짙은 절망이 담겼다.

         *   *   *

'내 미래인데…… . 참 이상하단 말이야.'

시에나는 소파에 기대앉아 생각에 잠겼다.

'나이가 들면 사람이 달라진다고 쳐도.'

꿈속의 황제는 도무지 자신 같지가 않다. 말이나 행동이 너무 감정적이었다. 그래서 꿈을 꿀수록 괴리감을 느꼈다.

'장차 내게 무슨 일이 벌어지는 거지?'

사람은 쉽게 바뀌지 않으니까 계기가 될 만한 충격적인 사건을 경험했을 것이다.

'그래서 결혼도 안 했나?'

마흔 살이 넘은 황제가 미혼이라는 건 있을 수 없는 일이다. 황제는 결혼하여 후계를 남겨야 한다. 마땅히 이행해야 하는 의무였다.

시에나는 의무를 거부할 생각이 없었다. 더구나 그녀의 곁에는 부지런히 남자를 조달하는 극성스러운 어머니가 있었다. 아무리 늦어도 내년에는 약혼, 이삼 년 안에는 결혼할 거라고 막연히 생각했는데.

'아마도 결혼이 어그러지는 거겠지.'

그렇다면 결혼을 방해할 만큼 중대한 사건이 발생할 것이다.

'내용이 유쾌하지는 않아도 얻은 건 많은 꿈이었어.'

이번 꿈을 통해 패트리샤에 대한 경계심이 확실히 굳어졌다. 미래의 자신이 어머니에게 냉정히 거리를 두는 이유가 있을 터.

미래의 어머니는 창건궁에 머물고 있다. 창건궁은 후계자를 위한 궁이므로 원칙적으로는 패트리샤의 거처로 삼을 수 없다.

'어머니의 영향력이 막강하다는 뜻이겠지.'

원칙을 깨뜨릴 정도로.

수수께끼의 인물, 공왕에 대한 단서도 나왔다.

'철왕은 황제가 되긴 했어도 명분이 약했던 게 분명해.'

선황의 권위를 인정하지 않는, 패트리샤의 발언으로 짐작할 수 있었다.

'철왕의 즉위 후에 흔드는 세력이 있었을 거야.'

반대파 세력의 중심에는 틀림없이 패트리샤와 리먼 공작 가문이 있었을 것이다.

'공왕은 철왕의 신하였어. 철왕은 새로운 권력자를 내세워 자신에 대한 공격을 분산시켰겠지.'

이 방법은 양날의 칼이었다. 공왕이 배신할 경우 훨씬 더 치명적이다. 그만큼 디안이 신뢰했고 디안이 죽은 후에도 여전히 공왕의 위치를 지킬 역량이 되는 인물일 것이다.

'누굴까. 내가 아는 자일까?'

고심하는 그녀의 곁에 시녀가 다가와 고했다.

"전하. 길버트 경이 뵙기를 청합니다."

"들이라."

시에나는 길버트를 뒤따라 들어오는 사내를 유심히 보았다.

"전하. 말씀하신 자를 데려왔습니다."

"수고했소."

길버트가 자리를 트며 비켜섰다.

길버트의 뒤에 있던 사내가 걸어 나왔다.

"은왕 전하께 인사 올립니다. 서기관 레반 칼리입니다."

시에나는 레반을 보자마자 실망했다. 왜소한 체격의 남자였다. 꿈에서 봤던 거인처럼 큰 기사와 닮은 구석이 전혀 없었다.

"칼리 서기관. 역대 최고의 성적으로 국시에 합격한 자네의 이야기를 들었네."

"과찬이십니다."

"혹시 형제가 있나?"

"외아들입니다."

"가까운 친척 중에 혹시 기사가 있나? 칼리라는 성을 내가 들어 본 적이 있는 것 같군."

"찾는 사람이 있으시다면 저는 아닙니다. 제 집안이 변변치 않아서 관리가 되고자 제가 직접 붙인 성입니다."

"……그렇군."

역시 아닌 모양이다.

"제국인이 아니라지?"

레반은 자신이 왜 제국에 왔는지, 언제 왔는지, 부모는 어디 출신인지까지 구구절절 말했다.

"……몸을 쓰는 일이 서툴러 생계를 유지하고자 국시를 통해 관리가 되었습니다. 길어 봤자 몇 년 안으로는 제국을 떠날 생각입니다. 제국의 질서를 어지럽힐 의도는 없으니 심려하지 않으셔도 됩니다."

시에나는 레반을 물끄러미 보다가 말했다.

"내가 그런 걸 물었나?"

"은왕 전하께서 귀한 시간을 낭비하실까 봐 염려되어 준비했습니다. 소인이 주제넘었다면 송구합니다."

예전이라면 맹랑한 자라고 생각하며 넘어갔을 것이다. 그런데 눈앞의 남자를 통해서 전혀 닮지도, 어떤 접점도 없을 다른 남자가 겹쳐 보였다.

어쩐지 풍기는 느낌이 비슷했다. 예의는 지키되 과도한 굽실거림은 없었다. 제국의 황녀라는 이름 앞에 전혀 주눅 들지 않았다.

시에나의 입술이 살짝 휘어졌다.

"나처럼 불러서 이것저것 묻는 상급자가 많았겠지."

"……."

"질문을 받아 답하는 과정이 성가셨나 보군. 낭비할까 염려된 귀한 시간은 내 것이 아니라 자네 것 아닌가?"

고개를 숙인 레반의 어깨가 움찔했다.

"당치 않은 말씀이십니다. 감히 어찌……."

시에나는 불현듯 과감한 시도를 하고 싶어졌다. 귀족도 제국인도 아닌 자의 일머리는 완벽한 경력과 신분을 갖춘 자와 무엇이 다를까.

* * *

레반은 걸음을 멈추고 돌아섰다. 황궁으로 들어가는 거대한 출입문이 저 멀리 보였다.

'잘한 일인지 모르겠네. 어차피 내게 거부권은 없었겠지만.'

느닷없이 황녀에게 불려갔을 때만 해도 대수롭지 않게 생각했다. 국시를 치르고 관리가 된 이후 워낙 여기저기 많이 불려 다녔다. 황녀도 다른 사람처럼 호기심에 부른 줄 알았다. 그런데 난데없이 보좌관 직책을 제안할 줄이야.

한 번은 거절했다. 외국인 신분이며 관리로 오래 일하지 않을 거라고. 거짓 핑계가 아니었다. 개인적인 이유로 관리가 되었지만, 곧 그만두려고 했다.

황녀는 레반의 거절을 전혀 개의치 않아 했다.

「자네는 제국인이 아니니 기한이 있는 게 오히려 낫지. 일 년만 내 보좌관으로 일하게.」

두 번은 거절할 수 없었다.

그리고 황녀의 제안은 딱히 나쁘지 않았다. 말단 행정 사무관의 일은 지루하기 짝이 없었다.

'황궁을 드나들며 구경하는 재미는 있겠어.'

레반은 황녀가 진심으로 보좌관의 임무를 맡길 거라고 기대하지 않았다. 단순한 변덕이거나 흥미가 생겨 자신을 곁에 두고 지켜볼 생각일 것이다.

'어차피 높으신 분의 변덕은 오래 안 가. 두 달? 그 정도도 길어.'

경험상 왕족이나 귀족은 적당히 비위를 맞춰 주는 게 제일 나았다. 그자들의 이상한 오기를 자극하면 귀찮은 일이 생긴다. 레반은 자존심을 꺾는 일보다 귀찮은 게 더 싫었다.

* * *

정오가 막 지난 시각. 특색이 없는 두 대의 마차가 황궁을 빠져나왔다. 마차는 황궁의 외벽을 따라 달리다가 멈추어 섰다. 한 대의 마차 안에 시에나가 홀로 앉아 있었다.

'길버트 경에게 말은 해 두었지만, 막연하군.'

쿤은 황궁 앞으로 마중 나오겠다고 했다. 하지만 구체적인 시간도 장소도 정하지 않았다. 어떤 수단으로든 그가 연락할지 모른다고 생각했으나 끝내 아무 연락이 없었다.

'얼마나 기다려야 하는 거지?'

생각하자마자 마차가 다시 움직이기 시작했다.

시에나는 얼마간 고고한 자세로 앉아 있었다. 결국, 참지 못하고 커튼 사이로 차창 밖을 확인했다. 고만고만한 규모의 건물들이 스쳐 지나갔다. 대저택이나 상가 건물과 형태가 달랐다.

'서쪽 거리?'

마차는 꽤 달려갔다. 한참을 달린 후에야 멈춰 섰다. 잠시 후 바깥에서 문을 두드렸다. 잠시 간격을 두고 문이 열렸다. 당연히 호위 기사인 줄 알았는데 안으로 슬쩍 상체를 들이민 사람은 쿤이었다. 눈이 마주치자마자 그가 싱긋 웃었다. 시에나가 반응하지 않아도 전혀 개의치 않아 했다.

시에나는 마차에서 내리며 주변을 훑었다. 비슷한 구조의 2층 주택이 모여 있는 거리였다.

"이쪽으로."

쿤은 시에나와 호위 기사들을 마차가 정차한 길가의 주택으로 안내했다.

시에나가 주택으로 들어간 후, 주택의 주변에 스산한 기운이 감돌았다. 평범한 사람은 알아차리지 못할 은밀한 위험이었다.

시에나와 기사들을 태운 마차가 황궁을 빠져나올 때부터 따라붙은 자들이 있었다. 지난번, 시에나가 첫 외출을 나갈 때 미행했던 자들과 같은 조직원이었다.

그들은 암살 교육을 받은, 리먼 공작가의 비공식 비밀 병기였다. 그들은 철저하게 비밀로 감추어야 하는 임무를 수행했다. 중요하고 위험하며 반인륜적인 뒤처리를 담당했다.

지난번에 마틴과 우스가 잡은 셋 중 살아남은 하나는 조직 내에서 지위가 낮은지 알고 있는 중요한 정보가 거의 없었다.

쿤은 이번 황녀의 외출에도 틀림없이 그놈들이 붙을 거라고 판단했다. 역시 쿤의 예상대로 그들은 황녀를 미행해 주택 앞까지 왔다.

놈들은 리먼 공작 가문의 숨겨진 힘이자 절대 드러내지 못할 힘일 거라고, 쿤은 짐작했다. 아마 놈들의 존재는 극비이리라. 만약의 경우 공작가는 철저하게 꼬리를 자르고 시치미를 뗄 것이다. 그러니 뒤탈이 없이 리먼 가문에게 타격을 입힐 이런 기회를 놓칠 수 없었다.

그들은 자신들이 거미줄에 걸린 신세라는 것을 알지 못했다. 그들이 모르는 사이에 사방에서 포위망을 좁혀 들어갔다. 조용하고 비정한 전쟁이 벌어졌다.

정원이 없었다. 길로 난 문을 열고 들어가니 바로 주택 내부였다. 천장이 낮고 비좁았다.

'백성들은 이런 곳에 사는구나.'

쿤이 길버트에게 말했다.

"길버트 경은 다른 수행원들과 여기서 기다리시면 됩니다. 전하께서 기사들에게 마차를 지키게 한 일이 신경 쓰이셨던 모양입니다."

마치 이런 장소를 시에나의 지시로 준비한 것처럼 말했다.

시에나는 작게 코웃음 쳤다. 저 남자의 천연덕스레 말을 꾸며내는 재주만큼은 당할 자가 없을 거다.

"전하. 배려에 감사드립니다."

"감사드립니다."

길버트와 기사들이 시에나에게 고개 숙여 인사했다.

"그대들의 수고에 비할 바는 아니지."

시에나는 기꺼이 쿤의 수고를 가로챘다.

"전하의 안전에 조금의 빈틈도 없어야 할 것이네."

길버트가 당부했다. 그는 쿤을 호위 임무를 다투는 경쟁자로 경계하는 기색이 전혀 없었다. 쿤은 길버트가 황궁 기사치고는 보기 드문 타입이라고 생각했다.

'처세로 성공하기는 그른 사람이군.'

"이를 말씀입니까. 이 층으로 올라가면 차를 드실 수 있게 준비해 두었습니다. 전하. 전하께서는 저와 가시면 됩니다."

길버트와 기사들은 2층으로 올라갔다. 시에나는 쿤을 따라 1층 안쪽으로 들어갔다.

"여긴 네 집인가?"

"아닙니다. 새로 마련한 안가입니다."

"준비를 많이 했구나."

"알아주시니 다행입니다."

"하지만 미리 내게 말을 해 줬으면 좋았을 걸 그랬다. 비용 도⋯⋯."

쿤이 여는 문으로 들어가던 시에나가 멈칫했다. 방 안에 있던 여자 둘이 꾸벅 고개를 숙였다.

"시중을 들 이들입니다."

"시중이라니?"

"지금 차림으로 다니실 수 없으니까요. 저들이 준비를 도와드릴 겁니다."

"남장?"

"예. 하지만 지난번과는 다릅니다. 그때의 변장은 사실 너무 어설펐지요."

쿤이 두 여자에게 수신호를 보냈다. 간단한 손가락질 정도가 아니라 꽤 정교한 손놀림이었다.

"지금 내 앞에서 내가 모르는 비밀 대화를 나누는 건가?"

"아, 죄송합니다. 전하를 도와드리라고 했을 뿐입니다. 저들이 듣지도 말하지도 못해서요."

시에나는 놀란 눈으로 여자들을 보았다.

"그러니까 비밀 유지는 염려하지 않으셔도 됩니다."

쿤이 조심스럽게 덧붙여 말했다.

"언짢으십니까? 저들의 장애는 전염되지 않습니다."

귀족 중에 장애를 가진 자가 가까이 있는 것조차 끔찍해 하는 이들이 더러 있었다.

"……그 정도로 편협하지 않다. 좀 놀랐을 뿐이지. 겉보기에는 보통 사람과 다르지 않구나."

쿤이 빙긋 웃었다.

"저도 준비가 필요해서 나가 보겠습니다."

"잠깐."

"예?"

"생각난 김에 말해야겠다. 지난번에 지출한 비용, 그리고 오늘 준비 비용은 청구해라."

"아……. 비용."

쿤이 팔짱을 끼고 잠시 생각에 잠겼다가 시에나를 바라보며 고개를 살짝 기울였다.

"비용 지급보다는 상을 내려 주시는 게 더 좋은데요."

"상? 원하는 게 재물은 아닐 테고. 작위?"

쿤이 웃음을 터뜨렸다.

"아이에게 사탕 쥐어 주는 것도 아니고. 작위를 그렇게 막 줘도 되는 겁니까?"

"막 주다니. 너야말로 작위의 위엄을 우습게 보고 있다."

"그럼 고작 이런 일에 작위를 준다고 하시면 안 되지요."

"바라는 걸 말해."

"전하의 다정한 입맞춤 정도면 더 바랄 게 없습니다만."

시에나는 자기도 모르게 두 여자의 표정을 살폈다. 쿤이 키득거렸다.

"듣지 못한다니까요."

시에나는 터무니없는 농담을 던지는 사내를 노려보았다. 이런 수작에 당황하지 않겠다. 저 빙글거리는 표정이 굳어지게 받아치겠다.

"좋아."

시에나가 두 손을 허리에 얹고 살짝 턱을 치켜들며 도도하게 말했다.

"오늘 암행이 만족스러우면 바라는 상을 주지."

그의 표정이 굳었다. 하지만 그를 당혹스럽게 하려던 시에나의 기대와는 반응이 달랐다. 그는 마치 기다렸다는 듯 눈이 가늘어지면서 입술 끝이 올라갔다.

"약속하셨습니다."

시에나의 마음이 바뀔까 봐 두려운 것처럼 그는 뒤도 돌아보지 않고 방을 나갔다.

시에나는 그에게 휘말린 것 같다는 기이한 기분을 곱씹었다.

두 여자가 시에나의 변장을 도왔다. 의사소통이 안 되어 어쩌나 했는데 괜한 걱정이었다. 여자들은 몹시 능숙했다. 시녀들의 손길보다 야무졌다.

시에나의 머리를 위로 올려 묶고 망으로 덮은 후 가발을 씌웠다. 드레스를 벗기고 두꺼운 가죽으로 가슴과 허리를 감쌌다. 그 위에 바지와 셔츠를 입혔다.

로브나 망토로 얼굴을 가리는 대신 얼굴에 얇은 막을 씌웠다. 기이한 도구를 들고 시에나의 얼굴에 한참 작업했다. 화장하듯 붓질을 했다가 뭔가를 붙이기도 했다.

모든 게 끝나고 여자들이 대형 거울을 끌고 왔다. 거울에 비치는 모습을 보는 시에나의 입이 벌어졌다. 거울 속에 낯선 사람이 입을 벌린 채 서 있었다. 갈색 머리카락이 어깨를 덮은 그슬린 피부의 청년이었다.

눈썹이 훨씬 짙고 두터우며 턱에는 짧은 수염이 촘촘했다. 원래 그녀의 것이라고 알아볼 수 있는 건 금색의 눈동자뿐이었다.

노크 소리가 들리고 쿤이 안으로 들어왔다. 그는 시에나를 보자마자 휘파람을 불었다.

"수염은 좀……. 실제로 보니까 충격인데요."

쿤의 외모도 바뀌었다. 다듬지 않은 구레나룻과 수염을 붙여 거칠어 보였다. 시에나가 알고 있는 모습과 전혀 인상이 다른 남자가 되었다.

쿤이 여자들에게 수신호를 보냈다. 고개를 끄덕이고 방을 나간 여자가 찻쟁반을 들고 나타났다. 그는 찻잔을 들어 시에나에게 건넸다.

"목소리를 바꾸는 약초즙입니다. 목소리가 탁하고 낮아지는데 서너 시간 정도 지나면 서서히 원래 상태로 회복됩니다."

시에나는 한입 맛보고 인상을 썼다. 떫은 풋내가 나는 즙을 억지로 모두 마셨다.

"효과가 나타나려면 얼……."

시에나는 놀라 입을 다물었다. 목소리가 탁하게 긁히는 저음으로 변했다.

"목소리가……. 아. 아."

신기했다.

"이 약초."

"예."

"응?"

"환궁할 때 드리겠습니다."

시에나가 빤히 쳐다보자 쿤이 웃으며 말했다.

"호기심이 많으시다는 건 지난번에 알았습니다."

"귀한 것 아닌가?"

흔히 구할 수 없는 약초라거나, 사람들이 알아내지 못한 효능일 수도 있었다.

"귀한 거니까 전하께 드리는 겁니다."

시에나는 싱거운 농담을 들은 것처럼 픽 웃었다.

"준비가 다 된 거면 가자."

돌아서는 그녀가 살짝 입술을 깨물었다. 그럴 리가 없는데도 갑자기 뛰는 심장 소리를 들킬 것 같았다.

시에나의 환심을 사려고 고개를 조아려 귀물을 바치는 자들을 줄 세우면 끝이 없었다. 입에 발린 소리를 듣고 감흥을 느낀 적이 없었는데. 듣기 좋은 말이란 게 이런 거구나. 군주는 귀에 단 소리를 경계해야 한다는 격언이 무슨 뜻인지 이제 알겠다.

거리에는 사람이 많았다. 머리에 짐을 이고 걷는 여자, 진지한 대화를 나누며 서두르는 중년 남자들, 양손에 꾸러미를 들고 바삐 걸어가는 노인 등.

시에나는 그들을 지나쳐 갔다. 아무도 시에나를 흘끔거리지 않았다. 길을 비키지도 않았다. 그녀는 진짜 군중 속을 걷는 느낌을 비로소 경험했다.

"어디로 가는 거지?"

"주점에. 미리 자리를 잡아 둬야 해. 이따가 사람이 많아지면 금세 자리가 없거든."

이제는 양해를 구하지도 않고 말을 놓았다.

"가고 싶은 곳이 있다면 안내하지. 에드."

익숙해지는 걸까. 시에나는 그의 뻔뻔함이 더는 놀랍지도 불쾌하지도 않았다.

"전당포."

자신의 입에서 나오는 목소리가 낯설어 그녀는 잠시 말을 끊었다.

"백성들이 그곳을 자주 이용한다고 들었지."

시에나는 손을 들어 반지를 보였다.

"이걸 맡겨 보려고."

패트리샤가 엠마에게 주었고, 엠마가 시에나에게 맡긴 그 반지였다.

"그만한 물건이면 작은 가게는 감당 못 해. 주점 먼저 들렀다가 동쪽 거리로 가야겠다."

"잠깐 보기만 해서 알아? 이 물건의 가치가 어느 정도인지."

"대충은."

"얼마인데?"

"금화 세 개 정도."

에비타가 말한 금액과 정확히 일치했다. 시에나는 반지를 유심히 보았다. 어디에 가격표라도 붙어 있나 싶었다.

"보통 그런 걸 알고 있나?"

"보통은 모르지."

"그럼 너는?"

"난 보통이 아니니까."

웃지도 않고 자신을 스스로 높여 말하는 그의 태도가 어이없었다.

"겸손을 모르는군."

"겸손은 적당히 잘난 사람의 처세술이야."

쿤의 끝없는 잘난 척에 시에나는 웃음이 나왔다. 이상하게도 그의 허세가 가소로워 보이지 않았다.

"이 시간에 다니는 사람이 많구나."

점심때가 지난 이른 오후였다. 황궁이라면 모두 일손을 놓고 쉬며 귀족들은 대개 차를 마시거나 낮잠을 잤다.

"가장 바쁠 시간이지."

"지금이?"

"한가롭게 차를 마시거나 낮잠을 잤다가는 다 굶어 죽을걸."

"……."

시에나는 한낮의 휴식 시간이 일부의 사람들만 누리는 특권이라고 생각해 본 적이 없었다.

쿤은 생각에 잠긴 그녀를 흘끔 보고 미소 지었다. 귀족과 평민의 차별된 삶의 모습을 지나가듯 말하면 대부분 귀족은 한 귀로 흘려들었다.

아주 드물게 진지하게 새겨듣는 자들이 있었다. 그런 자들은 예외 없이 백성의 존경을 받는 위정자들이었다.

쿤이 걸음을 멈추더니 어딘가를 향해 손짓했다. 곧 소년이 쪼르르 달려왔다.

"붉은 지붕. 테이블 하나 예약."

쿤이 열 조각짜리 은화 세 개를 소년에게 건넸다. 소년이 꾸벅 고개를 숙인 후 몸을 돌려 달려갔다.

"주점에는 안 들러도 될 것 같으니 전당포로 가지."

"저 아이는 누구?"

"잔심부름으로 돈을 벌어."

"주점에서 고용한 건가?"

"주점과 상관없어. 말 그대로 간단한 일을 하는 심부름꾼이야."

"심부름꾼인지는 어떻게 알지?"

"보면 알아."

"그것도 보통이 아니니까 아는 건가?"

쿤이 낮게 웃었다.

"아니. 제국뿐 아니라 대륙 어디를 가도 어지간한 규모의 도시에는 다 저런 아이가 있어. 차이점이 있다면 다른 곳은 주로 저런 아이들이 소매치기 짓을 하지. 제국은 치안이 엄해서 좀도둑이 없는 편이야."

시에나는 자부심으로 어깨가 으쓱했다.

"전에 일을 맡긴 적이 있나?"

"오늘 처음 봐."

"그럼 뭘 믿고? 돈만 받고 심부름은 안 할 수도 있잖아."

"나름의 질서가 있어. 아이들끼리 정한 구역도 있고. 돈만 도둑질했다가 들키면 다시는 일을 못 해. 약간의 발품만 팔면 되는데 은화 몇 개에 일자리를 잃는 위험한 짓은 안 하지."

시에나의 입술 끝이 슬며시 올라갔다.

지난 사흘, 기대하는 한편으로 괜한 약속을 잡았나, 후회하는 마음도 있었다. 그런 약간의 찜찜함을 털어냈다. 기사들과 수십 번의 암행을 나와도 절대 알 수 없을 정보를 잠깐 사이에 얻었다. 나오기를 잘한 것 같다.

*   *   *

상당한 규모의 건물 한 채 전부가 전당포였다.

"내가 생각한 것보다 화려해."

"동네 장사하는 작은 곳도 있긴 해. 하지만 그런 데는 값비싼 물건을 취급 못 해. 감정가를 속이기도 하지."

"속임수를 쓴다고? 그런 곳을 왜 이용하지?"

"잡동사니도 받아주니까. 이곳은 확실하게 돈이 될 만한 물건이 아니면 취급하지 않아."

"일반적인 곳은 아니군. 내가 기대한 건 좀 더……."

"규모가 작은?"

시에나는 고개를 끄덕였다.

"다음에 데려가 줄게."

시에나는 문을 열고 들어가는 그의 얼굴을 쳐다보았다. 그가 이상한 말을 한 것도, 말실수한 것도 아닌데 듣는 그녀의 기분이 이상했다.

내부는 넓고 깔끔했다. 유리로 짠 진열대에 가격표가 붙은 물건들이 정갈하게 놓여 있었다. 선객들이 몇 있었다. 그들을 상대하는 직원들이 분주했다.

시에나가 전당포 안을 둘러보는 동안 나이가 지긋한 남자가 두 사람에게 다가왔다.

쿤이 방문 목적을 묻는 중년인에게 말했다.

"감정이 필요한 물건을 맡길 생각이오."

"이쪽으로 오십시오."

중년인은 두 사람을 마주 앉는 테이블이 있는 작은 방으로 데려갔다.

시에나는 손가락에 낀 반지를 테이블에 올렸다. 중년인이 벨벳 천으로 반지를 들고 작은 돋보기로 이리저리 살폈다.

"감정가는 금화 세 개입니다. 원래 감정가의 육 할까지 환전해 드리지만, 환금성이 확실한 물건이라 칠 할까지 드릴 수 있습니다."

"기간은 언제까지인가?"

"최단 석 달에서 최장 일 년입니다. 기간에 따라 이자율이 다릅니다. 물건의 보관은 이 년이며 그 후 경매로 넘어갑니다."

시에나는 꼼꼼하게 이것저것 질문했다. 중년인은 귀찮아하는 기색 없이 전부 답해 주었다.

"반지를 맡기겠소."

그녀가 중년인과 긴 대화를 나누며 거래하는 동안 쿤은 말없이 옆에서 자리만 지켰다.

"어음은 어떻게 해 드릴까요?"

질문의 뜻을 알 수 없었다. 시에나가 아무 말이 없자 중년인이 자세한 설명을 덧붙였다.

"총액으로 발행하거나 소액으로 여럿 나눠 발행할 수도 있습니다."

"총액으로 주게."

"발행처는 지정하시겠습니까? 저희가 취급하지 않는 곳은 거의 없습니다."

이번에도 말문이 막혔다. 중년인은 참 친절했다. 알아서 설명해 주었다.

"상회마다 어음을 발행합니다. 가장 신뢰도가 높은 어음은 라드 상회에서 발행한 것입니다."

"그걸로 하지."

중년인이 작은 종을 흔들었다. 젊은 남자가 안으로 들어왔다.

"이분께 어음을 드리게."

"예."

남자는 중년인이 건네는 거래 명세를 받으며 '따라오십시오.'라고 말했다.

시에나가 남자를 따라 나가는 뒤로 느긋하게 쿤이 일어났다. 쿤과 시선을 교환한 중년인이 살짝 고개를 숙였다. 쿤이 한발 앞서 나간 시에나가 들을 수 없게 작은 소리로 말했다.

"나는 오늘 여기 다녀간 적 없는 거다."

"예. 쿤."

시에나는 처음 실물을 보는 어음을 관찰했다. 금화를 기준으로 금액이 적혀 있고, 아래에 특이한 모양의 인장이 찍혔다.

'라드 상회에서 발행한 거라고 했으니 이게 상회의 표식인가?'

시에나가 어음에 정신이 팔린 사이에 쿤이 직원이 주는 물품보관증을 대신 받았다. 그녀는 자신이 특별한 대우를 받으며 거래한 사실을 알지 못했다.

전당포는 대개 급하게 돈이 필요한 자가 찾는 곳이다. 아쉬운 처지에 있는 쪽이 방문자이므로 전당포는 고압적인 태도로 장사했다.

모르는 것을 하나하나 모두 설명해 주는 친절한 전당포는 없다. 오히려 아무것도 모르는 얼뜨기이니 뒤집어씌워도 모른다고 고백하는 거나 마찬가지였다.

시에나와 쿤이 나가는 뒤에 대고 중년인이 정중히 고개를 숙였다. 직원들은 그 모습을 보고 생각했다.

'별일이군. 점장님이 손님맞이를 다 하시고.'

'며칠 전에 방문한 백작부인도 직접 상대는 안 하셨지.'

'겉보기에는 대단한 사람들 같지 않았는데. 누굴까.'

'얼마나 대단한 귀빈이기에.'

호기심을 드러내지는 못하고 다들 속으로만 생각했다.

*   *   *

"장터로 갈까? 만물장이 막바지라 볼만한 게 많을 거야."

"장터 구경은 지난번으로 충분해. 오늘은 가야 할 곳이 있으니까."

수도의 빈민들이 사는 뒷골목. 시에나는 그곳에 가는 것을 기대하고 출궁했다. 그런데 정작 데려가 주겠다고 꾄 장본인의 태도가 이상했다.

"뭐해? 앞장서지 않고."

"음......"

"내게 한 말이 거짓이었나?"

시에나의 금색 눈동자가 선명하게 짙어졌다. 쿤이 재빠르게 고개를 저었다.

"위험해서 그래."

"고작 그게 핑계인가?"

"핑계가 아니라. 수도의 완벽한 치안 범위에서 제외된 곳이야. 그냥 그런 곳이 있구나, 아는 정도로는 안 될까?"

"나는 내 눈으로 봐야겠다."

쿤은 고집스러운 그녀의 반응을 예상했다. 그래도 혹시 해서 물어봤다.

'밤이면 모를까. 낮이니까 괜찮겠지.'

뒷골목의 진짜 모습은 밤이 되어야 드러난다. 하지만 그런 사실을 알려 주면 황녀는 분명 밤에 가자고 할 것 같았다.

'절대 말하지 말아야지.'

"돌발 행동은 하지 말고 내 곁에서 떨어지지 마."

시에나는 쿤의 당부에 대답 없이 쳐다보기만 했다. 쿤은 자신의 말투가 그녀의 심기를 건드렸나, 생각했다.

"명령하는 게 아니라……."

"그렇게 위험해?"

"아무래도……."

"너와 같이 가는데도?"

시에나는 예전에 그가 황궁 기사단장 정도는 시시한 상대인 듯 말한 것을 기억했다. 그의 실력을 제대로 본 적이 없는데도 그가 만용을 부렸다고 생각되지 않았다.

그는 순간 당황하는 것 같았다. 하지만 곧 기쁜 듯이 웃었다.

"손가락 하나 다치지 않고 사막도 횡단하게 해 줄 수 있어."

"큰소리치는 것도 적당히 해."

쿤이 소리 내어 웃으면서 몸을 돌렸다. 허풍쟁이 취급을 받는데도 웃음만 나왔다.

'중증이네.'

그녀는 아무 생각 없이 던진 말일 텐데 자꾸 의미를 부여하고 싶었다.

두 사람은 다시 서쪽 거리로 이동했다.

"제국 수도의 역사는 나보다 잘 알겠지."

"당연하다."

제국의 수도는 계획도시였다. 그래서 황궁을 중심으로 신분에 따른 거주 구역이 다르고 주거지와 상업구역도 뚜렷하게 나누어졌다.

"듣기로는 이 지역에 제국의 수도가 되기 전 터 잡아 살던 자들이 있었다더군."

"그랬겠지. 태조 폐하께서 이곳을 나라의 중심으로 삼아 건국하시기 전까지는 제국이 아니었으니까."

"지금 우리가 가는 곳은 옛날의 흔적이야."

서쪽 거리는 평민들의 거주 지역이다. 길을 따라 비슷한 규모의 주택이 나란히 붙어 있었다.

쿤이 큰길을 걷다가 집과 집 사이의 골목으로 들어갔다. 시에나는 주변의 경관이 조금씩 바뀌는 것을 느꼈다. 대로변의 주택은 그나마 규모 있는 편이라는 사실을 알았다.

안쪽으로 들어갈수록 집 한 채의 크기가 작고 낡았다. 군데군데 팬 벽이 눈에 띄었다. 골목은 갈수록 좁아졌다. 한두 명씩 지나가던 사람도 어느새 보이지 않았다. 주변이 조용했다. 한적한 고요함과 달랐다.

꼬불꼬불 이어지는 좁은 길을 따라 꽤 오래 들어갔다. 골목의 끝에 다다라 모퉁이를 돌았을 때 시에나는 멈추어 섰다. 전혀 다른 풍경이 눈앞에 펼쳐졌다. 누런 흙벽에 얼기설기 지붕을 덮은 움막들이 다닥다닥 붙어 끝이 보이지 않았다.

'저게 뭐지?'

시에나는 곧 쓰러질 것처럼 허름한 저것이 사람이 사는 집이라는 게 믿기지 않았다. 제국의 건축 양식과 전혀 다른 형태였다. 건축이라고 이름 붙이기도 과분한 원시적인 구조다.

'옛날의 흔적……'

아까 그가 한 말의 뜻을 어렴풋이 이해했다. 제국의 건국 이전, 이 땅에 모여 살았던 원주민들의 터전이 아직 남아 있는 것 같았다.

'왜 아무도 내게 이곳에 관해 말하지 않았을까.'

쿤은 천천히 빈민굴을 둘러보는 시에나의 곁에 말없이 서 있었다. 재촉하지 않고 설명도 하지 않았다.

"더 들어가 보고 싶어."

쿤이 길을 잡아 앞서서 걸었다.

"너무 걸음이 빨라."

"여기서는 천천히 걸으면 안 돼."

그의 걸음에 보조를 맞추려니 느긋이 살펴볼 수 없었다. 시에나는 눈동자를 굴리며 주변을 훑었다. 허름한 차림의 거주자들과 드문드문 마주쳤다. 꾀죄죄한 몰골, 비쩍 마른 얼굴에는 생기가 없었다.

그들은 서쪽 거리의 행인들과 달랐다. 노골적으로 시에나를 홀끔거렸다. 그들의 눈빛에 날 선 경계심이 번뜩였다. 길들지 않은 짐승의 사나움과 비슷했다.

시에나가 지금까지 단 한 번도 받아 본 적 없는 적대감이었다. 불쾌함을 느끼는 만큼 긴장했다.

'빈틈이 보이면 공격할 것 같아.'

쿤이 말한 '위험하다'의 의미가 무엇인지 알 것 같았다.

"우리를 환영하지 않는 것 같은데."

쿤이 흘리는 작은 웃음소리가 들렸다.

"왜 웃지?"

"무엄한 눈초리라고 하지 않는 게 예상 밖이라서. 환영하지 않는다니. 재밌는 표현이야."

그는 시에나가 여러 번 '무엄하다'라고 호통친 것을 빗대어 말하고 있었다. 빈정댄다고 할 정도까지는 아니어도 상당히 무례했다. 비꼬는 건 사교계의 전형적인 화법이 맞다. 하지만 누구도 황녀 시에나에게 그딴 식으로 말하지 못했다.

"······넌 예절 교육을 다시 받아야 해. 말버릇부터."

그와 툭툭 말을 주고받는 사이에 시에나의 긴장이 풀어졌다. 빈민굴의 안으로 깊이 들어가는 줄 알았던 쿤이 어느새 길을 틀어 바깥의 경계로 나왔다.

"아마 우리를 길을 잘못 든 사람이라고 생각할 거야. 다시 들어가면 시비를 붙이는 자가 나타날 가능성이 커."

"위험해?"

"위험하지."

"그래도 내가 들어가겠다면?"

"그럼 가야지."

그의 대답은 쉬웠다.

"위험하다며."

"내가 없으면."

시에나는 한낮에도 그림자가 진 빈민굴의 안쪽을 바라보다가 한숨을 쉬었다.

"그만 되었다. 흥미 위주로 구경할 곳이 아니라는 건 알겠어."

두 사람은 빈민굴을 등지고 귀환하는 방향으로 걸었다.

"왜 내게 저곳의 존재를 숨겼는지 모르겠다."

"숨긴 게 아니라 모른 척한 거겠지."

"모른 척하다니, 왜? 저들도 엄연히 제국의 백성인데."

쿤은 순간적으로 시에나의 표정을 살폈다. 그녀의 눈빛은 진지했고 어디에도 위선은 없었다.

'백성이라…….'

벌레 같은 무지렁이들, 잠재적 범죄자들. 뒷골목의 거주자를 바라보는 시선은 대개가 그러했다.

제국의 제왕학이 우수한 걸까, 아니면 정말 신족은 남다른 걸까. 디안과 황녀. 두 오누이는 극단적으로 다르지만, 우수한 군주의 자질이 있다는 점만큼은 닮았다.

유감이다. 디안이 황제가 되려면 황녀의 자질은 자질로만 남아야 할 테니까.

"대륙의 어느 나라를 가든 저것과 비슷한 곳이 존재해. 다만, 제국이 규모가 훨씬 클 뿐이지. 그리고 앞으로 더 커지면 커졌지 줄지 않을 거야."

"어째서?"

"빛이 강할수록 어둠도 짙어지는 법. 그리고 그 어둠이 모여 있어야 관리하기 쉬워. 다들 알면서도 내버려 두는 이유야."

"……."

서쪽 거리의 번화가로 나올 때까지 두 사람은 말이 없었다. 정확히는 생각에 잠긴 시에나를 쿤이 방해하지 않았다.

*　　*　　*

주점의 너와 지붕은 붉은색이었다. 주점에 이미 사람이 많았다. 양손 가득 요리 접시를 들고 가던 중년인이 쿤과 시에나를 보며 말했다.

"빈자리 없소."

"아까 심부름꾼으로 테이블 하나 예약했는데."

"잭! 예약 테이블 받아라."

남자의 부름을 받은 청년이 날랜 걸음으로 다가왔다.

"따라오슈."

두 사람을 데려간 테이블은 이미 선점한 자들이 있었다. 술잔을 주거니 받거니 한창 흥이 올라 있는 세 남자에게 청년은 가차 없이 말했다.

"자리 주인 왔으니 비켜 주소."

"엉?"

"아직 반도 못 먹었는데, 젠장."

남자들은 구시렁거리면서도 순순히 일어났다. 그들은 덜 먹은 술과 안주 접시를 챙겼다.

먹은 흔적이 남은 테이블에 앉으며 시에나는 미간을 찡그렸다. 이미 자리 잡은 이들을 쫓아내고 차지한 기분이 찜찜했다.

"주문은요?"

"맥주와…… 오늘 정식은 뭐지?"

"새끼 양고기요. 고기 좋소."

"그걸로 둘. 이야기꾼이 있나?"

"오늘은 아직 못 봤는데요."

"오면 이리로 보내 줘. 뜨내기는 말고. 다리값은 내지."

"알았소."

청년은 테이블을 대충 물수건으로 닦고 갔다.

"원래 있던 자들을 쫓아내는 게 예약이야?"

"빈 테이블을 놀리기는 아까우니까. 예약한 사람이 오지 않을 수도 있고. 그래서 예약하려면 선금을 걸어야 하지."

시에나는 아까 쿤이 소년에게 은화를 주었던 것을 떠올렸다.

"예약된 테이블에 앉으면 저렴한 가격으로 먹을 수 있어. 대신 예약자가 오면 바로 비켜 줘야 해."

"받아 둔 선금만큼 저렴하게 해 주는 건가?"

"선금 일부만. 그리고 예약자는 음식값이 더 비싸."

이리저리 계산해 보던 시에나가 인상을 썼다.

"선금은 일부만 쓰고. 예약자는 더 비싸게 받고. 주점 주인은 약간의 손해도 보지 않겠다는 심보잖아."

"그게 장사꾼이니까."

시에나는 주점 내부를 둘러보았다. 천장은 낮고 나무 기둥은 얼룩덜룩 지저분했다. 직접 보지 않았으면 평생 몰랐을 것이다. 일반 백성들과 귀족의 삶이 이렇게 다르다는 것을.

테이블마다 웃고 떠드는 소리가 와자하게 시끄러웠다. 직원이 테이블에 맥주잔을 쿵쿵 내려놓을 때마다 맥주가 흘러넘쳤다.

"주인장! 맥주 추가!"

"요리 시킨 건 왜 안 나와!"

여기저기서 악쓰는 소리가 뒤섞여 난리였다.

'이상해.'

시에나는 무질서한 소음의 한가운데에 앉아 있었다. 전혀 다른 세상에 뚝 떨어진 것 같다.

요 몇 개월 동안 너무 많은 일이 일어났다. 덕분에 그녀의 세상이 비약적으로 넓어졌다. 그만큼 혼란스럽기도 했다. 이 혼란의 끝이 어디로 이어질까.

이 시기가 자신의 인생에 분기점이 될지도 모른다는 생각이 들었다. 그런데 그게 좋은 결과를 가져올지는 아직 모르겠다.

시에나는 자신을 뚫어지게 바라보는 쿤과 눈이 마주쳤다. 이 남자도 그녀를 혼란스럽게 하는 원인 중 하나였다. 자신을 꾈 것처럼 수작을 부리다가도 일정한 간격을 유지한 채 깍듯했다.

무심코 고개를 돌렸다가 눈이 마주친 게 한두 번이 아니었다. 흠

처보고 있던 주제에 시선도 피하지 않았다. 눈빛에서 음심도 탐욕도 느껴지지 않아서일까. 불쾌하지는 않지만, 무슨 생각을 하는지 궁금했다.

"여기가 제후국의 사신들이 자주 들르는 주점인가?"

"정확히는 그들의 수행인들. 귀하신 분들은 이런 데 안 와."

"재밌는 이야기를 들을 수 있대서 좀 다르게 생각했는데⋯⋯."

참가자들이 삼삼오오 모여 자유롭게 떠드는 사교 모임 비슷한 느낌을 상상했다. 그런데 테이블마다 각각 일행들끼리만 웃고 떠들 뿐 서로 교류하는 분위기가 전혀 아니었다.

"그래서 이야기꾼이 필요하지."

"이야기꾼?"

"이런저런 이야기를 얻어듣고 전달해 주는 말재간 있는 자들이야."

"정보 상인 같은?"

"그렇게 전문적인 건 아니고. 푼돈을 받거나 술을 얻어먹는 대신 이야기를 풀거든. 나타나는 시각이 일정하지 않아서 어쩌면 오늘 보지 못할 수도 있어."

미리 이야기꾼에게 돈을 쥐어 주고 대기하게 할 수 있었다. 하지만 쿤은 그러지 않았다. 오늘 원하는 것을 모두 얻으면 황녀는 더는 암행의 필요성을 느끼지 못할지도 모른다.

아쉬워야 또 출궁할 테고, 그래야 그녀의 시간을 공유할 기회가 생길 테니까.

주문한 맥주와 요리가 나왔다. 시에나는 처음 맛본 맥주가 그다지 입에 맞지 않았다.

'텁텁하고 써.'

한 모금만 마신 맥주잔을 내려놓았다. 새끼 양고기 요리는 먹을 만했다.

"안 마셔?"

쿤이 시에나가 버려 둔 맥주잔을 가리키며 물었다.

시에나는 고개를 끄덕였다. 그가 덥석 잔을 들고 가자 그녀의 눈이 커졌다.

"그건……."

"왜?"

이미 벌컥벌컥 들이켠 후에 물으니 시에나는 뭐라 할 말이 없었다.

'먹던 건데.'

시에나의 상식으로는 타인이 먹던 음식에 손을 대는 건 있을 수 없는 일이었다. 부모와 자식 간에도 한 접시의 음식은 나누지 않았다.

하지만 평민들 사이에서는 흔한 일인지도 모른다. 실제로 주변 테이블에서 요리 접시 하나를 두세 명이 나눠 먹고 있었다.

평민의 문화에 대해 생각하던 시에나는 주점 안이 점점 더 북적인다고 느꼈다.

'아까보다 사람이 더 늘었군.'

자리를 잡지 못해 서서 술을 마시는 자들도 보였다.

'어?'

그녀가 앉은 테이블에서 대각선으로 안쪽. 작은 테이블을 혼자 차지한 사내가 있었다. 남다르게 거구인 사내의 체구가 꿈에 나온 쌍둥이 기사를 닮았다.

시에나는 좀 더 잘 보기 위해 눈을 가늘게 좁혔다. 주점 안이 어두워 얼굴이 잘 안 보였다.

"에드."

시에나가 시선을 돌렸다.

"맥주가 별로면 다른 음료를 주문할까? 주점이라 술 종류밖에 없겠지만. 과일주 정도는 있을 거야."

"아니. 술은 됐어."

다시 거구의 사내가 있는 방향으로 눈을 돌렸더니 그새 사라졌다. 당황한 시에나가 빠르게 주점 안을 이리저리 살펴보았다. 없다. 가까이 가서 얼굴을 확인할 것을 그랬나 보다.

"누굴 찾아?"

"……아는 기사를 본 것 같아서. 내가 착각했나 봐."

우스 칼리. 쌍둥이 중 한 명의 이름만 안다. 그 이름을 가진 기사를 찾아보려 했으나 황궁과 수도의 기사 명부에는 없었다. 영지에 소속된 기사 명부를 모두 가져오라 했으니 조만간 손에 들어올 것이다. 거기서는 찾기를 기대하고 있다.

시에나가 만나고 싶은 사람은 우스가 아니라 이름을 모르는 쪽이었다. 무식하게 날뛰던 우스 칼리는 대화가 통할 상대 같지 않다. 우스 칼리를 찾으면 다른 쌍둥이를 만날 수 있겠지.

그녀는 알 수 없었다. 그녀가 만나고자 하는 바로 그 사람, 마틴이 주점의 출입문에 기대어 안도의 숨을 내쉬고 있다는 사실을.

이야기꾼은 끝내 만나지 못했다. 주로 늦은 시각에 출몰한다고 해서 시에나는 미련을 버리고 일어났다. 해지기 직전의 서쪽 거리는 행인의 수가 아까보다 훨씬 많았다.

'벌써 시간이 이렇게 됐나.'

몇 군데 왔다 갔다 했을 뿐인데 하루의 반이 훌쩍 지나갔다.

시에나는 기억하는 어린 시절부터 정해진 일정에 따라 생활했다. 어제가 오늘 같고 오늘은 내일 같았다. 규칙적이고 반복된 일상이었다.

그녀에게 시간은 항상 공평했다. 느리다거나 빠르다거나, 그런 관념이 끼어들 여지가 없었다.

'왜 쿤과 있으면 시간이 금방 가는 것 같지?'

안가로 돌아왔을 때 길버트가 1층에서 초조하게 서성거리다가 막 들어오는 두 사람과 마주쳤다. 길버트는 변장한 두 사람을 알아보지 못했다. 그의 손이 본능적으로 허리춤의 검으로 움직였다.

쿤이 길버트가 실수하기 전에 재빨리 선수를 쳤다.

"기다리셨습니까? 중간에 연락을 드렸어야 했는데. 생각이 짧았습니다."

길버트는 어리둥절한 표정을 짓다가 눈이 커졌다.

"자네……."

쿤의 변장이 아주 정교한 수준은 아니었다. 화장과 수염 덕분에 언뜻 보면 인상이 달라졌을 뿐 원래의 생김새를 아는 사람이 유심히 보면 알아볼 수 있었다.

놀라워하며 쿤을 훑어보던 길버트가 물었다.

"전하께서는?"

쿤이 웃음 대신 흠, 낮게 헛기침한 후 대답했다.

"옆에 계십니다."

길버트가 반사적으로 시선을 옆으로 돌렸다. 아예 안중에 두지 않았던 낯선 사내를 흘끔 봤다가 다시 쿤을 쳐다봤다. 그리고 잠깐 경직된 길버트가 천천히 다시 고개를 돌렸다. 불신이 가득한 눈빛으로 조심스럽게 불렀다.

"전하……?"

"환궁할 채비 하게."

틀림없는 황녀의 목소리였다. 약초즙으로 바뀌었던 목소리는 안가로 돌아오는 길에 서서히 원상태로 회복되었다.

경악하여 입이 떡 벌어지는 길버트의 표정이 가관이었다.

변장을 도왔던 두 여자가 시에나를 원래 모습으로 되돌렸다. 시에나는 거울에 비친 '황녀'의 모습을 보며 생소한 기분에 사로잡혔다.

남장을 막 끝내고 거울을 봤을 때는 무척 낯설었는데. 변장의 가면을 벗어던지고 원래 모습을 돌아온 기분이 생각만큼 홀가분하지 않았다.

거울로 손을 뻗었다. 거울에 비친 자신과 손을 마주 댔다. 한바탕 꿈을 꾸고 깨어난 것 같았다.

'꿈을 꾸고 깬다……'

설명할 수 없는 헛헛한 느낌이다. 신족이라면 절대 알 수 없을 느낌을 오직 그녀는 안다.

"길버트 경이 변장술에 관심이 많은 모양입니다."

변장을 지우고 원래 말끔한 얼굴로 돌아온 쿤이 방문을 열고 들어왔다. 시에나는 자신의 뒤를 돌아보았다. 조금 전까지 서 있었던 여자들이 언제 나갔는지 보이지 않았다.

그녀를 바라보는 쿤의 눈빛이 흔들렸다. 온종일 함께 거리를 돌아다녔는데도 변장을 벗고 원래 모습으로 돌아온 그녀를 보니 심장이 두근거렸다. 그는 짐짓 태연하게 말을 이었다.

"변장기술자들과는 수화로만 의사소통할 수 있다고 하니 몹시 실망하는 기색이더군요."

시에나는 깍듯해진 그의 태도가 어색하게 느껴졌다. 정중한 말투 위에 편안한 말투가 겹쳐 들렸다.

"……그들의 장애는 선천적인 건가?"

"어릴 때 열병을 앓은 이후 듣지 못하게 되었다고 합니다. 듣지 못하니 곧 말하는 능력도 잃게 되었다고 들었습니다."

"두 사람 다?"

"둘은 자매입니다. 둘이 동시에 병을 앓은 것인지, 한 사람을 간호하다가 다른 쪽도 병이 옮은 것인지는 모르겠습니다."

계속 다가온 쿤이 시에나의 바로 앞에 와 멈추었다.

"오늘. 유익한 경험이 되셨습니까?"

그가 바짝 가까이 와서 시에나는 그의 얼굴을 보려면 고개를 들어야 했다.

"그래. 네 도움이 컸다. 수고했어."

"그럼 약속대로 상을 주셔야지요."

싱글싱글 웃는 그의 넉살이 싫지 않았다. 시에나는 가볍게 웃었다.

"뭘 원하지?"

"제가 바라는 건 진즉 말씀드렸습니다."

하여튼 이 남자는. 기회만 생기면 수작질이었다. 그 빤한 수작을 내치지 않는 자신에게도 문제가 있는 건 아닐까, 시에나는 생각했다.

"좋아."

쿤이 덤벼들 것처럼 한 걸음 다가오자 시에나가 물러섰다.

"대신 내가 내리는 상이니 내 마음대로 하겠어."

시에나는 그의 까만 눈동자에 떠오른 놀라움이 즐거움으로 확 번지는 것을 보았다. 그의 감정은 순식간에 시에나에게 전염되었다. 평온했던 심장이 조금씩 뛰기 시작했다.

"저는 뭘 하면 될까요?"

"움직이지 마."

"넵."

시에나가 그에게 다가갔다. 약 반걸음의 간격은 뭘 시도하기에는 애매한 거리였다. 그녀는 조금 더 움직였다. 이제 두 사람 사이는 서로의 몸이 아슬아슬하게 닿지 않는 정도에 이르렀다.

고개를 숙인 그와 턱을 들어 올린 그녀의 눈이 마주쳤다. 그의 눈에서 콧대, 입술까지 시에나의 시선이 천천히 더듬어 내려왔다. 변장한 모습보다는 원래 생긴 그대로가 훨씬 낫다고, 시에나는 생각했다.

발꿈치를 살짝 들면 입술이 맞닿을 것 같은데. 이 자세는 마음에 안 든다. 그녀는 좀 더 주도권을 쥐고 싶었다.

"쿤."

"……예."

"저기 가서 앉아."

시에나가 손가락으로 가리키는 방향에 소파가 있었다. 쿤은 묘한 표정으로 시에나와 소파를 번갈아 보다가 두말없이 소파로 걸어갔다.

쿤이 소파에 앉았다. 그는 시에나를 물끄러미 바라보면서 등을 기댔다. 그리고 보란 듯이 두 팔을 등받이 너머로 둘렀다.

시에나는 기가 차서 헛웃음을 흘렸다. 그나마 다리를 꼬지 않아서 고맙다고 해야 하나. 공손하게 두 손을 앞으로 모아 쥐는 것까지는 바라지 않았다. 하지만 저건 절대 윗사람을 기다리는 자세가 아니었다.

그녀는 소파로 걸어갔다. 그를 위에서 내려다보는 느낌은 색달랐다. 생각해 보니까 내려다보는 건 처음이었다.

기대만큼 우월감이 느껴지지는 않았다. 단지 시선 아래에 있다는 이유로 왜소해 보이기에는 그의 체격이 지나치게 컸다.

그녀의 손끝이 그의 뺨에 닿았다. 그림을 그리듯 천천히 그의 뺨을 쓸었다. 좀 더 넓은 손바닥의 면적으로 그의 얼굴을 감쌌다. 따뜻하면서 탄력 있는 감각이 손바닥으로 느껴졌다.

사교 모임에서 친분 있는 귀부인들끼리 가볍게 포옹하고 팔짱을 다니며 친밀함을 드러내는 모습을 종종 봤다. 그 모습을 따라 하고 싶다고 생각한 적이 없었다. 그런데 이 남자를 만지는 행위는 거북하지 않았다.

'맞아. 이런 느낌이었지.'

중정을 산책했던 날 밤 경험했던 기이한 감동이 다시 밀려왔다.

"새로운 고문법입니까?"

시에나는 못 들은 척했다. 그는 툴툴거리면서도 얌전히 그녀의 손에 얼굴을 맡겼다. 덩치가 큰 애완동물 같다. 그녀는 문득 떠오른 제 생각이 재미있어서 싱긋 웃었다. 이렇게 제멋대로인 애완동물은 없을 것이다.

쿤이 나직한 한숨을 내쉬며 눈을 감았다가 떴다. 그녀의 미소가 눈이 부셨다. 그런 낯간지러운 묘사는 창 밑에서 세레나데를 불러 대는 바람둥이나 쓰는 줄 알았다. 저 미소에 진심을 담아주면 얼마나 황홀할까. 그는 잠시의 달콤한 상상에 오싹했고 빠르게 현실로 되돌아와 씁쓸했다.

"반칙입니다."

"뭐가?"

"전하."

"보채지 마. 움직이지 말라니까."

"지금 저를 농락하고 계십니다."

쿤은 그녀가 '무엄하구나.'라고 받아칠 줄 알았다.

"정말 농락해 볼까?"

"……."

도무지 그녀의 입에서 나왔다고 믿기지 않는 대사였다. 황당해 하는 속마음이 그대로 표정에 드러났나 보다. 그녀가 몹시 재미있 어하며 웃음을 터뜨렸다.

'아.'

그는 한숨을 삼켰다. 숨이 막힐 정도로 그녀를 꽉 끌어안고 싶었다. 손이 제멋대로 움직이기 전에 주먹을 쥐었다. 그리고 얼굴만 움직여 그녀의 손바닥에 비볐다. 재빠르게 그녀의 손바닥에 입을 맞추었다.

"절 말려 죽일 작정이 아니시다면 부디 자비를."

간절하게 바라보는 그의 눈빛이 시에나의 마음을 뒤흔들었다. 순식간에 그녀를 제압할 수 있는 압도적인 힘을 가진 남자가 스스로 자신을 무력화하며 약자를 자처하고 있었다.

심장 안쪽을 부드러운 깃털로 간지럽히는 것 같다. 도대체 이런 기분은 뭐라고 해야 할까.

시에나는 두 팔을 그의 어깨에 얹었다. 그의 어깨를 지지대 삼아 누르면서 천천히 상체를 숙였다. 가라앉은 검은 눈동자와 계속 마주 보는 게 부담스러웠다. 그녀는 슬머시 눈을 내리뜨며 그의 입술에 자신의 입술을 꾹 눌렀다.

눈을 한두 번 감았다가 뜰 정도의 시간이 지났다. 시에나는 잠시 맞닿았던 입술을 뗐다. 뭔가 아쉬웠다. 이미 그와 몇 번 깊은 체온은 나누는 키스를 했었다. 입술만 붙이는 건 장난 같았다.

그녀는 고개를 조금 옆으로 기울였다. 이번에는 더 과감하게 그의 아랫입술을 살짝 물었다가 빨아들였다. 그의 다물린 입술 사이의 균열을 혀끝으로 핥자 그의 입술이 살짝 벌어졌다. 그녀는 벌어진 틈새로 자신의 혀끝을 넣었다가 그의 혀와 닿자마자 놀라 물러났다.

두 번째 입맞춤은 더 길었지만, 여전히 채워지지 않는 허전함을 느꼈다.

"왜 가만히 있지?"

"……꼼짝하지 말라고 하셨지 않습니까."

잔뜩 가라앉은 그의 목소리는 마치 속삭이는 것처럼 들렸다. 자신이 억지를 부린 걸 알기에 시에나는 괜히 민망했다.

"언제부터 그렇게 말을 잘 들었다고."

시에나는 새침하게 중얼거리며 쿤의 어깨에서 손을 뗐다. 상체를 드는 순간 몸이 확 끌어당겨졌다. 무게중심이 흔들린 시에나는 그의 품으로 무너졌다. 반사적으로 두 손이 그의 가슴을 밀어냈다.

"당신을 만져도 됩니까?"

점잖은 신사인 척 허락을 구하면서 행동은 성급했다. 뿌리칠 수 없게 한쪽 팔이 그녀의 허리를 단단히 감았다. 다른 손은 그녀의 허리께에서 등을 쓸고 올라가 뒷목을 받치듯 쥐었다.

"덕분에 제 인내심이 참으로 얄팍하다는 것을 깨닫습니다. 시에나……."

그의 가슴에 얹은 시에나의 손끝이 움찔했다.

"……황녀님."

시에나는 다가오는 그의 얼굴을 피하지 않았다. 쿤이 고개를 틀어 입술을 포갰다. 시작은 부드러운 키스였다.

시에나는 눈을 감고 입술을 스치는 달콤한 감각을 즐겼다. 힘이 빠진 그녀의 손가락이 느슨하게 오므라들었다. 자연스레 그녀의 입술이 벌어졌다. 마치 기다렸다는 듯 미끄러운 살덩이가 안으로 파고들었다.

두 사람의 열린 입술이 완전히 밀착했다. 그의 혀가 그녀의 입안을 훑고 안쪽의 점막을 문질렀다. 그녀의 혀를 휘감아 얽으며 강하게 빨아들였다.

꼭 감은 그녀의 속눈썹이 파르르 떨렸다. 혀가 빨릴 때마다 소름이 오싹 돋고 손끝이 저릿했다. 몸이 후끈거리는 듯하면서도 간지러운 것 같기도 했다. 타액이 섞이는 질척이는 소음이 민망하면서도 자극적이었다.

타액을 모조리 삼키고 날숨마저도 허용하지 않는 집요한 키스는 오랫동안 이어졌다. 그는 시에나가 숨이 가빠 할딱일 때까지 밀어붙였다. 잠시 입술을 떼고 그녀가 호흡을 가다듬을 잠깐의 여유만 주었다가 다시 입술을 삼켰다.

이 여자는 사람이 아닐지도 몰라, 그는 생각했다. 설탕으로 만든 인형이 아니고서야 이렇게 단맛이 날 수가 없었다.

그는 필사적으로 들끓는 머릿속의 열기를 식혀야 했다. 정확히 어림잡을 수는 없어도 황녀가 허락하는 보이지 않는 선이 존재했다.

아직은 그 선을 넘을 때가 아니었다. 자칫 잘못하면 간신히 여기까지 만든 관계가 돌이킬 수 없게 망가져 버릴 것이다.

성욕이 이토록 고통스러운 욕망이라는 사실을 전에는 몰랐다. 그녀의 온몸 구석구석에 입을 맞추고 아프도록 부풀어 오른 제 분신을 그녀의 은밀한 안쪽에 문지르고 싶어 미칠 지경이었다.

그는 겨우 입술을 떼고 두 팔에 힘을 주어 그녀를 끌어안았다. 그녀의 어깨에 턱을 대고 소리 죽인 한숨을 내쉬었다.

얌전히 안긴 그녀의 반응이 그를 더 갈등으로 몰아넣었다. 조금 더 가도 괜찮지 않을까. 아니, 더 가면 위험하다. 마음이 왔다 갔다 했다.

그는 자신이 사람의 심리를 잘 읽는 편이라고 생각했다. 하지만 황녀와의 관계는 지금껏 그가 경험한 이익이 물린 거래와 전혀 달랐다.

'모르겠다, 정말.'

황녀가 대체 무슨 생각인지 짐작조차 가지 않았다. 암흑 속을 더 듬어 걷는 것 같았다.

*　　*　　*

귀머거리 자매가 흐트러진 시에나의 매무새를 정돈했다. 시에나는 거울에 비친 자신의 입술을 노려보았다.

입술이 발갛게 부었다. 자신도 적극적으로 호응했던 터라 이 지경이 되도록 키스한 그를 비난할 수는 없었다. 이제 환궁해야 하는데 한두 시간으로 가라앉을 것 같지 않았다.

'내가 괜한 걱정을 하는군.'

그녀는 문득 깨달았다. 누가 감히 황녀의 입술이 부었다는 걸 알아차릴 정도로 쳐다보겠는가. 자신의 얼굴을 대놓고 보는 남자와 몇 시간 함께 있었더니 잠시 혼동이 왔다.

거울 너머로 쿤이 보였다. 그는 시에나의 뒷모습에 시선을 고정한 채 테이블에 턱을 괴고 앉아 있었다. 오늘따라 그의 기분이 훤히

읽혔다. 감추지 못한 갈급함이 표정에 드러났다.

몸이 달아 어쩔 줄 몰라 하는 사내의 눈빛이 시에나는 그다지 거슬리지 않았다. 손가락만 까딱해도 달려들 것 같은 그를 모르는 척, 시에나는 말했다.

"마차는?"

"언제 또 출궁하십니까?"

그는 질문에 답은 안 하고 엉뚱한 것을 물었다.

"예정에 없어."

"이야기꾼을 만나 보셔야지요."

"낮에 만날 가능성이 거의 없다면서."

"그럼 밤에 나오시면 되잖습니까."

"밤 외출은 고려해야 할 게 많아. 이야기꾼이 어디로 사라지는 것도 아니고. 급할 건 없어."

시에나는 그와 대화하는 자신의 어조가 미묘하게 달라진 것을 깨닫지 못했다. 그와 돌아다니며 들었던 스스럼없는 대화법에 익숙해졌다. 경박하다고 여겼던 가벼운 말투를 그녀가 사용하고 있었다.

'급한 사람은 나뿐이지.'

쿤이 씁쓸하게 중얼거렸다. 그녀에게 오늘은 아무 의미가 없었다. 그녀를 언제 다시 볼 수 있을까, 안달복달하는 사람은 자신 혼자였다. 외사랑은 참 비참했다. 그런데도 그만둘 수 없는 것은 그녀와 함께 있는 순간의 황홀함이 지나치게 달콤하기 때문이었다.

"겨우 두 번으로. 암행을 그만두시는 겁니까?"

"수단이 목적이 되면 안 돼. 잦은 출궁은 암행이 아니라 유흥이 될 뿐이야."

'예. 대단하십니다.'

쿤은 상심의 한숨을 내쉬었다.

은왕 시에나.

그녀는 자신만의 규칙이 매우 뚜렷한 사람이었다. 파고들 여지가 희박하니 그에게는 아주 비극적인 일이었다. 하지만 그런 그녀라서 반했다. 반한 정도가 아니라 완전히 빠져서 허우적대고 있었다.

"황궁 출입을 언제부터 하기 시작했지?"

"글쎄요. 한 이 년쯤?"

"이 년씩이나? 그런데……."

왜 그동안 너를 본 적이 없을까, 입 밖으로 꺼내기 전에 얼마나 어리석은 질문인지 깨달아 다행이었다.

넓은 황궁에서 행동반경이 다를 경우 삼 년이 아니라 삼십 년이라도 마주칠 리가 없었다. 따로 약속을 정하지 않으면 앞으로 두 사람이 다시 만나기는 어려울 것이다.

'철왕을 통하면 연락할 수 있겠지.'

하지만 철왕에게 무슨 명분으로 말을 전할까. 사람 꼴이 꽤 우스워질 것이다. 그리고 의도하지 않게 철왕과 쿤, 두 사람 사이를 이간질하게 될 수도 있다. 그런 건 내키지 않았다.

'저 남자는 철왕의 사람이야.'

오늘 마치 불문율처럼 두 사람 모두 철왕을 화제에 올리지 않았다. 그러나 시에나는 잊지 않았다. 두 사람 사이에 단단한 현실의 장벽이 분명히 존재했다.

'뭘 노리고 내게 접근했을까.'

아직 모르겠다. 지금까지는 유리한 도움을 받았다. 시에나가 쿤의 암행 길잡이 제안을 거절하지 않은 건 일종의 시험이었다.

위협이든, 기만이든, 그에게 속셈이 있다면 호위를 다 떨구고 둘만 있는 상황에서 어떤 식으로든 드러낼 거라고 생각했다. 그런데 그는 딱히 정보를 캐내려거나 속을 떠보는 기색이 없었다.

'무슨 생각인지 모르겠어.'

약속했던 장소에 전부 데려가 준 게 전부였다. 그리고 달라고 조르는 보상이 그녀가 생각했던 것과는 다르게 세속적이었다.

그가 키스해 달라고 치근덕거릴 때는 우습기도 했고 안도하기도 했다. 마치 시에나의 신분과 지위에 상관없이 그녀 자체를 원하는 것처럼 느껴졌다.

'그럴 리가.'

절대적인 아군이라고 믿었던 어머니마저 그녀를 순수하게 '딸'로 보지 않았다. 누구도 믿을 수 없다.

"마차는?"

"출발하기만 하면 됩니다. 약초는 마차에 실어 뒀습니다."

시에나가 문이 있는 방향으로 몸을 틀자 쿤이 다급히 말했다.

"뵈러 가도 됩니까?"

"아니."

"곤란하게 해 드리지 않겠습니다."

"날 찾아오는 것만으로도 충분히 곤란해."

쿤의 안색이 딱딱하게 굳었다. 그녀의 단호한 거절은 상당한 충격이었다. 조금 전 그녀를 끌어안았던 감촉이 환상인 것처럼 그녀의 무심한 표정은 빈틈이 없었다.

흔들리던 쿤의 눈빛이 차분하게 가라앉았다. 그는 시에나를 말없이 바라보다가 그녀를 지나쳐 출입문으로 걸어갔다. 문을 열고 옆으로 비켜섰다.

시에나가 막 그의 앞을 지날 때 쿤이 말했다.

"조만간 우연히 다시 뵐 것 같습니다."

'우연히'라는 단어에 힘이 들어갔다. 나직한 목소리에 꾹 눌러 담은 기세가 도발적이었다.

시에나는 반응하지 않았다. 하지만 그를 등지고 방을 나서며 입술을 깨물어 감정을 드러냈다.

자신이 변덕스럽다고 생각한 적이 없었는데. '언제?'라고 물을 뻔했다. 언제 어떤 방식으로 그를 다시 만나게 될지 기대가 되었다. 한편으로 자신을 자꾸 흔드는 그를 다시는 보지 않기를 바랐다.

두 개의 상반된 마음이 갈팡질팡했다. 어떤 게 진짜 자신의 마음인지 그녀 스스로도 알 수가 없었다.

안가를 출발한 마차가 대로를 따라 달렸다. 마차가 황궁으로 들어가는 장면을 먼 거리에서 지켜보는 자가 있었다.

'황궁?'

작은 여객 마차에 기대어 선 사내가 생각에 잠겼다. 짙은 밤색 머리카락의 사내는 마틴이었다.

마틴은 아까 쿤의 지시에 따라 뒷골목에서 대기하고 있었다. 거기서부터 계속 쿤과 시에나를 은밀하게 호위했다.

오늘 쿤이 시에나를 데려간 장소는 안전의 사각지대였다. 어떤 돌발 상황이 발생해도 이상하지 않았다. 치열한 전쟁터에서도 쿤은 제 몸 하나쯤 무사히 빼낼 자신이 있지만, 보호해야 하는 대상이 있다면 이야기가 달랐다.

가장 무서운 게 눈먼 칼이다. 그건 일당백의 실력자도 감당 못했다. 쿤은 아주 약간의 위험도 감수하고 싶지 않았다. 그래서 마틴에게 비밀 호위를 지시했다.

마틴은 쿤이 만나는 사람들에게 관심이 없었다. 쿤이 하는 복잡한 일은 자신이 참견할 분야가 아니었다. 오늘 호위에 쿤이 내린 심상치 않은 지시 사항이 아니었다면 호기심을 품지 않았을 것이다.

「무슨 일이 생기면 내가 아니라 내 동행인을 지키는 게 우선순위다. 반드시.」

원래 호위는 우스의 일인데 우스가 아닌 자신을 부른 것도 이상했다. 뭔가 느낌이 왔다.

쿤의 동행인은 남자였다. 생김새는 그랬다. 하지만 눈으로 보이는 겉모습은 믿지 않았다. 더 가까이 자세히 보고 싶은 욕심에 주점 안까지 따라 들어갔다. 쿤의 동행인이 자신을 유심히 쳐다본 건 예상 못 한 상황이었다. 얼른 주점 밖으로 도망가 가슴을 쓸어내렸다.

마틴의 임무는 두 사람이 안가로 들어갔을 때 끝났다. 하지만 마틴은 돌아가지 않고 근처에 계속 숨어서 기다렸다. 자신의 예측이 맞는지 확인하고 싶었다.

한참 후에 집에서 한 무리의 사람들이 나와 마차에 올랐다. 그들 사이에 아까 쿤과 동행했던 사람은 보이지 않았고 베일로 얼굴을 가린 귀부인이 한 명 있었다.

마틴은 확신했다. 저 여자구나.

그 마차의 뒤를 밟았다. 쿤이 알았다가는 혼쭐이 나겠지만.

'그건 우스나 저지르는 실수지.'

아예 하지 않으면 모를까 일단 시작하면 잡힐 꼬리를 남기지 않았다. 그 점에서 마틴은 쿤과 닮았다.

'황궁이라니. 전혀 예상 밖인데. 대체 누구지?'

2장

변화의 시작

　한동안 시에나는 바빴다. 호위대 대장과 보좌관을 결정한 후 나머지 인선을 선별하는 일에 집중했다. 가장 중요한 두 사람은 즉흥적으로 택했으면서 오히려 중요하지 않은 사람을 뽑는 일에 훨씬 많은 시간과 노력을 쏟아부은 셈이었다.

　그런데 시에나는 최근 깨달았다. 사소하고 중요하지 않은 일을 하는 자들이 생각지 못한 작은 틈을 만들 수도 있었다. 장식물로 생각했던 시녀들이 감시자의 눈이 되어 시에나의 일상을 지켜본 것처럼. 하는 김에 시녀들도 싹 갈아 치웠다.

　바쁘게 움직이던 깃펜이 마침표를 찍었다.

　'됐다.'

　홀가분한 한숨을 내쉬며 그녀는 빙긋 웃었다.

인선이 끝났다. 황제에게 올릴 보고서가 완성됐다. 왕의 인장을 받은 성년 생일로부터 약 한 달 반이 지났다. 100일의 유예 시간 중 반이 넘게 남았으니 선방했다.

"태양궁에 다녀오너라. 폐하께 고할 일이 있으니 언제 뵈러 가도 되는지 여쭈어보고 오너라."

"예, 전하."

지시를 받은 시녀가 물러갔다.

시에나는 한가해진 기분을 만끽했다. 집중했던 일이 끝나고 한숨 돌리는 순간은 잠깐이었다. 곧 여러 가지 생각이 삽시간에 밀려왔다.

'왜 꿈을 안 꾸지?'

꿈의 주기는 일정하지 않았다. 그런데 마지막 꿈을 꾼 날로부터 한 달이 지났다. 이렇게 오랫동안 꾸지 않은 적이 없었다.

'원래 난 꿈을 꾸지 않았어. 그게 당연해. 신족은 꿈을 꾸지 않으니까.'

20년의 삶을 고작 몇 개월이 흔들고 있었다. 처음엔 신기했다. 신탁이라고 생각했을 때는 감격스러웠다. 그런데 꿈을 꿀수록 득인지 실인지 점점 알 수가 없었다. 꿈을 꾼 다음 날은 종일 그 생각에 사로잡혀 다른 일이 손에 잡히지 않았다. 꿈을 꾸지 않으면 그건 그것대로 찜찜했다. 이대로 신탁이 끝난 걸까 초조했다.

'미래를 미리 아는 게 좋은 일일까?'

그녀는 조금씩 의문을 품기 시작했다. 차라리 아예 몰랐던 때가 마음은 편했다.

태양궁에 심부름 갔던 시녀가 돌아왔다.

"전하. 폐하께서 중정에 납시었다고 합니다. 격식이 필요한 일이라면 오후에 방문하라는 말씀을 내리셨습니다."

"그래. 수고했다."

시에나는 보고서를 들고 일어났다. 한 달 넘도록 매달린 일을 어서 마무리하고 싶었다.

'잠시 뵙고 보고서만 드리면 되는데 굳이 격식 따질 일은 아니지.'

예전이었다면 시에나는 오후에 갔을 것이다. 황제가 '지금 오너라.'라고 하지 않았으니까. '격식이 필요한 일이라면' 같은 표현은 거절의 다른 방식이라고 생각했었다.

그런데 이제는 '격식을 따질 일이 아니면 지금 가도 되겠지.'라고 융통성 있는 해석을 할 수 있게 되었다.

그녀는 변했다. 하지만 누구도 알아차리지 못했다. 심지어 그녀 자신조차도.

태양궁에 도착하자 시종이 마중하러 나와 있었다. 시종은 시에나를 중정으로 안내했다.

오직 황제를 위한 태양궁의 중정은 누구나 한 번은 초대받기를 바라는 절대 권력의 상징이었다. 황제의 개인 정원이라니. 얼마나 호화로울까. 대부분 그렇게 생각했다.

하지만 태양궁의 중정은 황궁에서 가장 작은 정원이었다. 꾸밈새도 소박했다.

황제는 테이블에 앉아 차를 마시는 중이었다. 시종과 함께 들어오는 시에나를 보면서 천천히 찻잔을 내려놓았다.

시에나는 테이블에서 적당한 거리를 둔 채 무릎을 굽히고 상체를 숙였다.

"소녀, 인사 올리옵니다. 폐하."

"일어나라. 어쩐 일이냐."

"인사 보고서를 완성하였습니다. 왕으로서 첫 소임을 다하여 보고 드립니다."

시종장이 보고서를 건네받아 황제에게 바쳤다.

"벌써? 신중히 생각했느냐?"

"예. 폐하. 충분히 검토했습니다."

황제는 별다른 말 없이 고개를 끄덕였다.

"너는 또 어쩐 일이냐."

황제의 시선은 그녀가 아니라 그녀의 뒤쪽을 향했다. 시에나가 뒤를 돌아보기 전에 목소리가 들려왔다.

"인사 올리옵니다. 폐하."

시에나는 옆으로 나란히 선 사내와 눈이 마주쳤다.

"은왕이 와 있는 줄은 몰랐습니다. 제가 방해되었다면 송구합니다."

별안간 나타난 디안 때문에 시에나는 당황했다. 그리고 그녀의 눈이 빠르게 디안의 손을 살폈다. 혹시 디안도 보고서를 올리러 온 건가? 다행히 그는 빈손이었다. 확인과 안도는 의식의 흐름처럼 순식간에 시작되어 끝났다.

'맙소사.'

고작 인사 보고서 작성을 누가 더 빨리하는가, 따위를 견주려 하다니. 자신의 유치한 경쟁심이 부끄러웠다.

"은왕은 보고서를 가져왔다. 너도 그러하냐?"

"벌써 말입니까? 저는 아직 멀었습니다. 시간이 많이 남았으니 천천히 하겠습니다."

"백 일을 채우려고?"

"설마 그러겠습니까. 최소한 이틀 전까지는 끝내겠습니다."

"네가 끝낼 때까지 기다려 줄 생각 없다. 은왕이 먼저 준비가 되었으니 수일 내로 은왕에게 영지를 할양할 것이다."

"마땅히 그러셔야지요. 부지런하고 성실한 사람이 보상을 받는 건 당연합니다."

"넌 언제나 말은 참 그럴듯하구나."

"그게 제 장점입니다. 폐하."

부자가 주고받는 대화를 들으며 시에나의 손끝에 힘이 들어갔다. 건조한 황제의 음성에 온기가 느껴졌다.

부자가 함께 있는 모습조차 본 적이 없으니 대화를 나누는 모습을 본 건 오늘이 처음이었다. 변죽 좋게 말을 받는 디안의 태도가 항상 용무가 있을 때만 황제를 만나고 필요한 말만 했던 자신과 대비가 되었다.

"폐하. 소녀, 이만 물러가겠습니다. 윤허해 주시옵소서."

"가도 좋다."

"황공하옵니다."

시에나는 도망치듯 자리를 피했다. 어차피 더 있어 봤자 부자의 대화에 자연스럽게 끼어들 깜냥도 없었다.

시종과 함께 긴 복도를 따라 걸으며 그녀는 돌연 버럭 짜증이 났다.

"누가 내 전언을 폐하께 올렸느냐?"

시에나의 목소리에 담긴 날카로움을 알아차렸는지 시종의 어깨가 긴장했다.

"소인입니다."

"분명 내가 폐하를 뵙겠다고 기별을 전했다. 철왕이 태양궁에 들를 예정을 알았다면 나는 나중에 왔을 것이다. 의도가 있는 것이냐, 그만한 주변머리도 없는 것이냐."

"아…… 아닙니다. 전하. 소인도 몰랐습니다."

"모르다니?"

시종은 난처해하며 열심히 변명했다.

"철왕 전하께서는 종종 불쑥 찾아오십니다."

"……불쑥? 미리 허락을 받지 않고 폐하를 뵈러 온다는 말이냐? 아무 때나?"

"아무 때나는 아니옵고. 폐하께서는 늘 이맘때 중정에 드십니다."

시에나는 고개를 끄덕였다. 그쯤은 알고 있었다. 그래서 오늘 방문은 충동적이었다. 어지간하면 이 시각은 피했다. 황제의 휴식을 방해하지 않으려는 충심이었다.

"철왕 전하께서는 이 시각에 맞추어 오십니다. 사나흘에 한 번 정도입니다."

"언제부터?"

"달포는 족히 넘었습니다."

대체 철왕이 무슨 일로 폐하를 뵙느냐, 질문은 입안으로만 삼켰다. 황제의 근황을 캐는 질문은 위험했다.

"폐하께서 언짢아하지 않으시던가?"

"철왕 전하께서 내쫓겨 돌아가신 적은 없습니다."

"……."

달포가 넘었다면 아마 철왕의 태양궁 출입은 책봉식 이후부터일 것이다. 왕의 책봉을 받은 계승 서열이 낮은 황자가 자주 태양궁을 드나드는 건 누가 봐도 수상한 행보였다. 하지만 시에나는 디안의 약삭빠름에 화가 나기보다는 다른 게 더 충격으로 다가왔다.

'폐하께서는 왜…… 철왕을 특별하게 대하지?'

디안이 어떻게 황제가 되는지 아직 모른다. 분명한 건 생각하면 할수록 황제의 도움이 없이는 불가능하다는 결론이 나왔다.

따뜻한 부정을 기대한 적이 없었다. 그분은 황제이시니까. 누구에게나 차가운 분이라 서운하지도 않았다. 그런데 왜 철왕은 다를까.

속이 헛헛했다. 기운이 쭉 빠져나가는 상실감이었다.

"은왕!"

무엄하게도 태양궁 안에서 목소리를 높이는 자에게 고개를 돌렸다. 디안이 빠른 걸음으로 다가오고 있었다. 서둘러 왔는지 디안은 약간 숨을 몰아쉬었다. 막상 가까이 와서는 할 말이 많은 표정으로 입을 열지 못했다.

"무슨 용무입니까?"

"고의가 아니었습니다. 폐하와 나누는 담소를 방해할 의도는 아니었어요."

"그렇습니까?"

시에나의 표정이 담담했다. 억양은 차분했다. 어디에도 그녀의 감정이 드러나지 않았지만, 오히려 그런 반응이 디안의 마음을 불편하게 했다.

"미안합니다. 내 실수입니다."

"그래서 용무는요?"

"사과합니다."

"내게 사과하려고 다급히 날 따라왔다는 건가요?"

디안이 고개를 끄덕였다.

"왜요?"

디안은 혹시 시에나가 비꼬는 건가 싶어서 표정을 살폈다. 하지만 시에나는 정말 의아해했다.

"내가 실수했다고 생각한 상대에게는 당연히 용서를 구해야지요."

"내가 폐하 앞에서 물러난 후 곧바로 따라온 것 같은데 폐하께 긴히 드릴 말씀이 있었던 건 아닌가요?"

"그건 아닙니다. 얼굴 뵈었으니 됐습니다."

시에나는 더더욱 디안을 이해할 수 없었다.

"중요한 용건도 없이 폐하를 왜 뵈러 왔습니까?"

"그냥, 지나는 길에요."

시에나는 눈살을 찌푸렸다.

"아들이 아버지를 찾아뵙는 게 잘못된 일은 아니잖아요. 물론, 이게 얼마나 이상한 말로 들릴지는 압니다. 어쨌거나 난 그저 가족의 안부를 챙기고 싶을 뿐입니다."

가족.

시에나는 디안이 택한 단어가 매우 놀라웠다. 그건 너무 사사로워서 황제와 자신을 묶을 범주가 아니라고 생각했다.

"순수한 마음이라는 겁니까?"

"글쎄요. 아버지께 잘 보이고 싶은 자식의 욕심도 얼마간 있겠지요. 그 아버지가 힘도 세고 돈도 많다면 더더욱. 근데 그런 마음은 누구나 있지 않나요?"

시에나는 놀란 눈으로 디안을 응시했다. 디안이 던지는 말 전부가 지나치게 파격적이었다. 수개월 전의 시에나라면 디안의 경박한 언사가 노여웠을 것이다. 천박한 태생은 어쩔 수 없다고 경멸했을지도 모르겠다. 지난 몇 개월 동안 그녀의 세계가 넓어졌다. 디안의 발언은 그 경계에 아슬아슬하게 걸쳤다.

시에나는 조금 전까지 속을 뒤집던 짜증이 가라앉는 것을 느꼈다. 아버지를 챙기고자 하는 아들의 순수한 마음이라니. 이 말도 안 되는 소리가 이상하게 그럴듯하게 들렸다.

"음⋯⋯. 내 사과 방식이 더 기분을 상하게 했다면⋯⋯."

"난 괜찮습니다."

"아⋯⋯. 예."

딱 떨어지는 대답이었다. 더 말도 못 붙이겠다.

디안은 쓴웃음을 삼켰다.

'와, 나 정말 비겁하구나.'

모든 것을 독차지할 계획을 꾸미고 있으면서 황녀에게 나쁜 사람으로 보이기 싫은 자신의 욕심이 얼마나 터무니없는가.

"폐하를 뵈러 되돌아갈 생각입니까?"

"말했지만, 중요한 일로 폐하를 뵈러 온 게 아닙니다. 이대로 갈 거예요."

"이후 일정은요?"

"딱히……. 바쁜 은왕과 달리 나는 한가하거든요."

전에 시에나가 했던 말을 인용하는데도 빈정대는 것으로 들리지 않는 게 기묘하다고, 시에나는 생각했다.

"좋은 찻잎이 있습니다."

"예?"

"일전에 초대받았으니 화답을 하는 게 예의겠지요. 내키지 않으면……."

"아, 아닙니다. 괜찮습니다. 기꺼이요."

태양궁의 입구로 나왔다. 기다리는 마차는 시에나가 타고 온 한 대뿐이었다.

"마차는요?"

"걸어왔습니다. 산책하며 태양궁 옆을 지나다가……. 먼저 가세요. 뒤따라가겠습니다."

"걷지요. 멀지 않으니까요."

디안은 앞서서 걸어가는 시에나의 뒷모습을 멍하게 보다가 후다닥 걸음의 속도를 높였다.

'역시 어려워.'

식은땀이 났다. 음흉하게 속내를 숨기는 사람은 많이 상대해 봤으나 황녀는 도무지 모르겠다. 표정에 감정이 드러나지 않는 데다가 군말이 없었다.

'난 스무 살 때 완전 애였던 것 같은데.'

황녀는 막 성년이 지난 어린 누이동생 같지 않았다. 나이가 훨씬 많은 손위 누님 앞에서 쩔쩔매는 동생이 된 기분이다.

마중 나온 포프 백작부인이 시에나와 함께 오는 디안을 보고 움찔했다. 시에나가 소개하자 베스는 노련하게 감정을 감추고 정중히 인사했다.

"인사드리게 되어 영광입니다. 철왕 전하."

"반갑소, 백작부인. 약속 없이 방문한 무례한 손님을 너그럽게 봐 주시오."

두 사람의 의례적인 인사가 끝나기를 기다린 시에나가 말했다.

"백작부인. 내 책상 아래 서랍을 열면 찻잎이 있소. 그걸 내오시오."

"예? 그건……. 예, 전하. 분부에 따르겠습니다."

응접실 소파에 두 사람이 마주 앉았다. 어색한 침묵이 싫은 디안은 열심히 할 말을 골랐다.

"들어오는 입구에 재미있는 물건들이 있더군요."

황녀의 궁에 도무지 어울리지 않는 잡품들이 응접실로 들어오는 입구 근처의 긴 테이블에 쭉 놓여 있었다.

"우연한 기회에 얻은 것들입니다."

"구경해도 될까요?"

"얼마든지요."

디안이 벌떡 일어나 테이블로 걸어갔다. 흥미롭게 구경하는 디안의 곁으로 시에나가 다가갔다.

"만물장이라도 털어 왔나 봅니다."

"……만물장에 가 본 적이 있어요?"

"볼만한 구경거리죠. 올해는 못 갔지만요."

"올해는 특히 흥했다고 하더군요."

"그래요? 가 볼 걸 그랬나. 정말 다양하게 샀네요. 심부름꾼이 꽤 다리품을 팔았겠어요."

디안은 당연히 시에나가 누군가를 장터에 보내 물건들을 샀다고 생각했다.

"관심 있는 물건은 가져가세요."

"내가 선물은 사양을 안 하는데……. 이거, 가져도 됩니까?"

디안이 손가락으로 가리키는 것은 수액을 굳혀 만든 색색의 호박이었다.

"그건 안 돼요."

단호하게 나온 거절이 빨랐다. 디안은 머쓱해 하며 나무를 깎아 만든 작은 목걸이 인형을 골랐다. 그리고 말라비틀어진 정체 모를 물건을 가리키며 물었다.

"이건 뭐죠?"

"사막귀꼬리라는 전갈을 말린 겁니다."

크흠, 디안이 낮게 헛기침했다. 시에나가 흘끔 그를 보았다.

"뭔지 아는군요."

"대충은……."

디안은 난처해하며 눈동자를 굴렸다.

"성분을 분석하라고 지시했습니다. 백성들이 사기꾼들에게 기만

당하는 건 두고 볼 수 없으니까요."

"결과가 나왔나요?"

"특이한 효과가 있긴 하더군요."

"정말요?"

"정력 강화에 도움이 된다기보다는……."

"아뇨, 아니, 됐습니다. 은왕과 이 화제는 별로 이야기 나누고 싶지 않네요."

시에나는 여전히 표정 없는 얼굴로 디안을 빤히 보았다.

그때 문이 열리며 백작부인과 찻쟁반을 든 시녀가 들어왔다.

"필요하면 드릴까요?"

"아니요!"

디안은 돌아서는 시에나의 입술이 살짝 올라가는 것을 분명히 봤다.

'뭐야. 나 지금 놀림당한 거야?'

믿기지 않아 어리둥절했다. 보통 누이동생과 이런 주제로 대화를 하나? 유연하게 응대하지 못하고 촌뜨기처럼 굴었나? 그는 찻잔을 들며 고민에 빠졌다.

시에나는 차를 마시기 전, 옅은 갈색의 차에 잠깐 시선을 고정했다. 황제가 보내 준 찻잎이었다. 그녀의 책상 서랍 속에 소중히 보관 중이었다.

꿈속의 황제는 차마 손댈 수 없었다고 말했다. 수십 년 동안 찻잎이 말라비틀어지도록 보물처럼 간직만 했을 것이다. 디안에게 좋은 찻잎이 있다고 말했을 때 이게 생각났다.

그녀는 한 모금 마셨다.

'좋은 차군.'

그냥 찻잎일 뿐이다. 의미를 두지 않겠다. 미래의 자신이 한 어리석은 행동은 어느 것도 반복하지 않겠다.

"혹시 서쪽 거리의 뒤로 한참 들어가면 뭐가 나오는지 알고 있나요?"

"빈민가 말이군요."

역시 철왕은 알고 있었다. 쿤이 철왕도 빈민가 뒷골목으로 안내해 주었을까.

"가 봤습니까?"

"최근엔 안 가 봤지만, 어릴 때 몇 년 거기서 살았지요. 거긴 워낙 변화가 없는 곳이라서요. 내가 기억하던 모습과 다르지 않을 겁니다."

"살았다고요? 빈민가에서?"

"황궁에 들어오기 전에요. 알 만한 사람은 다 아는 얘기인데요."

"……."

몰랐다. 아예 디안에게 관심을 두지 않았으니까. 반쪽이라고 해도 황제의 핏줄이다. 어떻게 빈민가에서 자라게 방치할 수가 있지?

"끔찍한 기억이겠군요."

"좋은 일도 있었고 나쁜 일도 있었지요. 사람 사는 곳은 다 비슷합니다. 그런 곳이라서 배울 수 있는 것도 있었어요. 내가 만약 거기서 살았던 경험이 없었다면 얼마나 터무니없는 일들이 실제로 벌어지는지, 몰랐을 겁니다."

으스대지도, 자학하지도 않는 디안의 표정은 어떤 감정의 부침도 없이 말끔했다. 아주 인상적이었다. 그리고 시에나는 디안에 대해 아는 게 아무것도 없다는 걸 새삼 깨달았다.

디안이 돌아간 후, 그녀는 자신보다 나은 디안의 자질이 무엇인지 생각했다. 디안이 꿈에서 본 미래대로 제위에 오르면 그는 아마 제국 최초의 빈민가에서 자란 경험이 있는 황제일 것이다.

밑바닥 계층을 전전하는 백성의 삶을 아는 황제는 그들의 삶이 더 나아질 수 있도록 고민할 수 있지 않을까?

'그럼 나는?'

오직 한 가지 목표를 위해서만 달려왔다. 황제가 되는 길은 그녀의 인생 전부였다. 시에나는 이 순간 지독히 외로웠다. 그녀의 고뇌를 이해해 줄 사람이 아무도 없었다. 위로를 받고 싶었다. 말없이 그녀를 안아 줄 사람이 필요했다.

그녀는 잡화를 늘어놓은 테이블로 다가갔다. 가지각색의 작고 동글동글한 호박을 한참 바라보았다.

"거짓말쟁이."

금방 다시 만날 것처럼 말했으면서.

그는 한 달 넘게 코빼기도 보이지 않았다. 그녀의 가슴에 그리움이란 감정이 먹먹하게 스며들었다.

＊　　　＊　　　＊

노크 후 잠시 기다렸다가 마틴이 안으로 들어갔다.

"부르셨습니까?"

책상에 앉아 서류를 보며 골똘히 생각에 잠겨 있던 쿤이 고개를
들었다.

"레반은?"

"곧 올 겁니다."

"레반도 오면 얘기하지. 앉아 있어."

"예."

마틴은 소파에 앉았다. 등을 편하게 기대이 다리 하나를 꼬았다.
풀었다가 반대편 다리를 꼬았다. 좀처럼 얌전히 있지 못하고 들썩
거리며 쿤의 표정을 살폈다.

"쿤."

"음."

"요즘은 왜 뜸하십니까?"

"뭐가."

"차였어요?"

서류 위를 움직이던 펜이 순간 멈칫했다. 쿤이 대답이 없자 농담
을 던졌던 마틴의 눈이 휘둥그레졌다. 노크 소리가 들리고 레반이
들어오는 바람에 마틴은 입을 꾹 다물었다.

"찾으셨습니까, 쿤."

"두 사람 의견으로 확인할 일이 있어서 불렀어."

레반이 마틴의 곁으로 가서 앉았다. 둘이 눈인사를 나누었다. 쿤
이 그들에게 서류 한 부씩을 건넸다.

"자세한 내용은 다 뺐다. 그것만 봐서 짐작 가는 게 있으면 말해
봐."

잠시 후 레반이 먼저 말했다.

"소금에 절인 사람 내장이라고요? 흑마법에 심취한 미친놈인가요? 아니면 연쇄살인마?"

"목적은 생각하지 말고. 그게 뭘 하려는 짓 같아?"

"인육을 하려는 게 아니라면 박제군요."

마틴도 고개를 끄덕였다.

"대륙에 독특한 장례 풍습을 가진 나라가 있습니다. 시체가 썩지 않게 방부 처리를 하지요. 그 수법과 비슷합니다."

레반이 말을 받았다.

"내장은 금방 부패하니까요. 당장 처리하기가 여의치 않으면 소금에 절여 놓습니다."

"그렇군. 역시……."

쿤이 팔짱을 끼고 생각에 잠겼다.

"그걸 처리하려던 자가 우리 감시에 걸렸다. 출처가 리먼 공작가야."

마틴과 레반은 쿤이 건네는 추가 정보를 훑었다. 잠시 후 고개를 든 두 사람이 시선을 교환했다.

"공작이 죽었군요."

천재라는 소리를 듣는 레반답게 빠르게 상황을 유추해 냈다.

마틴이 놀라워하며 중얼거렸다.

"창의력이 대단합니다. 박제라니. 제국에서, 더구나 공작가인데 말입니다."

쿤은 이 정보를 얻고 고민에 빠졌다.

애매했다. 공작의 시체 방부 정도로는 큰 타격을 주기 어려웠다. 그냥 덮자니 아깝다.

"이걸 어떻게 이용할지 생각해 봐."

"예."

"알겠습니다."

마틴이 문득 생각난 듯 레반을 휙 돌아보았다.

"야, 너. 내가 이상한 얘기를 들었는데. 왜 시청 관료들이 널 칼리 사무관이라고 부르지?"

"뭐, 그렇게 됐다."

"네가 왜 칼리야? 그건 나와 우스가 쓸 거라고 오래전부터 말했잖아."

용병단 칼리고의 이름을 딴 칼리. 마틴과 우스는 장차 그걸 자신들의 성으로 붙일 거라고 말하고 다녔다.

마틴은 성을 홀랑 훔쳐 간 뻔뻔한 놈을 노려보았다. 아직 우스는 모른다. 우스가 알았다가는 난리가 날 것이다.

레반은 떽떽거리는 마틴을 무시한 채 쿤에게 말했다.

"쿤. 보고가 늦었습니다만, 아무래도 말씀드려야 할 것 같아서요. 제가 당분간 황궁으로 근무처를 옮기게 되었습니다. 만에 하나라도 황궁 안에서 마주칠 수 있으니 알고 계시라고요."

"황궁이라니? 어쩌다가?"

레반이 한숨을 푹 쉬었다.

"그러게 말입니다. 난데없이 은왕의 보좌관 일을 하게 될 줄이야, 알았겠어요."

서류를 정리하며 일어나던 쿤이 멈칫했다. 그의 눈빛이 크게 흔들렸다.

"은왕?"

"예."

"언제부터?"

"한 달쯤 됐습니다."

"그걸 왜 이제, 아니, 애초에 그 일을 네가 왜 해?"

다그치는 쿤의 기세가 심상치 않으니 레반이 눈치를 살폈다.

"왕이 불러서 하라고 하시는데 말단 관리가 무슨 힘이 있습니까. 안 한다고 뻗댔다가는 공연히 골치 아파질 것 같아서요. 그리고 제가 쿤의 일에 도움될 수도 있지요. 뜻밖에 요긴한 은왕의 정보를……."

"누가."

쿤이 음산한 어조로 말을 끊었다.

"네게 세작 일을 하라고 했지?"

레반이 입을 다물었다.

뭔가 잘못 건드렸다는 불길한 예감이 들었다.

"당장 그만둬."

"하지만 그게……."

"레반."

"……예."

"네 의견을 묻는 게 아니야. 명령이다."

"예, 쿤."

"사흘. 그때까지 정리해."

"예. 알겠습니다."

잔뜩 기분이 가라앉은 쿤의 심기를 더 건드릴까 봐 마틴과 레반이 조용히 나갔다.

책상으로 돌아온 쿤이 들고 있던 서류를 탁, 소리 나도록 던졌다. 그가 한 손으로 얼굴을 쓸어내리며 한숨을 내쉬었다.

"완전히 오해하겠네."

상황이 절묘했다. 황녀가 레뱐의 정체를 알게 되면 심어 둔 첩자라고 의심할 게 틀림없다. 변명도 못 한다. 말할 수 없는 게 너무 많았다. 왜 자꾸 꼬이기만 하나. 그저 암담했다.

*　　　*　　　*

시에나는 잿빛 머리카락의 사내를 노려보았다.

"이유는?"

레반은 차마 황녀와 눈을 마주치지 못하고 시선을 아래로 내렸다. 책임감 없는 한심한 놈이 되려니 속으로는 죽을 맛이었다.

"말씀드렸다시피 제가 관리직에 오래 몸담을 생각이 아니었습니다."

"그랬지. 그래서 자네에게 더도 말고 일 년만 맡아 하라고 했지. 그 점에 자네도 분명히 동의했고."

"예. 하오나 전하. 사정이 여의치 않게 되어……."

"그 여의치 않은 사정이란 게 뭔가?"

"……송구합니다."

"한 달이 조금 더 지났을 뿐이네. 고작 이 정도의 책임감으로 내 보좌관을 하겠다고 했나? 날 골탕 먹일 셈이었나?"

레반은 입이 열 개라도 할 말이 없었다. 애초에 은왕의 제안을 변덕으로 짐작하고 가볍게 받아들인 것부터가 실수였다.

"하고 싶지 않다는 사람, 억지로 붙들 이유가 없지."

시에나는 끝내 변명조차 하지 않는 레반에게 싸늘히 말했다. 냉정함을 유지하고 있지만, 그녀의 속은 부글부글 끓었다.

황제에게 인사 보고서를 제출한 지 며칠 되지 않았다. 벌써 삐걱대는 건 좋지 않다. 더 문제는 레반이 마음에 들었다는 것이다. 충동적으로 기용한 보좌관은 아주 유능했다.

레반은 시에나의 일정을 관리했다. 단순하지만 중요한 일이었다. 그는 기억력이 좋아 열흘의 일정을 모두 기억했다. 바뀌거나 미루어지는 일정도 잡음 없이 처리했다. 영지를 받으면 더 폭넓은 업무를 일임할 생각이었다.

"하지만 새 사람을 구할 시간도 필요하고 자네가 업무를 인계해 줘야 해. 설마 당장 그만두겠다는 헛소리는 아니겠지?"

레반은 한 달 조금 넘게 은왕을 보좌하며 대충 성품을 파악했다. 짧은 기간 모신 윗전은 감정을 절제하는 사람이었다. 어지간한 일로는 감정을 드러내지 않는다. 그리고 이런 사람을 화나게 하면 후환이 두려웠다. 예측이 안 되기 때문이다.

"얼마나 말미를 주시겠습니까?"

"최소한 한 달."

"……예."

"오늘은 그만 가 보게."

"예. 송구합니다. 전하."

닫힌 집무실 문을 돌아보며 레반은 한숨을 내쉬었다. 일이 이렇게 된 게 진심으로 유감이었다. 일없이 입궁과 출궁만 반복할 줄 알았다가 할 일이 늘어난 게 레반은 오히려 기뻤다.

제국의 행정 체계를 직접 보고 싶어서 국시를 치른 것이니만큼, 말단 관리로서는 할 수 없는 다양한 경험을 기대하며 조금 들뜨기도 했다.

그리고 뜻밖에 은왕은 상당히 괜찮은 윗전이었다. 레반이 대륙에서 만났던 왕족들과 전혀 달랐다. 철없고 세상 물정 모르는, 또는 의욕만 앞서 객기를 부리는 애송이가 아니었다.

솔직히 말해서 은왕의 합리적인 성격은 레반의 마음에 쏙 들었다.

'쿤을 설득할 수 있으려나 모르겠네.'

한 달은 더 은왕의 보좌관으로 일해야 한다고 하면 쿤이 이해해 줄까. 은왕을 덜 곤란하게 하는 방식을 택하고 싶었다. 그게 제국인도 귀족도 아닌 자신을 보좌관으로 존중해 준 은왕에 대한 최소한의 예의라고 생각했다.

하지만 라드 일족에게 쿤의 명령은 절대적이었다.

*　　*　　*

느지막한 시각, 더그 리먼이 남의 눈을 피해 입궁했다. 더그는 황녀의 성년 연회 이후로 어떤 사교 모임에도 참석하지 않았다.

대외적으로 병환이 깊은 공작을 간호하는 효자 노릇에 충실했다. 사교계에 리먼 공작의 병이 심각한 상태라는 소문이 파다했다.

"확실히 문제는 없는 거겠죠? 오라버니."

오누이는 무척 오랜만에 만났다. 물론 거의 매일 사람을 통해 연락은 했다.

"완벽해. 가까이에서 들여다봐도 그냥 주무시는 것 같다."

시체가 부패하지 않는 수준이 아니라 죽은 것을 알 수 없을 정도로 완벽한 박제. 그 작업을 위해서는 뛰어난 기술자와 충분한 시간이 필요했다.

오누이가 공작의 서거 소식을 잠시 감추자고 합의할 당시만 해도 이렇게 공들여 일을 꾸밀 생각이 아니었다. 계획이 틀어졌다. 황녀가 예상대로 움직여 주지 않았기 때문이다.

원래는 성년식에 슬쩍 약혼설을 흘리고 한두 달 안으로 약혼을 진행하려 했다.

그런데 황녀가 조세프를 거부할 줄은 몰랐다. 싫다는 의사를 명확히 표시한 건 아니지만, 강하게 밀어붙일 수가 없었다. 잘못 건드렸다가 황녀가 혼인 문제에 관심을 두어 참견하면 곤란했다.

황녀의 약혼 성사까지 시간이 더 필요했다. 그리고 패트리샤가 유리한 협상을 하려면 리먼 공작이 건재해야 했다.

"이제 슬슬 나도 외부 활동을 해야지."

너무 오랜 칩거는 위험했다. 공작을 아무도 보지 못한 기간이 길어지면 슬슬 뒷말이 나올 것이다.

"하루에 한두 번. 아버지를 모시고 산책을 하게 할 거다."

집사는 이동 침대에 공작의 시체를 싣고 정원으로 나갈 것이다. 지나가던 고용인들이 보면 자연스럽게 소문이 퍼질 것이다. 거동은 못 하지만, 리먼 공작이 살아 있다고.

기사들이 누구도 접근하지 못하게 곁을 지킬 것이다. 와병 중인 공작을 엄중히 호위하는 건 당연하니까.

"한시름 놨네요. 그놈만 아니었어도."

패트리샤가 이를 악물었다. 그녀의 눈에 사나운 빛이 번뜩였다.

"치워야 했어요."

아득, 이를 갈았다.

"제가 무슨 수를 써서라도 그놈을 치워야 한다고 했잖아요."

더그가 말없이 헛기침만 했다.

"오라버니는 소극적이었지요."

"나도 애썼다. 하지만 폐하께서 아시면⋯⋯."

"그런저런 눈치를 보면 무슨 일을 도모해요! 그놈만 죽어 없어지면 어차피 폐하의 후계자는 황녀뿐이에요. 문제로 삼은들 폐하께서 어쩌시겠냐고요."

"하지만 어차피 반쪽이고⋯⋯."

"세상일은 어찌 될지 몰라요. 장담하지 마세요."

"조카님께서는 벌써 인사 보고서를 폐하께 드렸다면서?"

더그가 슬며시 말을 돌렸다.

"⋯⋯요즘은 황녀도 무슨 생각을 하는지 모르겠어요."

패트리샤가 손끝으로 관자놀이를 꾹꾹 눌렀다. 신경 쓸 일이 많아졌더니 두통이 만성이 되었다.

"내가 추천한 사람을 한 명도 쓰지 않았어요."

"한 명도?"

"시녀들도 싹 바꿨어요."

패트리샤가 입술을 잘근잘근 깨물었다. 예감이 안 좋다. 자꾸 뭔가가 어긋나고 있었다.

"곁에서 누가 속살댄 게 틀림없어요."

"누구?"

"짐작 가는 데가 있어요."

패트리샤의 눈앞에 포프 백작부인의 모습이 스쳐 지나갔다.

'진즉 떨궜어야 했는데.'

백작부인을 황녀의 수석 시녀로 붙인 사람이 패트리샤였다. 영향력 없는 가문 출신에 나대지 않는 성격의 백작부인을 그때는 만만하게 봤다. 뼈아픈 실수였다.

'감히 황녀와 내 사이를 이간질해?'

조만간 손을 쓸 것이다. 벼르는 중이었다.

문을 두드리는 소리가 들리고 시녀가 들어왔다.

"무슨 일이냐."

패트리샤의 목소리가 날카로웠다. 중요한 얘기 중이니 방해하지 말라고 단단히 일러두었다.

"은왕 전하께서 납시었습니다."

"뭐? 지금 밖에 계신단 말이냐?"

"예. 어찌 하올까요?"

예의와 격식을 중요시하는 황녀는 반드시 방문 전에 미리 사람을 보냈다. 이 늦은 시각에 찾아오다니. 전에 없던 일이었다.

"안으로 모셔라."

가뜩이나 황녀와의 사이가 소원해졌다고 느끼는데 그대로 돌려보낼 수가 없었다.

시에나가 안으로 들어왔다. 더그를 발견한 그녀의 눈이 살짝 가늘어졌다.

겉보기에 모녀 사이는 전과 다름이 없었다. 시에나는 안부 차 인사하러 며칠에 한 번은 꼬박 적왕궁에 들렀다. 두 사람의 미묘한 거리는 두 사람만 느끼고 있었다.

"어서 오세요, 은왕."

"오랜만에 뵙습니다. 은왕 전하."

"두 분의 시간을 제가 방해했나 봅니다. 송구합니다. 어머니. 오랜만이오, 외숙. 평안하셨소?"

"평안하셨습니까, 전하. 방해라니, 당치않습니다. 적왕을 뵙고 전하까지 뵈었으니 제가 복이 많습니다."

"조부께서는 좀 어떠시오?"

더그가 흐린 낯으로 답했다.

"쾌차하셨다고 말씀드리기는 어렵습니다만, 다행히 위험한 고비는 넘기셨습니다."

"다행이오. 외숙이 두문불출하며 조부의 병간호에만 매달리고 있다고 들어 걱정했소."

"전하의 진심 어린 걱정을 각하께서도 분명히 알고 계실 겁니다."

"찾아뵙겠다고 하면서 시간만 지났군요. 내일 뵈러 가겠소."

"예?"

화들짝 놀란 더그의 눈이 순간 흔들렸다.

"은왕. 공작께서는 아직 손님맞이를 하실만한 상태가 아니랍니다."

패트리샤가 말을 거들었다.

"손님이 아닙니다. 손녀가 인사드리겠다는 겁니다."

"전하. 의사가 절대 안정을 권했습니다. 조금 기력을 찾으시면 뵙는 게 좋겠습니다."

시에나는 극구 사양하는 더그의 태도가 이상했다. 전에는 기회만 생기면 시에나를 저택으로 초대해 주변에 과시하고 싶어 했다.

"알겠소. 조부께 안부 전해 주시오."

"예, 전하."

"은왕. 이 시각에 어쩐 일이에요? 다급한 일로 온 게 아닌가요?"

"제 혼인에 관해 드릴 말씀이 있습니다."

"혼인…… 에 관해서요?"

패트리샤가 긴장했다.

"예. 아, 그전에 여쭐 일이 있습니다."

"예. 말씀하세요."

"예식부 대신이 바뀌었더군요. 그에 관해 알고 계신 게 있는지요?"

예식부 대신에게 물을 게 있어서 사람을 보냈다가 원래의 디킨 백작이 경질된 사실을 알았다. 성인식 연회가 끝난 며칠 후였다. 디킨 백작은 아예 수도를 떠났고 후임자는 생뚱맞은 인물이었다.

"은왕. 어미는 정치를 모른답니다."

패트리샤는 부드럽게 미소 지었다. 순간의 당황한 기색도 없었다.

"오라버니. 혹시 아세요?"

"글쎄요. 한번 알아보겠습니다."

지금 그들의 대답이 시에나가 준 마지막 기회를 걷어찼다. 시에나는 이미 오기 전에 상세히 알아봤다. 패트리샤가 직접 나섰고 새로운 예식부 대신은 더그의 사돈 가문 쪽 사람이었다.

솔직하게 말할 거라고 기대는 안 했다. 너무도 매끄러운 그들의 거짓말이 더 문제였다. 거짓말에 능한 자들이다. 어머니도, 외숙도.

"은왕. 혼인에 관해 하실 이야기가 뭐지요? 어미는 무슨 놀랄 말씀을 하실지 두렵군요."

"제가 자리를 비켜 드리……."

"외숙이 들어도 상관없소."

엉거주춤하게 일어났던 더그가 다시 앉았다.

"제가 생각을 해 보니 어머니 말씀에 따르는 게 낫겠습니다."

"무슨 뜻이지요?"

"어머니께서 제게 아무 사람이나 추천하지는 않으셨겠지요. 가문과 인품, 그리고 장차 내게 도움이 될 사람인가. 모두 어머니가 충분히 고려했을 거라고 생각합니다."

미심쩍게 시에나를 바라보던 패트리샤의 표정이 변했다.

믿기지 않아 놀라다가 점점 감격에 겨워 눈시울을 붉혔다.

"황녀. 이 어미의 진심을 알아주시는군요."

"조세프 루크. 그자가 제일 낫습니까?"

패트리샤의 입매가 살짝 굳었다가 부드럽게 휘어졌다.

"말씀드렸다시피 후보는 여럿이에요."

"시간 낭비하고 싶지 않습니다. 그자가 아니면 두 번째 후보 리바이 모튼으로 할까요?"

"어미의 의견을 참고하시겠다면 루크 군이 낫습니다."

"그럼 그자와 약혼하겠습니다."

시에나가 곰곰이 꿈을 되짚어 보니 약혼은 했으나 결혼은 안 한다. 그리고 원래대로라면 무난하게 패트리샤가 소개한 조세프와 약혼했을 것이다.

어차피 조세프와 약혼해도 모종의 이유로 파혼할 것이다. 다른 자와 약혼하면 변수가 될 뿐이다.

"진심이세요?"

"예. 하지만 결혼을 급하게 할 생각은 없습니다."

"당연히 그건 은왕의 뜻대로 하셔야지요. 그런데 왜……. 내켜 하지 않으셨잖아요? 루크 군이 마음에 들지 않으신 줄 알았는데요."

"누구를 제 앞에 데려와도 다 마음에 안 들 겁니다. 눈에 차는 자가 없습니다."

"저런. 내 따님은 눈이 너무 높으시다니까."

패트리샤가 살포시 곱게 눈을 흘겼다.

"어차피 결혼은 해야 하고 신경 쓰고 싶지 않습니다."

"예. 무슨 뜻인지 이해했어요. 어미가 알아서 다 할게요."

시에나가 돌아간 후 더그가 기분 좋게 웃었다.

"됐구나. 은왕이 저렇게 말하니 다 된 거야."

패트리샤는 크게 기뻐하는 기색이 아니었다.

"이상해요."

"뭐가?"

"뜬금없이 왜 약혼을……."

"은왕도 위기를 감지한 게 아니겠니. 결혼이 자신의 위치를 더 단단히 받쳐 줄 것을 깨닫게 된 거지. 철이 든 거야."

"은왕이 그런 걸 의지할 성격이 아니에요."

"그 반쪽 녀석의 책봉식을 보며 느낀 바가 있겠지."

"오라버니는 루크 백작 영랑의 주변을 살펴주세요. 은왕과 무슨 말이 오갔는지도 몰라요."

"그래. 그건 내가 챙기마."

더그가 돌아갔다. 패트리샤는 계속 생각에 잠겼다. 여전히 의심의 끈을 놓지 않았다.

'황녀의 주변도 살펴야 하는데. 지금은 심어 둔 눈이 다 뽑혔으니.'

시녀가 싹 바뀐 지 얼마 안 되었다. 당분간은 사람을 심기가 어려웠다.

'그렇다면 시녀 중에서 매수해야겠지.'

은왕의 궁에 새로 들어간 시녀들 명단을 알아 오라고 지시를 내려놓았다. 재물 혹은 권력에 굴복하여 충실히 눈과 귀가 되어 줄 자가 반드시 있을 것이다.

*　　*　　*

레반이 말이 없는 쿤의 눈치를 살폈다. 당장 은왕의 보좌관직을 사임하기 곤란하게 되었다고 보고한 후 쿤의 침묵이 꽤 길었다.

"알았다."

"……예?"

"한 달이라고 했지. 마무리는 확실히 해."

"예. 염려 마십시오."

서재를 나오며 레반은 고개를 갸웃했다. 쿤의 반응이 뜻밖에 순순했다.

'당분간 제국을 떠나라고 하실 줄 알았는데.'

보좌관직을 당장 그만두면 은왕이 노여워할 테고 황족에게 찍힌 이상 도망치는 것 외에 방법이 없다. 쿤을 설득하기 위한 변명을 여럿 준비했건만.

'내가 보좌관으로 일하는 게 쿤이 계획 중인 일과 별 상관은 없는 모양인데. 그럼 왜 그만두라고 하신 거지?'

쿤이 예민하게 간섭한 이유를 모르겠다.

라드 일족은 크게 둘로 나뉘었다. 지도부와 지도부의 지시에 따르는 자. 그리고 지도부는 둘로 나누었다. 일하는 자와 준비 중인 자.

메이슨의 후계자인 레반은 '준비 중인 자'였다. 일족에게 해를 끼치지 않으면 어디서 뭘 하든 간섭받지 않았다. 오히려 다양한 경험을 쌓아 장차 일족의 미래를 이끄는 인재로서 성장하는 것을 환영했다.

그래서 레반은 제국의 국시를 치르고 관리가 되는 엉뚱한 짓도 할 수 있었다.

'문제가 될 거면. 애초에 국시를 치를 때부터 한마디 하셨겠지.'

뭔가 이상했다.

쿤이 의자에 앉은 채 몸을 뒤로 확 젖혔다. 레반이 '은왕의 일정 관리를 담당하여 당장 그만둘 수가 없습니다.'라고 말할 때 일정이 뭐냐고 캐물을 뻔했다.

'거의 매일 보겠네.'

보좌관이니까.

'부럽다.'

지난 한 달, 어떻게 하면 그녀를 다시 볼까, 머리를 쥐어짜며 방법을 찾는 동안 레반 녀석은 매일 그녀와 만나고 얘기했다는 거다. 은근히 약이 올라 속이 뒤집혔다.

황녀는 찾아오지 말라고 못 박았다. 그는 그녀의 경고를 감히 무시할 수가 없었다. 사교 활동을 거의 하지 않는 그녀와 만날 기회도 없었다.

방법이 있기는 했다. 곧 그녀는 영지를 할양받을 테고 그녀의 꼼꼼한 성격상 반드시 직접 영지를 시찰하러 나올 것이다.

'하지만 그게 언제냐고.'

앞으로 열흘 뒤? 한 달 뒤? 기약이 없어서 그런지 그저 까마득했다.

천장을 멀뚱히 보던 그가 벌떡 일어났다. 서재를 나와 복도를 걸었다. 계단을 내려가다가 계단 난간을 정성스레 왁스질하는 발터와 마주쳤다.

"외출하십니까?"

"음."

"입궁하시는 건가요? 그러면 혼자 가시지 말고⋯⋯."

"아니야. 바람 쐬고 올 거야. 저녁 준비는 됐다. 많이 안 늦어."

발터가 꼬치꼬치 물을 것들을 모두 미리 대답했다. 충실한 집사는 갈수록 잔소리가 늘었다.

"다녀오십쇼!"

목적지는 따로 없었다. 답답해서 나왔다. 아무 생각 없이 걷는 일은 그의 스트레스 해소법이었다.

해 질 무렵에 나왔던 터라 금방 날이 어두워졌다. 동쪽 거리에 들어서는 그의 눈동자에 반짝 빛이 스쳤다. 발걸음 속도를 높여 낯익은 사내에게 다가가 말을 걸었다.

"길버트 경."

"오, 자네."

쿤은 길버트가 막 들어가려던 상점을 확인했다. 고급 필기구를 파는 곳이었다.

"심부름 나오셨습니까?"

"아닐세. 내가 번을 서는 날이 아니라서 볼일을 보러 나왔지."

기사와 필기구는 어울리는 조합이 아니었다. 무구점 앞에서 마주쳤다면 그러려니 했을 것이다.

"깃펜을 수집하시나 봅니다."

길버트가 겸연쩍게 웃었다. 깃펜 수집은 고급스러운 취미였다. 푹 빠진 자는 가산을 탕진할 정도였다.

쿤의 입술 끝이 슬며시 올라갔다. 안 그래도 길버트의 환심을 살 방법을 찾고 있었다.

＊　　　＊　　　＊

시에나는 집무실 책상에 앉아 펼친 책을 응시했다. 이미 한참 전부터 페이지는 넘어가지 않았다.

보좌관은 하루아침에 일을 그만둔대고 어머니가 압력을 가해 예식부 대신을 갈아치운 사실을 알았다. 거짓말에 능숙한 어머니와 외숙의 적나라한 이면을 본 것까지. 피곤한 하루였다. 몸이 아닌 정신적인 피로다.

시에나는 책상의 가장 아래 서랍을 열어 봉인된 큼직한 봉투를 꺼냈다. 이 봉투와 함께 보관했던 찻잎 상자는 이제 이곳에 없었다.

봉투는 에비타가 황궁에 두 번째 방문했을 때 가져온 것이다. 시에나가 구매하겠다고 했던 칼리고 용병단 단장에 관한 정보였다.

'난 이걸 어쩌고 싶은 거지.'

열지도, 폐기하지도 못했다. 마치 귀한 보물처럼 아래 서랍에 보관했다.

용병단 칼리고는 위협적인 무력 집단이었다. 겉핥기식으로 취득한 정보만으로도 만만한 상대가 아니었다.

'만약에⋯⋯.'

쿤이 용병단의 주인이라면 그가 철왕의 곁에 있다는 의미를 심각하게 다시 생각해야 할 것이다. 디안은 말벗이라고 소개했지만, 사실은 중요한 조력자일 테니까.

작은 노크 소리에 이어서 목소리가 들렸다.

"전하. 길버트입니다."

시에나는 봉투를 다시 서랍에 넣었다. 대기해 있는 시녀에게 고개를 끄덕였다. 시녀가 문을 열었다.

어쩐 일일까. 꽤 늦은 시간인 데다가 오늘은 길버트가 입궁하는 날이 아니었다.

길버트와 함께 들어오는 흑발의 사내를 보고 시에나의 눈이 흔들렸다. 시에나는 그를 보는 순간 답을 얻었다.

왜 봉투를 열어 안에 든 정보를 꺼내지 못했는지 비로소 알았다. 봉투 안에 쿤이 칼리고 용병단의 주인이라고 확신할 만한 정보가 있을까 봐 꺼림칙했던 거다.

그를 경계하고 의심하고 싶지 않아서였다. 믿고 싶은 거다. 저 남자를.

"전하. 늦은 시각의 결례를 용서하시옵소서."

"괜찮네. 무슨 일인가."

시에나는 의식적으로 그를 외면했다. 방금 깨달은 자신의 마음이 너무 버거웠다.

"제노 경이 다급히 전하를 뵙고 드릴 말씀이 있다고 해서 동행했습니다. 전하께서 찾지 않으면 뵐 수 없다며 제게 도움을 청했습니다."

시에나가 피식 웃었다.

제노? 그건 또 누군가.

"전하. 소신이 실수했다면……."

"경은 따로 용무가 없다면 가 보시게."

"예. 전하."

길버트가 나간 후 시에나는 시녀에게 명했다.

"물러가라. 부르기 전까지 아무도 들이지 마라."

시녀는 꾸벅 고개를 숙이고 나갔다.

진즉 시녀들을 바꿀 걸 그랬나 보다. 새로 들어온 시녀들은 시에나의 지시에 두말없이 복종했다. 전의 시녀들이 무례했다는 게 아니라 미묘하게 달랐다.

집무실에 두 사람만 남았다. 책상과 책장 몇 개가 전부인 집무실은 넓지 않았다. 고개를 돌리고 앉아 있는 시에나를 바라보는 쿤의 눈이 깊이 가라앉았다.

"멋대로 찾아와 화나셨습니까?"

시에나는 대답하지 않았다.

쿤이 살짝 인상을 썼다. 그녀의 외면이 아팠다. 날카로운 끝이 가슴 안을 쿡쿡 찌르는 것 같다.

길버트를 만났을 때만 해도 이럴 생각은 아니었다. 한정품 깃펜을 구해 준다는 약속으로 호감을 산 후 충동적으로 길버트에게 부탁했다. 길버트가 거절했다면 그냥 포기했을 텐데 그는 흔쾌히 승낙했다. 그녀를 만날 기회는 너무 유혹적이었다.

쿤은 천천히 걸어갔다. 책상 옆으로 돌아 의자에 앉은 그녀에게 다가갔다. 한쪽 무릎을 접고 앉아 시에나를 올려다보았다.

두 사람의 눈이 마주쳤다.

쿤은 그녀가 다시 고개를 돌려버릴까 봐 걱정했지만, 다행히 금색 눈동자는 냉랭하지 않았다.

"오지 말라고 했잖아."

"예."

"황궁은 내킬 때마다 드나들어도 되는 곳이 아니야."

"예."

"왜 웃어?"

"살 것 같아서요."

환영해 주지 않아도 좋다. 말 그대로 막힌 숨이 트인 기분이었다. 헤실헤실 웃는 남자의 얼굴을 보고 있으니 시에나도 괜히 웃음이 나올 것 같았다.

"이런 건 '우연한 만남'이라고 하기엔 억지스럽지 않아?"

"황궁 안에서 꼼짝도 안 하는 분을 밖으로 끌어내는 재주는 없어서 말이지요."

"그랬나?"

"그랬습니다."

"난 또. 큰소리만 쳐놓고 보이지 않길래. 내가 출궁하지 않으면 방법이 없긴 하지."

"그 말씀은. 기다리셨다는 겁니까?"

그녀가 순간적으로 시선을 피했다. 그 묘한 반응을 쿤은 절대 지나치지 않았다.

"전하."

쿤은 고개를 돌리려는 그녀의 얼굴을 두 손으로 감싸 잡아 움직이지 못하게 했다.

"시에나."

그녀가 미간을 찡그렸지만, 불쾌해하는 기색이 아니었다.

"보고 싶었습니다."

그녀에게 자신의 마음을 어디까지 표현해도 될까 고민하는 그가 할 수 있는 최소한의, 그리고 가장 솔직한 마음이었다. 심장이 사방에서 쫙 조여드는 것 같았다. 발버둥 치듯 뛰는 심장이 뻐근하게 아파 그는 이를 지그시 물었다.

"보고 싶어 견딜 수가 없어서 앞뒤 생각 못하고 무작정 왔습니다. 이런 제 행동이 당신을 불쾌하게 합니까?"

'제발.'

그는 간절히 속삭였다.

'당신의 마음을 조금만이라도 내게 보여 줘.'

"……모르겠어. 나는…….'

쿤은 순간 낙담했다가 이어질 그녀의 말을 기다렸다.

"보고 싶다는 게 어떤 건지 몰라. 네가 궁금했고 널 다시 보면 기분이 좋아. 그리고…….'

시에나가 망설였다. 쿤은 뒷말을 재촉했다.

"그리고요?"

"지금 네가 해 줬으면 하는 게 있어."

"제가요? 뭡니까?"

"일어나."

말 잘 듣는 병사처럼 쿤이 일어났다.

"한 걸음 뒤로."

쿤이 뒤로 물러섰다. 시에나가 의자에서 일어나 그에게 다가갔다. 바짝 앞에 서서 고개를 들었다. 커다랗다. 이렇게 큰 남자가 언제나 곁에 버티고 있다면 아주 든든할 것 같다.

'갖고 싶어.'

시에나가 두 팔을 벌려 그를 안았다. 그의 등을 두 손으로 감싸고 그의 가슴에 얼굴을 기댔다.

"시에나……?"

시에나는 풋, 웃음을 삼켰다. 이름을 부른 걸 뭐라 하지 않았더니 또 은근슬쩍 존칭을 생략했다. 틈만 생기면 놓치지 않고 파고드는 남자였다. 집요하달까. 이런 부분에서 성격이 보인다는 게 재미있었다.

"날 안아."

그의 두 팔이 시에나의 등을 감싸 눌렀다.

"더 꽉."

그가 더 힘을 주어 시에나를 끌어안았다. 앞뒤로 눌리는 압박이 기분 좋았다. 구속당하고 있는데도 거부감이 들지 않았다.

그의 품은 단단하면서 부드러웠다. 바짝 밀착하여 느껴지는 체온이 따뜻했다. 포옹은 다 이런 느낌일까. 비교할 대상이 없어 모르겠지만, 다른 사람과 이런 접촉을 하고 싶지는 않았다.

"무슨 일이 있었습니까?"

쿤은 시에나가 위로를 원한다는 것을 알아차렸다.

"응."

만약 쿤이 '무슨 일입니까?'라고 물어도 시시콜콜 말해 줄 생각은 없었다.

오늘은 여러모로 힘든 날이었지만, 오롯이 혼자 감당할 일이었다. 투정을 부리려는 게 아니었다. 그녀가 필요한 건 잠시의 휴식이었다. 그가 아무것도 묻지 않아서 시에나는 더 기분이 나아졌다.

"이제 됐어."

시에나가 살짝 힘을 주어 그를 밀어냈다.

쿤이 끌어안은 팔에 힘을 풀면서 재빠르게 키스를 시도했다. 하지만 시에나가 고개를 돌려 피한 게 조금 더 빨랐다. 그리고 그녀는 그에게 바짝 다가가 당황하는 그의 입술에 가볍게 입을 맞췄다.

환희와 패배감이 섞인 그의 표정이 묘했다. 시에나가 작게 웃음을 터뜨렸다. 그녀는 휙 몸을 돌려 다시 의자에 앉았다. 펼쳐진 책을 집어 들었다.

"가 봐."

"……정말 너무하시네요."

쿤은 다가왔다가 물러서기를 반복하는 그녀의 태도에 더 애가 탔다.

"시간이 늦었어."

쿤이 책상의 정면 방향으로 이동했다. 두 손을 책상에 딛고 상체를 숙여 그녀에게 몸을 기울였다.

"이대로 가라고 하시면 또 와도 된다는 뜻으로 알겠습니다."

책을 보는 척하던 시에나가 고개를 들었다.

"억지 부리지 마."

"영지 할양은 언제입니까?"

"글쎄."

"직접 영지 시찰을 하러 가시겠지요?"

"그건 왜?"

"호위가 필요하지 않으십니까?"

영지에 관한 말이 나오자 순간 경계했던 시에나가 피식 웃었다.

"알았어."

"……예?"

"호위 한 명 더 추가 동행이 어려울 건 없지."

기뻐할 줄 알았던 그가 알 수 없는 눈으로 물끄러미 시에나를 바라보았다.

"그런 뜻으로 한 말이 아니었어?"

"맞습니다."

쿤이 낮게 웃었다. 그가 팔을 뻗어 시에나의 왼손을 쥐었다. 잡아당기며 그녀의 손등에 입을 맞추었다.

"제가 원래는 당신의 호위가 아니라는 사실을 기억하셔야 합니다."

"당연히…… 알아."

"다행이군요."

시에나는 그가 집무실에서 나간 후 얼떨떨한 표정으로 자신의 왼손을 보았다. 그의 입술이 누르던 느낌이 잔상처럼 남았다. 정확히 손등의 아래, 넷째 손가락 윗부분이었다.

*   *   *

"폐하."

노인이 된 포프 백작부인의 눈시울이 붉었다.

다시 꿈으로 들어왔다.

시에나는 이제 전처럼 들뜨지 않았다. 무엇을 보고 듣게 될까, 호기심이 반 두려움이 반. 그녀의 기분이 훨씬 복잡해졌다.

"왜 안 가고."

"폐하께서 쓰러지시는 망극한 상황에서 제가 어찌 돌아가겠습니까."

"그대가 많이 놀랐겠군. 모처럼 만나 못 볼 꼴만 보였어."

"그런 말씀은 마셔요. 괜찮으십니까? 폐하께서는 제국의 기둥이십니다."

"딱히 병은 아니네. 심화인 것이지."

백작부인과 대화하는 황제의 음성은 패트리샤와 말을 나눌 때보다 훨씬 편안했다.

─어머니는 적이라고 말하면서 백작부인은⋯⋯.

시에나는 다시 한 번 확인했다.

혈육보다 남을 더 믿는 자신의 미래인가. 입안이 썼다.

"혹시 어머니를 뵈었나?"

"여전히 정정하시더군요."

"봉변을 겪지 않았나."

"괜찮습니다. 폐하."

황제가 쯧, 혀를 찼다.

"어머니가 그대에게 무슨 짓을 했는가?"

"말씀 몇 마디 하셨을 뿐입니다."

"폭언이겠지."

"……."

"그분의 패악이 갈수록 심해지니……."

"아무 이유 없이 그러십니까?"

"이유? 이유는 만들면 그만이지. 근래에는 내 성혼 문제에 안달하시더군."

백작부인이 풋, 웃음을 터뜨렸다.

"송구합니다, 폐하. 문득 생각이 나서요. 얼마 전 폐하의 옛 약혼자 소식을 들었답니다."

황제가 아무 말이 없자 백작부인이 조심스레 말했다.

"혹여 기억하지 못하시는……."

"기억해. 하지만 낯설군. 내 앞에서 그 얘기를 꺼내는 사람이 없으니 말이지."

"괜한 말씀을 드렸나 봅니다. 나이가 들면 주책만 늘어서요."

"얘기해 보게. 내가 이런 이야기를 나눌 사람이 그대밖에 더 있겠나. 루크 백작이 왜?"

─미래의 루크 백작이라면 조세프 루크겠지?

루크 공작의 손자 조세프 루크.

그는 가문 내에서 공작의 후계가 될 서열이 아니었다.

시에나와 결혼하지 못하면 부친의 작위만 물려받을 것이다.

"루크 백작의 아들이 못 말리는 난봉꾼이라 합니다. 얼마전에 백작의 손자를 잉태했다는 여자가 찾아와 한바탕 난리가 났다고 합니다. 그런데 처음이 아니라더군요."

"그때 그 아들인가?"

"예."

"그 아비에 그 아들이군."

"그래서 피는 못 속인다고 하지요."

"그래도 그 아들을 백작이 거둬 양육했나 보군."

"아무리 사생아라고 해도 존재를 세상 사람들이 다 알게
되었는데 버릴 수는 없었겠지요. 그리고 지금은 루크 백작
의 유일한 혈육입니다."

"그 후 백작에게 자식이 없었나? 혼인했다고 들었는데?"

"부부 사이에 자식이 없다고 합니다."

시에나는 황제와 백작부인의 대화를 들으며 추론했다. 파
혼의 이유를 알 것 같았다.

─사생아인가.

약혼한 후 조세프에게 사생아가 있다는 사실이 드러난
모양이다. 사생아의 존재가 감출 수 없게 공론화되었다면
시에나가 그런 자와 결혼할 리가 없었다.

체면 문제도 있고 황제의 배우자에게 사생아가 있으면 분
란의 소지가 될 수 있었다.

─파렴치한 자로다.

조세프의 매끈한 얼굴을 떠올리며 시에나는 분노했다.

약혼자의 사생아라니.

혼인 후에 알게 되는 것보다는 낫지만, 그런 파혼은 망신

스럽다.

도란도란 대화를 나누던 두 사람이 입을 다물었다. 황제가 다가온 시녀를 쳐다보았다.

"폐하."

시녀가 머뭇거렸다.

"무슨 일이냐."

"……공왕이 알현을 청하옵……."

"불허!"

시녀의 말이 채 끝나기 전에 황제가 버럭 소리쳤다.

"불허, 불허! 짐이 몇 번을 말해야 알아듣느냐! 그 쓸모없는 귀는 뭣 하러 달고 있느냐!"

화들짝 놀란 시녀가 그 자리에 엎드렸다. 창백한 안색으로 덜덜 떨었다.

"고…… 고정하시옵소서, 폐하."

"폐하. 진정하셔요. 또 정신을 놓으실까 두렵습니다."

백작부인이 차분한 목소리로 황제의 팔을 잡았다. 황제가 시녀를 노려보며 싸늘하게 명령했다.

"썩 물러가라."

고개를 돌리는 황제의 시선 옆으로 시녀가 후다닥 나가는 모습이 보였다.

"오늘 그대 앞에서 내 체면이 말이 아니구나."

황제가 무겁게 한숨을 내쉬었다.

"소문은…… 들었습니다. 폐하."

백작부인의 목소리는 몹시 조심스러웠다.

"무슨 잡설을 떠들어 댈지 뻔하군. 공왕이 저러는 의도가 그것인가. 무슨 억하심정으로 나를 이렇게 괴롭히는지 모르겠다."

황제가 잠시 아무 말이 없다가 허탈하게 중얼거렸다.

"아니지. 그 사람이 날 원망하는 게 당연하겠구나."

"폐하. 그분은 그런 뜻이 아닐 겁니다."

"세 번. 오늘 알현 신청만 세 번이야. 오늘 하루만 이러는 것도 아니다."

"만나서 말씀을 나눠 보세요."

"……."

"폐하."

"그만하게."

"없던 일로 할 수는 없습니다. 폐하."

"그만하라니까."

"언제까지 모른 척할 수 없다는 것을 알고 계시지 않습니까. 그분은 폐하의 부군이셨습니다."

*   *   *

디안이 다음 황제가 된다는 사실에 버금가는 충격이었다. 시에나는 아직 해가 뜨지 않은 어둑한 침실을 서성거렸다. 도저히 가만히 있을 수가 없었다.

'부군? 공왕이 내 부군?'

패트리샤는 청왕궁이 비어 있다고 했다. 미래의 자신에게는 남편도 자식도 없었다. 그런데 미혼이 아니었다. 결혼했는데 청왕궁이 비어 있다는 건.

'이혼인가?'

귀족들도 이혼은 거의 하지 않았다. 가문의 결합인 귀족의 결혼은 두 사람의 합의만으로 끊어 낼 수 있는 관계가 아니었다. 하물며 황족, 더구나 황제의 이혼이라니. 아예 전례가 없었다.

'내가 전례가 되는 거야?'

시에나는 두 손으로 머리를 움켜잡았다.

이런 선례를 남기게 되다니 치욕스럽다. 다리가 아프도록 한참 침실을 돌아다녔다. 어느 정도 진정이 되자 그녀는 침대에 걸터앉았다.

'누구지?'

여섯 공작 가문의 사람 중 하나일 것이다. 황제의 배우자는 제후 가문의 혈통이어야 한다.

'철왕을 지지하며 장차 공왕이 되고 나와 결혼하는……'

아무리 생각해도 떠오르는 자가 없었다.

그 후로 며칠이 지났다. 좀처럼 충격이 가라앉지 않았다. 시에나는 여유 시간이 날 때마다 꿈의 내용을 되새겼다.

오늘은 시에나의 앞에 포프 백작부인이 마주 앉아 함께 차를 마셨다.

'역시 좋군.'

엠마가 타는 차는 항상 최고였다.

"전하. 혹시 근래 심려하시는 일이 있으십니까? 깊이 고심하는 모습을 자주 뵙습니다."

"염려해 줘 고맙소. 별일은 아니오."

베스가 미소 지으며 고개를 끄덕였다. 요즘 부쩍 시에나가 베스와 단둘이 차를 마시는 일이 늘었다. 주변에서 눈치챌 정도로 은왕이 백작부인을 부쩍 신임하는 모습이었다.

"백작부인은 잘 되어 가시오? 엠마의 혼처를 찾는 일 말이오."

엠마가 얼굴을 붉히며 고개를 숙였다.

"찾고 있으나 눈에 들어오는 사람이 없습니다."

"백작부인의 안목은 믿지만, 신중히 고르시오. 형편없는 작자에게 엠마를 보낼 수 없소."

"이를 말씀입니까."

"내가 중신을 설까?"

"어머나. 엠마가 복이 넘치는 아이네요."

시에나의 한결 살가워진 태도를 베스도 종종 느꼈다. 대화가 늘었고 농담도 주고받았다. 불과 몇 개월 전에는 상상할 수 없었던 놀라운 변화였다.

"백작부인. 개인적으로 물어볼 게 있소."

"예. 말씀하셔요."

"정부가 있소?"

베스의 미소에 금이 갔다.

"전하. 어디서 무슨 말씀을 들으셨는지 모르겠지만……."

"들은 얘기 없소. 궁금해서 묻는 거요. 내 질문이 무례했나?"

베스는 시에나의 얼굴을 살폈다. 질문의 민감도를 고려하면 맑은 표정이었다.

"……정부는 없습니다."

"애인은?"

"어…… 없습니다."

"언제부터 없었소?"

"전하. 저는 그 정부, 애인……. 있었던 적이 없습니다."

"왜 없소?"

"예?"

"백작부인은 결혼한 지 얼마나 되었소?"

"이십삼 년입니다."

"결혼하고 이십 년이 넘도록 혼자였다는 거요?"

"전하. 결혼했으니 남편이 있습니다. 혼자가 아닙니다."

시에나가 베스를 응시하다가 흐음, 중얼거렸다. 베스가 말한 뜻을 명확히 이해하지 못하는 뉘앙스였다.

베스는 이대로 그냥 넘어가고 싶지 않았다.

"전하. 애인이 따로 있는 불성실한 결혼 생활을 하는 자들이 있다는 건 사실입니다. 하지만 그만큼 배우자에게만 충실한 사람들도 많습니다."

"백작부인의 말은 결혼했으면서 정부를 두는 게 일반적이지 않다는 거요?"

베스는 즉시 대답하지 못했다. 황제와 적왕, 둘 다 즐기는 상대가 따로 있는 건 공공연한 비밀이다.

황녀의 질문에 숨겨진 뜻은 없는지 조심스러웠다.

베스는 그냥 솔직하게 답하기로 마음먹었다.

"사람마다 의견이 다를 수 있습니다. 제 의견을 물으시면, 예. 일반적이지 않습니다."

베스의 단호한 대답은 지금껏 믿어 온 시에나의 가치관을 흔들었다.

"그러면…… 필요해서 결혼해야 하는 상대와 마음이 가는 상대가 다른 사람이면 어찌해야 하오?"

베스는 할 말을 잊었다. 황녀가 이런 문제를 고민할 거라고는 짐작도 못 했다. 황녀를 오랫동안 곁에서 보살폈기에 성격을 안다. 막연한 걱정을 미리 할 사람이 아니었다.

즉, 황녀는 지금 질문한 내용을 현실적으로 고민 중이라는 뜻이었다.

'마음이 가는 상대?'

황녀에게 남자가 있나? 대체 누구?

베스는 끝내 아무것도 묻지 못하고 어떤 조언도 하지 못했다.

* * *

조세프가 찾아왔다.

"전하. 다시 뵙고 인사를 드리게 된 기쁨을 어떤 말로 표현할 수 있을지 모르겠습니다."

시에나는 조세프가 미리 패트리샤를 만나 들은 말이 있다고 짐작했다. 조세프의 웃는 얼굴에 전과 다른 자신감이 가득했다.

"오랜만이오."

"예. 전하. 오랜만에 뵙습니다만, 변함없이 아름다우십니다. 성년 생신에 직접 뵙고 인사를 드리지 못해 얼마나 안타까웠는지 모릅니다."

조세프는 객관적으로 사교계에서 뭇 귀부인들의 인기를 한 몸에 받을 조건을 갖추었다. 미남이고 공작 가문이라는 든든한 배경이 있었다. 매너 있고 화술도 좋았다.

시에나도 조세프를 처음 만났을 때 나쁘지는 않다고 생각했다. 하지만 다시 본 조세프는 최악이었다. 쓸 만하다고 평가했던 반지르르한 외모가 추해 보였다.

'뻔뻔하기는. 함부로 몸을 굴리고 뒤처리도 제대로 못 해 놓고. 그러면서 국혼을 하겠다고 나서?'

꿈을 통해 알게 된 정보를 떠올리면 부아가 났다.

"내 생일 이야기는 꺼내지 마시오. 유쾌한 일만 있었던 날은 아니니."

시에나가 쌀쌀맞게 면박을 주었다.

"아……. 제가 생각이 짧았습니다. 전하."

조세프는 순간 당혹스러워했지만 재빠르게 웃음을 되찾았다.

"전하. 날씨가 좋습니다. 바깥바람을 쐬며 잠시 걷지 않으시겠습니까?"

시에나의 냉랭한 태도는 그다지 조세프에게 타격을 주지 못했다. 그가 아는 황녀는 언제나 차가웠다. 애초에 황녀가 웃는 모습도 본 적이 없었다. 그는 지금 황녀와의 혼인이 거의 기정사실로 되었다는 귀띔을 받고 세상을 다 얻은 것처럼 겁날 게 없었다.

시에나는 말없이 조세프의 곁을 지나쳐 문으로 걸어갔다. 마주앉아 차를 마시면 더 짜증이 날 것 같다.

'차라리 걷는 게 낫겠지.'

시에나의 반응을 새침한 허락으로 받아들인 조세프가 신이 나서 얼른 따라 나갔다.

"바람이 제법 서늘해졌습니다. 전하. 혹시 추운 계절을 더 좋아하십니까?"

"그런 호불호는 딱히 없소."

"저는 더위가 참 견디기 힘듭니다. 이번 가을은 더 기대됩니다. 올해는 사슴 사냥 대회를 개최한다고 합니다."

황궁에서 북쪽으로 올라가면 상당한 규모의 숲이 있었다. 북쪽은 황실 기사들의 훈련장이 있고 방어의 요충지라 평소에 숲의 출입을 통제했다.

숲에는 포식 동물이 없었다. 그래서 숲에 터 잡아 사는 사슴의 수가 늘기만 했다. 숲의 보존을 위해 몇 년에 한 번 사냥 대회를 열어 개체 수를 조절했다.

이 대회가 열리는 해는 매년 개최하는 전통적인 여우 사냥 대회를 생략했다.

"이번 사냥 대회에 참관하실 생각은 없으신지요? 전하께 가장 큰 사슴을 잡아 바치겠습니다."

시에나는 작게 코웃음 쳤다. 사냥에 관심 없다는 뜻을 지난번에 충분히 표현했는데 조세프는 전혀 알아듣지 못했나 보다. 잔뜩 들뜬 조세프의 목소리가 거슬렸다.

관목을 끼고 돌아서는 순간, 마주 오던 자들과 마주쳤다. 네 사람이 그 자리에 멈추어 섰다. 디안이 놀란 표정을 빠르게 갈무리했다.

"은왕. 거처가 가까워지니 이렇게 우연히 만나기도 하는군요."

시에나가 고개를 살짝 숙여 인사를 건넸다. 성년 생일에 봤던 귀부인, 비올렛이 디안의 곁에 있었다.

'그로시 공작의 손녀라 했지.'

시에나가 쳐다보자 다소곳이 서 있던 여자가 깊이 고개를 숙였다.

"이왕 만났으니 같이 산책할까요?"

"그러지요."

시에나가 얼른 대답했다. 조세프와 단둘이 다니는 것보다 훨씬 낫겠다.

조세프는 떨떠름한 표정으로 시에나와 디안을 번갈아 보았다. 뜻밖에 은왕과 철왕 사이의 감정이 나빠 보이지 않았다. 어떻게 처신해야 할지 알 수 없어 조용히 입을 다물었다.

"우리는 초면 같소만."

"예. 철왕 전하. 조세프 루크입니다."

"흐음. 루크……."

디안의 머릿속이 빠르게 회전했다. 루크 공의 손자는 밀려난 줄 알았는데 아니었나?

"이 시각에 은왕과 산책이라? 은왕은 허투루 시간을 쓰지 않소. 그대는 특별 대우를 받고 있군."

슬쩍 찔러 봤더니 조세프가 우쭐거렸다.

"신년 첫날에 두 분 전하께 인사드리기를 감히 바랍니다."

새해 첫날은 가족만 모여 첫 식사를 함께했다. 신분 고하를 가리지 않는 제국의 전통이었다. 조세프는 자신이 곧 황실의 일원이 될 거라고 은근히 암시했다.

디안이 흘끔 시에나를 돌아보았다. 시에나는 부정하지 않았다. 그는 흥미로운 기색을 표정에서 감추었다.

'그렇군. 결국, 적왕의 뜻대로 가는 건가.'

리먼 공작가와 루크 공작가의 동맹. 반전은 아니었다. 예상했던 여러 갈래 중 하나다.

시에나는 비올렛의 목에 걸린 목걸이를 유심히 보았다. 눈에 익었다.

"독특한 목걸이요."

나무를 깎아 만든 조각은 시에나가 디안을 초대했을 때 선물한 것과 똑같았다.

비올렛이 발그레한 얼굴로 목걸이를 어루만졌다.

"차림새에 어울리지 않는 것은 알지만, 제게는 소중한 물건입니다. 철왕 전하께서 황궁 밖에서 직접 사서 선물로 주셨습니다."

"오, 직접."

시에나가 디안을 비난 어린 눈초리로 보았다. 이런 사기꾼.

디안이 헛기침하며 화제를 돌렸다.

"두 분은 무슨 담소를 나누고 계셨소?"

"곧 있을 사슴 사냥 대회를 이야기 중이었습니다. 은왕 전하께 참석해 주십사 읍소하고 있었지요."

"오! 사슴 사냥!"

"전하께서는 사냥을 즐기십니까?"

"딱히 즐길 기회는 없었소만, 올해 사슴 사냥은 가 봐야겠소."

두 남자는 사냥이라는 주제를 놓고 제법 죽이 잘 맞았다.

"첫날의 사냥만큼은 아무리 철왕 전하라도 양보는 못 합니다. 트로피는 제 것입니다."

"첫날? 아아……. 귀족의 참여가 첫날 사냥이었던가?"

"예. 첫날 사냥이 진짜이지요."

사슴 사냥 대회는 며칠에 걸쳐 열리고 첫날만 귀족의 유흥이었다. 이날은 기사의 참가를 제한했다.

"기사가 참석하지 않으면 나도 해볼 만하지."

"사슴 사냥이 그리 만만하지 않습니다."

"자신만만하군. 그럼 나와 내기를 하겠소?"

"좋습니다."

두 남자가 전리품으로 각자 가진 귀물을 걸었다. 즉흥적이고 유치한 내기 시합이 성사되는 과정을 지켜보며 시에나는 퍽 한심하다고 생각했다.

"은왕. 그날 참관인이 되어 주지 않겠어요? 사슴의 크기가 한눈에 봐도 차이가 나면 상관없지만, 엇비슷하면 은왕의 판단에 따르기로 하지요."

"저도 은왕 전하의 판결에 따르겠습니다."

두 남자가 기대 가득한 눈으로 시에나를 바라보았다.

'시간 낭비야.'

거절하려던 시에나가 멈칫했다.

그날 참석하면 쿤이 틀림없이 불쑥 나타날 것 같다. 전에 종종 그랬던 것처럼. 사냥 대회는 명분이 있는 출궁이었다.

"한 번쯤 가 보는 것도 나쁘지는 않겠군요."

시에나의 대답은 두 남자를 모두 만족하게 했다. 조세프는 자신의 사냥 솜씨를 뽐낼 생각에, 디안은 사냥 대회에 사람들의 시선이 쏠리게 하려는 계획이 수월하게 이루어질 것 같아서.

시종이 종종걸음으로 다가와 꾸벅 고개를 숙였다. 디안이 아는 척을 했다.

"어쩐 일이냐."

시종이 디안의 곁에 바짝 다가가 소리 죽여 말을 전했다. 디안이 고개를 끄덕였다.

"그만 가 봐야겠습니다. 손님이 기다리고 있다는군요."

시에나의 눈빛이 순간 흔들렸다. 디안이 말하는 손님이 혹시 쿤은 아닐까. 묻고 싶었으나 묻지 못했다.

*   *   *

디안은 응접실 문을 열기 전에 시종에게 지시했다.

"부르기 전까지 들어오지 마라. 누가 찾아와도 돌려보내고."

"예. 전하."

지금 응접실에 앉아 있는 손님이 올 때마다 항상 같은 지시를 받았기에 그러려니 했다.

디안이 문을 열고 들어갔다. 소파 하나만 덩그러니 놓여 있던 응접실은 이제 제법 가구를 들여 구색을 갖추었다. 주인 없는 응접실을 혼자 지키고 있던 쿤이 디안을 보며 일어나려 했다.

"됐어, 됐어. 아무도 없는데 낯간지럽게."

디안이 손을 내저었다. 쿤은 두말없이 다시 앉았다.

"마차가 나가더군. 그로시 영애?"

"응."

디안이 쿤의 앞자리에 털썩 앉았다.

"자주 만나는걸. 파티에 에스코트한 것만도 몇 번이고. 황궁으로 부르기도 해?"

"약혼할 사이니까. 사이좋은 모습을 보여서 나쁠 건 없지."

"보여 주기 위해서야?"

"뭐 그냥……."

디안이 말끝을 흐렸다. 디안의 미묘한 반응을 쿤은 그냥 넘기지 않았다.

"확실히 해. 그로시 영애가 동맹을 위한 수단인 건지, 네 사람으로 하려는 건지. 나중에 일 그르치지 말고."

디안이 말문이 막힌 표정으로 시선을 떨어뜨렸다. 쿤이 지적하기 전까지 디안은 자각하지 못하고 있었다. 정확히 말하면 결론을 내지 못하고 미루는 중이었다.

"……좋은 여자야. 순진하고."

"부모를 잃은 어린 손녀를 그로시 공이 애지중지 키웠다지. 그래서 세상 물정에 어두워. 아랫사람을 휘어잡을 줄도 몰라."

"순한 사람이야. 그 능구렁이 노인네의 핏줄이라는 게 믿기지 않아."

풋사랑에 빠진 소년처럼 디안이 실실 웃었다. 본인만 모르고 있다. 빤히 보이는 디안의 감정을 읽으며 쿤은 혀를 찼다.

"결혼은 계약이고 장사라고 누가 그랬더라?"

"이건 경우가 다르지. 필요로 결혼한다고 그 상대와 사이가 나빠야 하는 건 아니야."

"내 말은 그 뜻이 아니잖아. 계획대로 가도 상관없다는 건가?"

그로시 공작의 손녀는 고르고 골라 택한 최종 후보였다. 공작 가문의 지지는 얻되 지금의 적왕처럼 황제의 배우자가 된 후 권력에 맛들어 날뛰면 곤란했다.

비올렛은 부모가 없으니 영향력을 행사할 친족이 없다. 공작은 어차피 늙었다. 길게 잡아야 십 년이면 이빨이 다 빠질 것이다.

그녀는 어려서 부모를 잃고 실어증에 걸릴 정도로 심약했다. 하녀에게 싫은 소리 한마디를 제대로 못 한다고 했다. 결혼하면 조용히 남편을 내조하고 아이를 기를 것이다.

평범한 집안이면 안주인의 역할이 그것으로 충분하겠지만, 황실은 사교계의 중심이 되어야 했다. 비올렛에게는 벅찬 임무다.

제국 역사상 황제의 배우자가 반드시 사교계의 주역이 아니었다. 때로는 황제의 정부가 사교계를 휩쓸기도 했다. 디안이 황제가 되면 정부에게 그 역할을 맡기려 했다. 그 정부가 진짜이든, 계약 관계이든. 그렇게 되면 필연적으로 적왕이 된 비올렛의 처지는 비참해진다. 쿤은 그 계획은 변함이 없냐고 묻고 있었다.

디안은 한참 침묵했다. 그의 대답에 한 여자의 일생이 달렸다. 전에는 어쩔 수 없다고 생각했다. 권력의 본질은 탐욕스러워서 착한 사람이 가질 수 없는 거니까.

"계획은 언제든 수정할 수 있으니 계획이지."

디안이 무겁게 입을 열었다.

"난 비올렛을 상처 입히고 싶지 않아. 그녀와 진짜 가족을 만들고 싶어."

비올렛과 함께 있으면 마음이 편했다. 그녀의 눈물을 보면 마음이 아플 것이다. 감정의 사치라는 비난을 들어도 할 말이 없었다. 치열한 권력 암투의 한복판에 서 있는 자가 할 법한 말이 아니었다.

디안은 긴장하여 쿤을 대답을 기다렸다.

"알았다."

"……뭐?"

"접수했다고."

"그걸로 끝?"

"네 말대로. 계획은 수정할 수 있으니 계획이지."

"손 떼겠다는 말을 돌려 하는데 내가 못 알아듣는 건가?"

쿤이 피식 웃었다.

"겁이 많아졌다?"

"원래 사람은 가진 게 많을수록 겁도 늘어. 전에는 내게 아무것도 없었지만, 지금은 아니니까."

"더불어 의심도 늘었겠군. 좋아. 확실히 말하지. 손 안 떼. 날 배신하지 않으면 나도 배신 안 한다."

디안은 여전히 속 시원한 표정이 아니었다. 쿤을 믿지 못해서가 아니라 이해할 수 없어서였다.

"전의 계획을 찬성한 거 아니었어?"

"찬성이라기보다는 상관없었지."

"왜?"

"네 삶이잖아. 결혼은 네가 하는 거야. 네가 어떤 가정을 꾸리든 그건 네 문제라고."

"이봐. 가정을 꾸린다니. 그렇게 쉽게 말할 일이 아니야."

"황제와 적왕이기 전에 부부고, 황제와 왕이기 전에 부모와 자식이지. 왜 황실에 정상적이고 애정이 있는 가정이 존재하면 안 되는데?"

디안은 물끄러미 쿤을 바라보다가 허탈하게 웃었다.

"난 가끔…… 너를 정말 모르겠다. 피도 눈물도 없는 줄 알았던 놈이 몽상가 같은 말을 해."

쿤이 어깨를 으쓱했다.

"집안 전통이야."

"부모님이 대단한 낭만주의자들이셨나 보군."

쿤이 말없이 엷게 웃었다. 그의 부모가 이미 오래전 세상을 떠난 사실을 아는 디안이 더는 말하지 않았다.

"약혼식 날을 어서 잡아야겠어. 좀 서둘러서."

"얼마나?"

"은왕보다 먼저 하는 게 나을 것 같아."

쿤의 미간에 미세한 주름이 잡혔다.

"산책하다가 은왕을 만났는데 루크 공 손자와 함께 있더군. 조만간 약혼할 모양이야."

'그 애송이?'

쿤은 가면무도회에서 봤던 자를 떠올렸다. 같잖은 수작을 부리던 놈이었지. 얼굴을 못 봤어도 인상이 아주 좋지 않았다.

'약혼……. 약혼을 한다?'

마음 같아서는 어깃장을 놓고 싶지만, 그래 봤자 임시방편이었다.

"사슴 사냥 대회에 은왕의 참석 확답을 들었으니 고민하던 문제가 해결됐어. 사냥 대회에 시선이 확 몰리겠지."

"사냥 대회 날짜가……."

"두어 달 남았지, 아마."

"어쩌면 난 그때 수도에 없을지도 모르겠다."

"왜?"

"사막 쪽 정세가 심상치 않아. 아무래도 직접 가서 돌아가는 상황을 봐야겠다. 오늘 그 말 하러 온 거야."

"언제 가는데?"

"내일 새벽."

"내일 새벽에 떠나서 두 달 뒤에도 안 온다는 거야?"

"일이 어떻게 될지 모르니까. 사막 부족들의 전쟁이 초읽기야. 사막의 통일 왕국이 탄생할 것 같기도 해."

전쟁이라는 말에 디안의 표정이 심각해졌다.

"몇 년은 더 대치 상태로 있을 줄 알았는데."

"그들의 전쟁을 우리에게 유리한 방향으로 이용할 방법을 찾아 봐야지."

쿤은 아까부터 테이블에 놓여 있던 봉투를 디안에게 밀었다.

"혹시 나 없는 동안 리먼 공작가와 부딪칠 일이 있으면 참고해."

안에는 공작의 죽음과 시체 박제에 관해 수집한 정보들이 있었다. 결정적인 타격은 못 줘도 어느 정도 흔들기는 될 것이다.

"음. 고맙다. 외숙은……."

"그분 경호는 내가 더 신경 쓰라고 말해 둘 테니까. 넌 뵈러 가지 말고 정 필요하면 심부름꾼을 보내."

"그러지."

철왕궁을 나오는 길에 쿤이 걸음을 멈추었다. 그가 바라보는 방향에 은왕의 궁이 있었다. 너무 멀었다.

'자격부터 갖추어야겠지.'

철옹성이나 다름없는 은왕의 궁에 드나들 수 있는 신분이 필요했다. 그가 가진 여러 신분은 대륙에서는 통용될지 몰라도 제국은 달랐다. 오만한 제국인들은 대륙의 왕족조차도 낮잡아 보는 경향이 있었다. 그녀는 황족이다. 제국민의 자존심이었다. 제국인이 아닌 그가 그녀를 얻으려면 황녀와 나란히 서 있을 때 '감히 저런 놈이?'라는 말이 나오지 않도록 격이 맞아야 한다.

반드시 호의적인 여론의 도움이 필요했다.

잠시 서 있던 그가 다시 걸었다.

쿤은 황궁을 나와 뒷골목으로 들어갔다. 정해 둔 신호를 남겨 금방 에비타를 만날 수 있었다.

"정보 수집을 의뢰하지."

"의뢰는 안 받아요."

올가는 기본적으로 가진 정보를 사고파는 일을 하지 의뢰를 받지 않았다. 그들은 상인이지 부림을 받는 고용인이 아니기 때문이다.

쿤이 주머니를 에비타에게 던졌다. 주머니 안을 열어 본 에비타의 눈가가 자잘하게 떨렸다.

'영혼을 팔라고 해도 거절 못 하겠네.'

밉살맞기는 해도 눈앞의 남자는 돈으로 쪼잔하게 굴지는 않았다. 에비타의 망설임은 짧았다. 주머니를 챙기는 행동으로 대답했다.

"말씀하시죠."

"두 사람의 뒷조사를 해 줘야겠다. 조세프 루크. 리바이 모튼. 둘다 공작 가문 사람이지."

"귀족은 저희가 접근이……."

"거창한 걸 바라는 게 아니야. 이쪽으로 흘러들어 올 정보를 찾아. 뭐든 나올 때까지 샅샅이 뒤져. 모든 역량을 다해야 할 거야. 딴짓으로 새다가 이 일에 소홀하면 재미없어."

대충 감을 잡은 에비타가 고개를 끄덕였다. 그런데 그녀는 이해할 수 없는 점이 있었다. 굳이 자신을 찾아와 일을 맡기는 이유를 모르겠다. 칼리고가 자체적으로 운용하는 정보부가 뒷조사 능력은 훨씬 더 뛰어날 터였다.

"뭐 하나 물어도 돼요?"

"묻지 마."

제 할 말만 마치고 나가 버리는 남자의 뒷모습을 노려보며 에비타는 입술을 삐죽였다.

쿤이 저택으로 돌아왔을 때 한창 떠날 준비로 분주했다. 발터가 이리저리 다니며 꼼꼼하게 짐을 쌌다.

쿤은 마틴을 따로 불렀다.

"너는 여기 남아."

당연히 함께 가는 줄 알았던 마틴에게는 날벼락이었다. 평화로운 수도 생활이 처음 며칠만 좋았지 이제는 좀이 쑤셨다.

"쿤. 절 데려가시고 우스에게 남으라고 하시지요."

"네가 남아서 해 줄 일이 있다."

마틴의 어깨가 축 처졌다.

"제가 뭘 해야 합니까? 이곳 사정을 저는 아직 완전히 파악 못 했습니다."

"검은 집의 안전. 내가 없는 동안 네가 책임자다. 절대 저들에게 노출돼서는 안 돼."

'검은 집'이라고 칭하는 안가에는 디안의 외숙이 머물고 있었다.

"예."

"그리고 한 사람의 호위를 부탁한다."

"검은 집의 그분은 외출을 전혀 안 하신다고 들었습니다만."

"그분 말고."

"그럼 누구요?"

"은왕이 조만간 영지 시찰을 떠날 거다. 영지가 수도에서 가까우면 괜찮지만, 먼 곳은 위험할 수 있지. 널 드러내지 말고 몰래 따라다니다가 위급한 순간에만 나서라. 기사들의 안전은 상관없어. 은왕만 지키면 된다."

마틴이 쿤을 빤히 쳐다보다가 물었다.

"감시입니까, 보호입니까?"

"……보호."

마틴의 머릿속에서 여기저기 흩어져 있던 단서가 결합하기 시작했다. 쿤이 장터를 함께 다닌 정체 모를 여자, 빈민가에서 호위하라고 지시받았던 누군지 모를 남자, 황궁으로 들어가던 마차.

하나의 결론이 나왔다. 그 여자는…….

제정신입니까, 혹은 미쳤습니까. 마틴은 튀어나올 뻔한 말들을 삼키고 거르며 가장 순화된 표현을 택했다.

"눈이 너무 높으신 거 아닙니까?"

쿤이 풋, 웃음을 흘렸다.

"웃으실 일이 아닙니다. 은왕이라니……. 황녀요? 대체 어쩌시려고…….."

"내 일은 내가 알아서 해."

마틴은 뭐라 말은 못 하고 벌어진 입을 다물었다. 쿤의 사생활에 참견할 자격이 못 되었다. 메이슨 정도는 되어야 충고 정도는 할 수 있으려나.

"그분 출궁이 언제입니까?"

"그건 몰라. 레반에게 알아보라고 해. 아, 그리고 레반에게도 말 전해라. 내가 돌아오기 전까지는 보좌관 자리 지키고 있으라고."

"전 레반에게 거짓말 못 합니다. 그 녀석은 눈치가 빠르다고요."

"모르면 좋겠지만, 알아도 어쩔 수 없지."

계단을 터벅터벅 내려오는 마틴은 반쯤 얼이 나갔다.

제국의 황녀가 라드 일족의 안주인이 된다?

'그게 가능한 거야?'

그는 다급히 걸음의 속도를 높여 우스를 찾아갔다. 우스는 제 방에서 내일 떠나기 전에 무기를 정비하고 있었다.

"야, 뭐 좀 묻자."

"뭘?"

"은왕과 철왕이 제위를 두고 싸우는 관계지? 쿤은 철왕을 돕는 거고. 그러니까 쿤에게는 은왕이 정적 아닌가? 내가 알고 있는 게 맞아?"

"대충은."

우스가 고개를 끄덕였다.

마틴이 머리카락을 움켜쥐고 소리 없는 비명을 질렀다.

3장

영지 사찰

예복을 차려입은 태양궁의 시종들이 은왕의 궁에 방문했다. 시종장은 금색 비단의 두루마리를 두 손으로 들어 올리며 엄숙한 목소리로 말했다.

"은왕은 황제 폐하의 교지를 받으시오."

미리 기다리고 있었던 시에나가 시종장을 향해 무릎을 접고 앉아 고개를 숙였다.

"황명을 받잡습니다."

"은왕의 높은 덕과 지극한 충심을 치하하노라. 은왕에게 봉토를 내리니 제국의 영토를 지키고 백성들의 삶을 보살펴 제국의 영광된 치세가 만천하에 드리울 수 있도록 힘써 노력하라."

"황은이 망극하옵니다."

시에나가 일어나 시종장이 건네는 금색 두루마리를 받았다. 태양궁의 시종들이 우르르 물러간 뒤 시에나는 찬란한 금사로 수를 놓은 비단 교지는 따로 잘 보관하도록 지시했다.

그 후 그녀는 시종이 따로 건넨 봉투 속 문서를 펼쳤다. 이게 진짜였다.

"제국령 남부 적토 지방……?"

황제가 할양한 봉토가 뜻밖이었다. 제국의 지리는 모두 외우고 있지만, 시에나는 지도를 꺼내 확인했다.

'멀어.'

황제의 직할령은 대부분 수도의 근처이고 일부는 전국 곳곳에 흩어져 있었다. 가까우면 황제가 가끔이라도 들여다보지만 멀면 대리인에게 맡길 수밖에 없다. 말만 직할령이지 귀족의 영지와 다르지 않았다.

시에나는 중앙 관리를 불러서 봉토까지 오가는 거리를 물었다.

"육로로 가려면 길잡이가 있어야 합니다. 수로로 조금 돌아가는 편이 낫습니다. 대략 열흘 정도 걸리겠습니다."

오가는 데에만 꼬박 이십여 일. 가볍게 다녀올 거리가 아니었다.

'하지만 배를 타면 근처까지는 가니까.'

제국에는 국토를 가로지르는 강이 많았다. 수도에서 남쪽으로 조금만 내려가면 제국에서 가장 폭이 넓고 긴 강이 있었다. 강을 오가는 배는 제국의 중요한 물류 이동 수단이었다.

'가 보자.'

황궁 밖에서 하룻밤도 보내 본 적 없는 그녀에게 큰 도전이며 모험이었다. 시에나는 보좌관을 불러 일정을 확인했다.

"변경이 가능한 일정을 앞으로 당기고 전하께서 반드시 참석해야 하는 제례 및 황실 행사를 짚어 보았습니다. 보름 후부터 이십육 일간은 비교적 자유롭게 일정 조정이 가능합니다."

레반이 간결하게 정리했다. 시에나가 원하는 부분만 딱 꼬집어 주었다.

'이십육 일. 오가는 시간과 봉토를 둘러볼 시간까지 고려하면 아슬아슬한가.'

"칼리 경. 보름 후에 영지 시찰을 떠날 것이네. 장기 여행이 될 텐데 필요한 준비를 그대가 맡아 할 수 있겠나?"

"예. 전하. 맡겨 주십시오."

레반은 자신 있게 대답했다. 여행 짐 싸기에 이골이 난 전문가가 주변에 많았다.

시에나는 믿음직한 레반을 흡족한 마음으로 보다가 그 옆에 뻣뻣하게 서 있는 예비 보좌관을 보았다. 레반의 후임자가 업무를 인계받느라 계속 곁에 있었다. 둘이 나란히 있으니 더 비교되었다.

솔직히 후임자가 눈에 차지 않았다. 예비 보좌관은 포프 백작부인이 추천한 인물 중 하나였다. 한미한 가문 출신으로 시에나를 몹시 어려워했다. 말을 할 때마다 긴장했다. 후임자를 지켜보면서 알았다. 레반이 별종이었다.

"전하. 제가 전하를 모시고 동행하고 싶습니다."

"자네가 왜? 보름 후면 자네가 보좌관직 사임까지 유예한 기간이지 않나?"

"책임감 없이 그만두어 죄스러운 마음은 항상 갖고 있습니다. 마지막까지 최선을 다하고 싶습니다. 제가 장거리 여행 경험이 제법 있습니다. 데려가시면 쓸모가 있을 겁니다."

"그건 더 생각해 보지. 아직 일행 구성은 결정하지 않았으니까."

"예. 전하."

레반은 궁을 나와 동쪽 거리로 갔다. 라드 상회에서 운영하는 고급 주점으로 들어갔다. 개별 방으로 나눈 구조라서 조용히 이야기를 나누기에 좋았다. 빈방을 안내받아 순한 술을 주문했다.

혼자 홀짝홀짝 마시고 있으니 얼마 후, 문을 열고 덩치 큰 사내가 들어왔다. 마틴은 앉자마자 따라놓은 술을 쭉 들이켜고 인상을 썼다.

"뭐 이딴 걸 먹어."

"은왕께서 시찰을 떠나신단다. 보름 후."

마틴이 한숨을 쉬었다. 사실 안 갔으면 했다.

"나도 가려고."

"너도?"

"비상시에는 머리 쓸 사람이 있는 게 낫지."

"뭘 그렇게까지."

"야. 쿤이 널 호위로 붙여 놨어. 내게는 보좌관으로 자리 지키고 있으라고 하셨다며. 그게 다 손가락 하나 다치지 않게 알아서 잘 모시란 소리야."

마틴이 짐작한 대로 눈치 빠른 레반을 속일 수 없었다. 알게 된 사실은 이미 다 털어놓았다.

"황녀님은…… 어떤 분이야?"

"음……. 설명을 못 하겠다. 어디서도 본 적이 없는 타입이라."

"대단한 미인이라던데."

"미인? 그 말로는 부족하지."

레반은 시에나 황녀를 처음 봤을 때를 떠올렸다. '아름다움에 현혹된다'라는 말의 진정한 뜻을 깨달은 날이었다.

"그분 성품은 어때?"

"공과 사 구별은 확실해."

그만둔다고 말한 후 인수인계하는 동안 황녀는 사감을 드러내지 않았다. 곧 그만둘 사람이라고 소홀히 대하는 느낌도 없었다.

레반은 황녀의 밑에서 일하며 귀부인에 대해 가졌던 편견이 깨졌다. 마틴으로부터 이야기를 들었을 때는 기가 막혔지만, 생각할수록 근사한 그림이 그려졌다.

"딴 건 모르겠지만, 십중팔구는 쿤이 공처가 확정이다."

마틴의 눈이 커졌다가 씨익 웃었다.

"그건 듣던 중 반가운 소식이군."

둘은 낄낄대며 쿤의 뒷말을 안주 삼아 술잔을 부딪쳤다. 역시 윗전을 흉보는 일만큼 즐거운 게 없었다.

둘 다 '황녀와 결혼이 현실적으로 가능한가?' 같은 의문은 갖지 않았다. 그들은 어쩔 수 없는 라드 일족이었다. 쿤이 하는 일에 대한 믿음은 맹목적이었다.

황제의 허락은 쉽게 받았다. 시찰을 다녀오겠다고 하니 황제는 흥미로워했다.

문제는 패트리샤였다. 패트리샤가 달려와 결사반대했다.

"절대 안 됩니다!"

시에나는 어차피 패트리샤가 순순히 '다녀오세요'라고 하지 않을 줄은 예상했다.

"은왕. 이 어미의 속이 새카맣게 타는 꼴을 보려 하십니까. 하루 이틀도 아니고 한 달이라니요. 은왕을 그 먼 곳에 보내 놓고 내가 어떻게 잠을 자고 밥이 넘어가겠습니까?"

애원하고…….

"식사는요? 잠자리는요? 누가 시중을 들 것이며 하루 한 번의 목욕조차 제대로 할 수 없을 겁니다. 흙먼지에 찌든 옷을 며칠 입어야 할 거예요. 황궁에서 태어나 자란 황녀가 험한 바깥을 어찌 견디려 하세요?"

현실적인 문제를 조목조목 따지고…….

"그대의 자리를 호시탐탐 노리는 자가 있음을 잊으셔서는 안 됩니다. 왜 덫에 스스로 걸어 들어가려 하십니까. 황궁의 보호에서 벗어나면 틀림없이 그대를 노리는 검은 손이 그대의 목을 조르려고 달려들 거예요."

급기야는 협박했다.

패트리샤의 엄살은 공감이 안 되었고 '곱게 자란 넌 못 견뎌.'라는 말은 오기가 나게 했다. 그리고 협박은 전혀 겁이 안 났다.

"알았습니다."

시에나가 찻잔을 내려놓으며 말했다.

"내 말을 이해하신 거 맞지요?"

패트리샤가 반색해서 물었다.

"생각해 보겠습니다."

"생각하고 자시고 할 것도 없이……."

"어머니. 국정 회의를 참관하러 가야 합니다. 그만 돌아가세요."

패트리샤가 입술을 꼭 깨물었다가 일어났다. 은왕의 궁에서 나오며 생각에 잠겼다.

'아무래도 설득이 먹히지 않겠어.'

황녀가 평소에 억지를 부리지 않아서 그렇지, 일단 고집부리면 꺾을 수 없었다.

'차라리 수행 인원을 대규모로 꾸려야겠군.'

황제의 행렬 못지않게 수십 명의 기사와 궁인들이 따르게 할 것이다, 기왕이면 조세프와 함께 오붓한 여행을 하는 것도 괜찮겠다.

아직 해가 뜨지 않은 이른 새벽.

두 대의 마차가 황궁에서 나와 어둑한 거리를 달렸다. 원래 출발하기로 예정한 날보다 하루 일찍 시에나는 기사들과 여정을 떠났다.

아마 패트리샤는 시에나가 떠난 사실을 늦은 아침이 되어야 알테고 그때쯤이면 시에나와 일행들을 태운 배는 한참 멀리 가고 있을 것이다.

패트리샤가 대규모 수행단을 기획하고 짐을 싸는 동안 시에나는 참견하지 않았다. 마치 어머니의 의견대로 따른다는 듯 잠자코 있다가 뒤통수를 친 것이다.

'왠지 무섭군.'

레반은 마차 안에서 생각했다.

'두 분이 부부싸움이라도 하면 무시무시하겠는데.'

레반의 머릿속엔 이미 쿤의 옆자리에 시에나 황녀가 있었다.

마차는 남쪽 대로를 타고 달려 수도를 벗어났다. 어스름히 해가 뜰 무렵에 선착장에 도착했다. 새벽부터 배를 타러 나온 사람들이 잔뜩 모여들었다.

시에나는 작은 배를 임대하지 않고 대형 정기선을 이용하기로 했다. 다른 승객과 함께 타야 하지만, 배는 클수록 안전하다는 레반의 조언에 따랐다. 정기선은 약 하루 거리의 간격으로 있는 선착장마다 한 시간 정도 정착했다.

황녀의 일행을 태운 마차는 이미 아까 도착했지만, 아직 배에 오르지 않았다. 무슨 이유에서인지 황녀가 승선을 미루었다.

정기선의 출발 시각이 가까워지자 길버트가 마차 문을 두드렸다.

"에나 님. 배가 곧 출발합니다. 다음 배는 열두 시간 후에 있습니다."

잠시 후 마차 안에서 시에나가 내렸다. 그녀는 수수한 드레스를 입고 챙이 넓은 모자에 베일을 달아 얼굴을 가렸다. 그 뒤로 냉막한 인상의 여자가 따라 내렸다.

궁인은 아니었다. 황녀의 시중을 들 여자 한 명은 있어야 했고 레반이 여정에 방해가 안 될 거라며 데려왔다.

"누가 찾아오지는 않았소?"

"누구를 기다리시는지요?"

시에나는 쿤을 기다리고 있었다.

"……아닐세. 가지."

일행은 시에나와 시중들 여자, 레반, 길버트를 비롯한 기사들과 종자들까지 총 열 명이었다. 패트리샤가 기획한 수행원이 총 백여 명에 이르는 데에 비하면 단출했다.

정기선에 귀족 승객을 위한 일등석 객실 구역이 따로 있었다. 시에나가 객실에 들어간 얼마 후 배가 출발했다.

다음 선착장까지 약 만 하루는 무난하게 지나갔다.

시에나는 내내 객실 안에서 꼼짝하지 않으며 제국령 남부 지역에 관한 조사서를 살폈다.

바깥에서 문을 두드렸다.

"레반입니다."

"들어오게."

레반이 들어오면서 테이블에 펼쳐 놓은 문서들에 흘끔 시선을 주었다.

"곧 선착장에 정박합니다. 배의 속도가 갑자기 느려질 수 있습니다."

"알았네."

"강이 교차하는 부두라 근처에 형성된 장터가 활발합니다. 구경거리가 많습니다. 답답하실 텐데 정박한 동안 잠시 바람을 쐬러 다녀오시겠습니까?"

"다음에 기회가 닿으면 가지. 이번에는 유람을 나온 게 아니니까."

레반이 묘한 눈으로 시에나를 보다가 대답했다.

"예."

레반이 나간 후 시에나는 읽던 문서를 내려놓았다.

'안 온 걸까?'

쿤이 승객들 틈에 끼어 있을지도 모른다고 생각했다. 하지만 하루 동안 전혀 연락이 없었다. 실망스러우면서도 기대를 놓지 못했다. 그 남자는 어디선가 홀연히 나타날 것 같다.

'약속한 건 아니지만……'

따라올 것처럼 말했으면서.

그녀가 겁 없이 장기 여행을 계획한 데에는 쿤의 탓도 있었다. 그가 호위로 합류하면 안전할 거라는 막연한 믿음 때문이었다.

'흥. 내 호위들은 최고의 실력을 갖춘 황궁의 기사들이라고.'

쿤이 없어도 괜찮아, 하고 중얼거리는 그녀의 표정이 새치름했다.

레반은 객실에서 갑판으로 나가는 통로를 걸었다. 약간 느릿한 걸음 외에 눈에 띄는 행동은 없었다.

하지만 그의 두뇌는 기민하게 회전했다. 뛰어난 기억력으로 달라진 게 없는지 주변을 훑었다.

아까 배에 오르자마자 한 바퀴 돌면서 일등석 승객을 모두 파악했다. 조금 전 일등석 승객이 아닌 자가 통로로 들어왔기에 길버트에게 넌지시 일렀다. 길버트는 그자를 붙들고 신원을 확인했다. 객실을 잘못 찾은 자였다.

기사들은 행동이 수상한 자들을 감시했고 레반은 은밀한 흉계에 방비했다. 마틴은 승객으로 위장해 배에 올랐다. 마틴과 레반은 서로 모르는 척하며 수시로 신호를 주고받았다.

'이대로 조용히 갔으면 좋겠군. 은왕께서 타고 계신 걸 아는 자도 없는 것 같고.'

레반은 진심으로 황녀의 긴 여행이 무탈하기를 바랐다.

배의 속도가 줄다가 완전히 멈추었다. 잠시 후 시에나의 객실문을 두드리는 소리가 다급했다.

"에나 님. 길버트입니다."

"들어오게."

안으로 들어오는 길버트는 굳은 표정이었다.

"전하. 선착장에서 승선한 자들이 배를 뒤지고 있습니다. 알아보니 루크 백작 영식이 지휘하는 기사들입니다. 합류 약속을 하셨는지 여쭈러 왔습니다."

시에나는 잠시 의아해하다가 곧 무슨 상황인지 알아차렸다.

"약속한 적 없네. 수도에서 따라왔나 보군. 돌려보내게."

"예. 전하."

잠시 후 길버트가 다시 왔다.

"전하. 말씀을 전했으나……."

"돌아가지 않겠다고 하는가?"

길버트가 면목 없다는 듯 고개를 숙였다.

시에나가 짧게 혀를 차며 일어났다. 그녀는 객실 통로를 지나 갑판으로 나가자마자 긴장으로 숨죽인 분위기를 느낄 수 있었다.

그녀의 호위 기사들이 일등석 객실 구역으로 들어가는 입구를 막아서서 한 무리의 사람들과 대치 중이었다. 그새 무슨 일이 있었는지 양측이 모두 검을 빼 들고 서로를 위협했다.

승객들은 겁을 잔뜩 집어먹은 표정으로 한구석에 우르르 몰려 있었다.

"누가 감히 고 앞에서 무기를 드느냐!"

선명한 호령이 갑판 위에 울렸다. 모두의 시선이 자신에게 향했을 때 시에나는 베일이 드리운 모자를 벗었다. 푸른색이 섞인 은발이 불어오는 강바람에 휘날렸다.

"전하."

호위 기사들이 먼저 검례를 올리며 무릎 꿇었다. 대치하던 자들도 당황하다가 검을 내려놓고 무릎을 꿇었다. 시에나는 어정쩡하게 서 있는 조세프를 노려보았다.

"그대는 고가 기사를 통해 전하는 말을 듣지 못했나?"

싸늘한 금색 눈동자를 차마 마주 보지 못했다. 시선을 떨구는 조세프의 얼굴에서 웃음이 사라졌다.

"전하. 저는 단지 전하의 안위가 염려되어……."

"고에게 용무가 있다면 조용히 찾아올 일이지 난장판을 만든단 말인가?"

시에나는 일부러 '고'라고 자신을 지칭했다. 범접할 수 없는 신분의 격차를 드러냈다.

"다수의 위력으로 고의 기사들을 위협하고 무기를 들었다. 그대는 역심을 품었음인가?"

"아닙니다! 절대 아닙니다, 전하."

조세프의 안색이 파리하게 질렸다.

"적왕께서 은왕 전하를 몹시 걱정하시어 제게 전하의 안위를 살피라고 하셨습니다. 먼 길의 여정이 고되시지 않도록 배를 따로 준비하여 모시고자 왔습니다. 기사들 간에 사소한 의견 차이가 있어……."

"의견 차이? 그 무슨 경솔한 언사인가. 그대는 대화가 어긋나면 무기를 드는가?"

"……."

"어떤 수단을 이용해 이동할지는 고가 결정한다. 그대는 적왕의 위세를 빌려 고의 신변을 강제하려 하느냐?"

조세프는 아무 말도 하지 못했다. 무슨 말을 해도 트집이 잡힐 것이다. 그의 이마가 식은땀으로 젖었다.

"길버트 경."

"예. 전하."

길버트가 보란 듯이 절도 있게 고개를 숙였다.

"저들의 무기를 회수하고 단추를 거두어 가져오라."

"예. 전하."

제국의 기사라면 자신의 신분을 증명하기 위해 항상 소지해야 하는 은색의 단추가 있다. 기사들은 보통 소매 안이나 옷깃 안쪽에 단추를 꿰매어 두었다. 은단추는 기사의 자격증이며 자존심이었다. 단추를 반납해야 하는 것만큼 기사에게 치욕스러운 형벌은 없다. 무릎 꿇고 있던 기사들이 경악하여 조세프를 쳐다보았다.

어떻게든 수습해 주십시오! 애원하는 그들의 눈빛을 받으면서 조세프는 아무것도 할 수 없었다.

길버트가 휘하 기사들에게 지시했다.

"너희는 즉시 은왕 전하의 명을 이행하라."

기사 둘이 무기를 모으고 다른 둘은 단검으로 무릎 꿇은 기사들의 단추를 떼어 냈다. 엄숙한 척, 그들의 표정은 의기양양했다.

"모두 회수했습니다. 전하."

길버트가 보고했다.

"루크."

"……예. 전하."

아직 작위가 없어 '경'의 칭호를 듣지 못하는 조세프는 얼굴이 화끈했다. 사교 모임에 가면 다들 그를 루크 경이라고 불러 주었다. 공작의 손자인 그를 알아서 대접했다.

"그대는 기사들을 데리고 배에서 내리시오. 한 번의 실수이니 단추는 고가 환궁한 후 돌려주겠소. 하지만 또다시 고의 여행길을 방해하면 그대의 기사들은 단추를 얻기 위해 다시 기사 서임을 받아야 할 거요."

조세프의 비참한 심정은 뭐라 말할 수가 없었다. 너무 망신스러

왔다. 비루한 천것들조차 자신을 비웃는 것 같았다.

"예. 전하. 송구합니다. 후에 다시 용서를 구하겠습니다. 평안한 여행 되시옵소서."

배에 오르자마자 기세등등하게 배 안을 뒤지던 자들이 패잔병의 꼴로 쓸쓸히 물러갔다. 처음에는 겁먹었다가 점점 흥미진진하게 지켜보던 승객들이 목소리를 낮추어 수군거렸다.

'와우.'

조용히 지켜보던 레반은 휘파람을 불 뻔했다. 주변을 압도하는 위엄이란 저런 것인가.

황녀의 호위 기사는 겨우 다섯 명. 상대편의 수는 세 배가 넘었다. 무기를 든 살벌한 분위기에 놀랄 만한데도 황녀는 몇 마디 말로 상황을 정리해 버렸다.

'십중팔구? 아니야.'

백 퍼센트다. 평생 쥐여살 쿤의 미래가 눈앞에 펼쳐졌다. 쿤이 누군가에게 기세가 밀리는 모습은 상상도 해 본 적이 없는데 은왕과 함께 있는 쿤이 쩔쩔매는 모습은 자연스레 그려졌다.

'그나저나 저 등신 새끼.'

레반은 짜증스레 혀를 찼다.

'가란다고 그냥 가면 어떡해. 죽을죄를 지었다고 매달려서 붙어 있든가 아니면 기사들만이라도 남기고 가든가.'

이 배에 황녀가 타고 있다는 사실을 사방에 다 드러나게 했으니 곧 사람들 입을 타고 말이 순식간에 퍼져 나갈 것이다. 배가 움직이는 길은 뻔했다. 즉, 황녀의 행로가 다 노출된다는 거다.

'저 띨띨한 놈이 부두에서 입단속을 할 거 같지도 않고.'

앞으로 황녀의 호위에 더 바짝 신경을 곤두세워야 할 것 같다.

조세프는 배가 떠나는 모습을 무력하게 지켜봤다. 대놓고 말은 안 하지만, 기사들의 따가운 시선이 등 뒤에서 느껴졌다. 꽉 쥔 주먹이 부들부들 떨렸다.

루크 공작가의 기사와 패트리샤가 내어 준 리먼 공작가의 기사를 지휘하며 달려올 때만 해도 그의 기분은 최고였다. 기사들이 두말없이 자신의 지시에 따르며 일사불란하게 움직일 때 느껴지는 그 희열이란!

기사들 앞에서 장차 황녀의 부군이 될 자신의 존재감을 한껏 드러낼 셈이었다.

황녀가 호위 몇 명만 대동하고 떠났다는 얘기를 들었다. 기사들을 내세워 주도권을 잡을 수 있을 줄 알았다. 긴 여행을 하다 보면 황녀는 자신을 의지할 테고 환궁할 때쯤에는 두 사람 관계가 훨씬 돈독해질 것이다.

그가 상상한 광경은 완벽했다. 하지만 그의 찬란한 꿈이 박살 났다. 아주 최악의 방식으로.

'이렇게 망신을 주다니.'

으득, 이가 갈렸다. 결혼 이야기가 오가는 상대의 체면을 이런 식으로 뭉갤 수 있단 말인가.

'두고 봅시다. 황녀.'

결혼만 하면. 저 오만한 콧대를 반드시 꺾으리라.

'순종할 줄 아는 아내의 미덕을 제대로 가르쳐 드리리다.'

조세프의 눈동자에 잔혹한 음심이 번뜩였다.

*   *   *

조세프에게 단단히 경고한 게 효과가 있었는지 그 후 황궁에서 보낸 자는 없었다.

다만, 아무래도 승객들의 분위기가 전과 달랐다. 일등석 객실 쪽은 아예 얼씬도 하지 않았다. 알아서 몸을 사렸다. 누가 시키지 않아도 나지막한 목소리로 대화를 나누었다.

정기선은 한정된 공간에 다수를 태우고 장기간 이동하므로 아무래도 크고 작은 사고가 나기 마련이었다. 그런데 이번에는 작은 말다툼조차 벌어지지 않았다. 전이라면 멱살 쥐고 싸울 일을 서로 노려보기만 하고 참았다.

일등석 객실에 머무르는 일부 귀족이 어떻게 해서든 황녀와 한번 인사를 나누려고 기웃거렸으나 그 정도는 별일 아니었다.

평화롭게 열흘이 지나갔다. 정기선이 부두에 배를 댔다. 선착장의 흉내만 낸 작은 부두였다. 타고 내리는 사람이 거의 없는 이곳에서 시에나는 기사들과 열흘 만에 뭍을 밟았다. 목적지 근처에 가장 가깝게 배로 이동할 수 있는 곳이 여기까지였다.

배에 오른 첫날과 다르게 시에나는 활동하기 편한 차림으로 갈아입었다. 가죽을 말려 만든 경갑옷을 걸치고 머리카락은 위로 올려 묶었다.

"부두 창고로 가면 준비한 짐이 있을 겁니다."

레반이 일행들을 안내했다. 그들은 수도에서 가벼운 몸으로 출발했다. 먹고 자는 건 배에서 해결 가능하므로 짐이 거의 없었다. 여행 준비는 모두 레반이 맡아 하기로 했다.

덩그러니 서 있는 낡은 창고는 두 명의 사내가 지키고 있었다. 레반이 그들에게 다가가 몇 마디 말을 나누고 열쇠를 받았다. 창고지기들은 임무를 마쳤다는 듯 어디론가 가 버렸다.

레반이 자물쇠를 풀고 창고 문을 열었다. 시에나는 기사들과 레반의 뒤를 따라 안으로 들어갔다. 창고 안에는 두 대의 마차와 비쩍 마른 중년 남자가 있었다. 레반이 중년인을 소개했다.

"길잡이입니다."

중년인이 덤덤한 얼굴로 꾸벅 고개를 숙였다.

"남부에서 오래 행상을 했던 자라 주변 지리에 밝습니다."

길버트는 놀란 눈으로 레반을 다시 보았다. 황궁 기사 정도면 귀족 못지않은 특권 계급이라 대부분 수도에서 나고 자랐다. 길버트는 그 범주에서 약간 벗어난, 자수성가형이었다. 그래서 레반의 능력이 범상치 않다는 걸 알아차렸다.

수도를 벗어난 적이 없는 사람은 모르는 사실이지만, 지방과 수도의 사정은 꽤 많이 달랐다. 황명이 생각만큼 제국 전체에 구석구석 미치지 못한다.

수도에서 멀리 떨어진 현지에 마차와 짐을 마련하고 노련한 길잡이까지 준비하는 건 '왕명'이라는 명분만으로 착착 진행되지 않았다. 돈과 인맥이 필요했고 일개 보좌관의 재주로는 차고 넘쳤다.

'사실은 대단한 명문 가문 출신인 건가?'

길버트는 레반의 배경에 의구심을 품었다.

시에나는 제법 넓은 창고 안을 둘러보았다.

"원래 이렇게 비어 있나?"

"이 근방 특산물이 약초인데 주로 늦가을에서 이른 봄까지 채취합니다. 그 기간 외에 이 부두에서 거래는 거의 없습니다."

레반이 대답했다.

"잘 아는군."

"오기 전에 지역 정보를 충분히 조사했습니다."

레반은 자신의 능력을 당당히 드러냈다. 장차 일족의 안주인이 되실지도 모를 분의 눈에 잘 보이고 싶었다.

두 대의 마차가 창고를 빠져나와 달려갔다. 슬그머니 사라졌던 창고지기가 나타나 문을 닫았다. 잠시 후 창고 문이 다시 열렸다. 사내 한 명이 창고 구석으로 들어가 감추어진 문을 옆으로 밀었다. 임시 마구간이었다. 암갈색의 건장한 말이 말꼴을 우물거리며 눈만 위로 치켜떴다.

마틴이 픽 웃으며 다가갔다.

"튼튼해 보이는구나."

마틴은 만족스러워하며 말의 목을 쓰다듬었다. 작은 말은 그를 태우고 달리면 금방 지쳤다.

그가 말을 몰고 창고에서 나왔다. 조금 전 두 대의 마차가 앞서 달린 방향으로 천천히 속도를 높였다.

                    *   *   *

　황제의 직할령이므로 영주가 머무는 성은 없다. 영주의 역할을
대신하는 대관이 정기적으로 직할령과 수도를 오갔다.

　시에나는 곧바로 대관을 찾아가지 않고 나흘에 걸쳐 봉토의 주
변을 넓게 돌았다. 어디를 가든 사람을 볼 수 있는 수도와 달랐다.
마차가 몇 시간 동안 인적 없는 구릉지를 달리기를 여러 번이었다.

　시에나가 몸을 숙여 흙을 한 줌 쥐었다. 그녀의 하얀 손가락 틈
사이로 건조한 흙이 부서져 떨어졌다.

　"이 넓은 토지가 경작할 수 없는 땅이란 말인가."

　그녀는 광활하게 펼쳐진 황무지의 먼 곳을 응시했다.

　"예. 근처에 암염 광산이 있어서 그런지 땅에 염분이 짙어 식물이
자라지 못합니다."

　길잡이가 대답했다.

　'농사는 못 짓고 암염은 일부 사람만 배 불릴 뿐. 이곳 백성들의
삶이 고되구나.'

　시에나는 봉토를 돌아보는 동안 수십 가구 규모의 작은 마을을
여러 번 지나쳤다. 그들이 사는 모습은 수도 뒷골목 빈민들보다 못
했다.

　수도의 빈민은 최소한 굶어 죽지는 않았다. 이곳 거주민의 삶은
끼니를 걱정하는 가난이 일상이었다.

　'광산은 황실의 재산. 내가 지금 손댈 수 있는 게 아니야.'

　지금 그녀가 할 수 있는 일은 직접 보고 들으며 실상을 파악하는

것뿐이었다. 이 지역에 변화를 일으키려면 오랫동안 연구하고 생각하며 방법을 찾아봐야 할 것 같다.

"전하. 해가 지기 전에 움직이셔야 합니다."

레반이 재촉했다. 그들은 길잡이의 도움을 받아 밤에는 반드시 마을을 찾아 들어갔다.

시에나는 고개를 끄덕였다. 마차로 걸어가다가 멈추어 서서 고개를 돌렸다.

"내일 날이 밝는 대로 수도로 귀환하는 길을 잡게."

"대관은 만나지 않을 생각이십니까?"

"대관한테서 특별히 들을 만한 이야기는 없을 듯하군. 어차피 몇 개월 안에 대관이 입궁할 테니 그때 보고를 듣지."

"예. 전하."

시에나가 마차에 올라탄 후 길버트가 안도의 숨을 내쉬었다. 드디어 돌아간다. 배에서 내린 이후 긴장을 늦출 수 없었다. 온몸의 근육이 다 뻣뻣했다.

'생각 이상으로 터프하시네.'

레반은 황녀의 강인함에 감탄했다.

황궁에서 곱게 자란 황녀님이 과연 얼마나 버티랴 싶었다. 울퉁불퉁한 길을 따라 덜컹거리는 마차를 타고 몇 시간만 달리면 어지간한 사내들도 진이 다 빠졌다.

노숙만 하지 않았을 뿐 거친 여정이었다. 그런데 무려 나흘 동안 황녀는 힘들다는 말 한마디 하지 않았다. 힘들어도 이를 악물고 참는 게 아니라 그럭저럭 견딜 만해 보였다.

실제로 시에나는 '힘들긴 하지만, 할 만해.'라고 생각했다. 황족의 우월한 신체는 단지 외모의 번듯함이 다가 아니었다. 말 그대로 우월하게 튼튼했다.

레반은 곁에서 지켜볼수록 점점 더 황녀가 마음에 들었다.

'툭 건드리면 픽 쓰러지는 가녀린 여인에게 일족의 앞날을 맡길 수는 없지. 암, 그렇고말고.'

처음에는 이리저리 재어 보던 레반이 이제는 쿤을 붙들고 '절대 놓치지 마.'라고 닦달할 참이었다.

작은 유리알 너머로 십여 명을 태운 마차 두 대가 출발하는 광경이 비추어졌다.

'열한 명. 추가 일행은 확실히 더 없는 것 같군.'

나뭇가지에 매달린 사내는 온몸에 나뭇잎을 붙여 얼핏 보면 나무와 구별이 되지 않았다. 사내는 들여다보던 긴 망원경을 허리춤에 꽂았다. 평지를 걷듯 능숙하게 나무를 타고 내려왔다.

주변을 한 번 살피려고 고개를 돌리는 순간.

"컥!"

목이 눌렸다. 거센 힘으로 몸이 공중에 붕 뜨면서 바닥에 내던져졌다. 강한 충격이 등을 때렸다.

"뭐하는 쥐새끼냐."

마틴이 한 발로 사내의 복부를 밟고 한 손은 목울대를 누르며 사납게 으르렁댔다.

컥컥대던 사내가 눈동자를 한 바퀴 돌리더니 그대로 늘어졌다.

입에서 부글부글 거품이 일었다.

놀란 마틴이 사내를 흔들었다. 목 아래에 손을 대니까 벌써 맥이 없었다.

"하, 이 새끼가."

마틴이 송곳니를 드러내며 허탈하게 웃었다. 일말의 망설임도 없이 독을 물었다. 절대 단독범이 아니었다. 뒤를 맡길 자가 있는 거다.

'골치 아픈 것들이 들러붙었군.'

마틴의 마음이 다급해졌다. 레반에게 경고해 줘야 했다. 그는 말을 묶어 둔 곳으로 달려갔다.

*   *   *

머리 위에 바위를 얹은 것처럼 무거웠다. 시에나는 깊이 가라앉아 있던 자신의 의식이 서서히 끌려 올라간다고 느꼈다.

그녀는 천천히 눈을 떴다. 잠이 부족할 때도 이렇게 눈을 뜨기 힘들지 않았다. 자신의 상태를 파악했다. 키가 높이 솟은 나무의 그늘에 누워 있었다.

'여긴 어디지? 나는 왜……'

그녀는 돌아누우며 손으로 바닥을 디뎌 상체를 일으켰다.

"아직은 더 누워 계시는 편이 좋을 겁니다."

낯선 목소리가 말을 건넸다. 몇 걸음 떨어진 곳에 덩치 큰 사내가 서 있었다. 누워 있는 시에나의 눈에 사내는 거인처럼 거대해 보였다.

시에나는 넋 놓고 사내의 얼굴을 보았다. 눈에 익은 얼굴이고 만나고 싶어 찾던 자의 얼굴이기도 했다.

시에나의 표정을 오해한 마틴이 자신을 변호했다.

"황녀님을 해치려는 게 아닙니다. 혹시…… 기억 안 나십니까?"

시에나는 차분히 기억을 거슬러 올라갔다.

계획한 대로 오늘 아침에 해가 뜨자마자 간밤에 묵었던 마을을 떠났다. 길잡이가 알려 준, 부두까지 가장 빨리 가는 지름길로 마차는 달려갔다.

길잡이는 정오 무렵이면 부두에 도착해 늦은 오후에 출발하는 정기선을 탈 수 있을 거라고 했다.

두어 시간쯤 달렸다. 해가 완전히 떠올라 어둑한 주변이 환해졌다. 마차가 암염 광산 주변의 협곡으로 들어섰다. 속도를 늦추다가 멈춘 마차가 잠시 후 출발했다.

아주 느릿하게 움직이는데도 마차의 덜컹거림은 훨씬 심해졌다. 바닥에 작은 돌이라도 잔뜩 깔린 모양인지 마치 누가 마차를 쥐고 흔들어대는 것 같았다. 그러다 갑자기 마차가 크게 흔들렸다.

"으악!"

마차를 몰던 종자가 비명을 질렀다. 방향을 급하게 꺾은 마차의 몸체가 기울어졌다. 시야가 뒤집혔다. 기우뚱하다가 쓰러지는 마차 안에서 시에나도 좌석에 부딪혀 넘어졌다.

깜짝 놀랐을 뿐 다친 곳은 없었다. 그때 빠르게 스며드는 연기가 마차 안을 가득 채웠다. 자욱한 연기를 본 것이 마지막 기억이었다.

"마차 사고가 있었지. 그리고 연기가……."

"많이 들이마시면 정신을 잃습니다. 나중에는 숙취처럼 머리가 무겁고요. 몇 시간은 더 지나야 머릿속이 개운하실 겁니다."

황녀가 물끄러미 자신을 바라보기만 하자 마틴은 겁이 덜컥 났다.

'몽혼탄 연기를 마신 게 뭐가 잘못됐나? 그런 후유증은 없을 텐데.'

울든가, 겁내든가, 호위 기사들을 찾든가. 황녀는 이런 상황에 부닥친 사람의 반응을 보이지 않았다.

"그대, 이름이 뭐지?"

"……마틴."

"그게 다인가?"

마틴이 머뭇거리다가 대답했다.

"마틴 칼리입니다."

칼리.

꿈에서 들었던 이름을 확인하자 시에나는 긴장이 풀렸다.

"기사인가?"

"아닙니다."

아직 기사가 아니었구나. 기사 명부를 뒤진 수고는 쓸데없었다.

시에나는 나무를 붙들며 일어났다. 지대가 주변보다 조금 높았다. 그래서 제법 멀리까지 한눈에 들어왔다.

"여긴 어디지?"

"정확한 위치는 모릅니다."

"내 기사들은?"

"아마 무사할 겁니다."

한두 명은 죽거나 다쳤을지도 모르지만, 기사들의 안위는 알 바 아니었다. 마틴은 황녀만 지키면 된다고 지시받았다. 레반은 제 한 몸쯤 챙길 수 있으니 괜찮을 거다.

"내게 상황을 설명해 주겠나?"

"암습이 있었습니다. 기억하시는 것처럼 연기를 마신 황녀님은 혼절하셨고, 기사들과 습격자들 간에 전투가 벌어졌습니다. 황녀님이 휘말리기 전에 모시고 자리를 피했습니다."

"왜 나를 구했지?"

"……."

"기사는 아니고 근방의 지리를 모르는 것으로 보아 거주민도 아니고, 그저 우연히 지나는 길이였다는 대답은 누가 들어도 납득하지 못할 것 같군."

마틴이 제 머리를 한 손으로 헤집었다. 그는 이 상황이 낯설었다. 그는 주절주절 자신을 변호하거나 설명하는 걸 좋아하지 않았다.

옆에서 죽어 가는 사람을 나 몰라라 할 정도로 냉혈한은 아니어도 놀란 마음을 다독이는 친절까지 베풀지 않았다.

아마 다른 때였다면 시에나가 무슨 말을 하든 무시로 일관했을 거다. 위급한 상황에서 빠져나온 자들은 말이 많아지고 그런 자들의 말 상대 노릇은 피곤했다.

하지만 이번에는 경우가 달랐다. 멋대로 굴기는 부담스러웠다. 제국의 황녀이기 때문이 아니라 장차 주인과 결혼하실지도 모를 분이었다.

"지나던 길은 아닙니다. 황녀님을 호위하고 있었습니다."

"언제부터?"

"배에 오르실 때부터입니다."

마틴은 순순히 대답했다. 어디까지 말해도 되고 말하면 안 되는지 머리 굴리기가 귀찮았다. 시에나가 흥분했거나 취조하듯 따져 물었다면 마틴은 조심했을 것이다.

"그대를 보지 못했는데?"

"멀리서 따라다녔습니다."

"내 기사들도 알았나?"

"기사들은 몰랐을 겁니다."

"왜 나를 호위했지?"

"지시받았습니다."

시에나의 머릿속에 떠오르는 얼굴이 있었다.

"……쿤?"

마틴이 어깨만 살짝 으쓱했다.

"원래 쿤이 날 호위하기로 했지."

시에나는 시치미를 떼고 정보 수집을 시도했다. 마틴은 쿤과 시에나가 정확히 어떤 사이인지 몰랐다. 그녀가 쿤을 언급해도 놀라지 않았다.

"다른 일이 생기셔서요."

"그래서 그대에게 맡겼다?"

"예."

"혹시 그대는…… 쿤의 가족이나 친우인가?"

마틴의 눈이 커졌다가 이를 드러내며 웃었다.

"그분은 제 주인이십니다."

꿈속의 모습보다 훨씬 젊은 마틴을 쳐다보다가 그녀는 눈을 감았다. 어지러운 건 아까 마신 연기 탓만은 아니었다.

"괜찮으십니까?"

시에나는 나무에 기대 고개만 끄덕였다. 마틴이 '주인'이라고 말할 때 눈빛에는 자긍심이 가득했다. 그렇다면 이십여 년 후 마틴이 '주군'으로 부를 사람은.

'쿤……? 그가…… 공왕?'

철왕의 측근, 미래의 공왕. 그리고 장차 그녀의 부군이 될 남자.

심장이 아플 정도로 뛰었다.

'아니야. 그럴 리가.'

비약이 너무 심했다. 왕이라니. 가당키나 한가. 막대한 권력을 가진 제국의 공작 가문들도 '왕'이라는 칭호를 갖지 못했다. 더구나 그는 제국인도 아니었다.

'쿤이 여섯 공작 중 누군가의 밑으로 들어갈 수도 있지.'

쿤이 주군으로 섬기는 자는 쿤을 주인으로 여기는 마틴에게도 주군이 될 테니까. 아니면 마틴이 주인을 바꿀 가능성도 있다.

이십 년 후는 까마득히 멀고 무슨 일이 벌어져도 놀랍지 않은 긴 세월이었다.

"계속 여기 있을 건가? 아니면 내 기사들을 찾으러 갈 건가?"

"찾으러 가는 건 좋은 생각이 아닙니다. 그 협곡에 아직 기사들이 있을지 알 수 없고 자칫 길이 어긋나 헤매기만 합니다."

"그러면?"

"부두로 가시지요."

레반과 출발 전에 약속했다. 만약의 경우 황녀의 일행이 둘로 나뉘면 둘이 각각 양쪽 일행에 들어가 가장 가까운 선착장에서 만나기로 했다.

"길을 모른다고 하지 않았나?"

"여기가 어딘지는 모르지만, 강을 찾는 건 할 수 있습니다."

"그럼 출발하지."

"조금 더 쉬지 않으셔도 되겠습니까?"

"괜찮네."

마틴이 나무가 우거진 안쪽으로 들어가 말을 끌어왔다.

"혹시 말을 타실 수……."

마틴의 말이 채 끝나기 전에 시에나가 능숙하게 말 위에 올랐다. 마틴은 겸연쩍게 머리를 긁적였다.

"이렇게 거대한 말은 처음 본다."

"특별한 종입니다. 사막도 넘어갈 수 있는 녀석이지요."

마틴이 고삐를 잡아 걷기 시작했다.

"지금 시각이 얼마나 되었나?"

"정오가 넘었습니다."

"늦은 오후의 정기선이 오기 전에 부두에 도착하는 건 무리겠지?"

"예. 아마 저녁 무렵에나 도착할 겁니다."

"혹시 그대에게 똑 닮은 형제가 있나?"

마틴이 움찔했다. 그리고 작은 한숨을 내쉬었다.

'그 녀석. 빨빨거리고 돌아다니더라니.'

마틴은 황녀가 장터 어디에선가 우스를 봤을 거라고 생각했다.

"예. 동생입니다."

시에나도 한숨을 내쉬었다. 꿈에서 본 것과 일치했다. 머릿속이 복잡했다.

'쿤. 그가…… 왕이 된다.'

결론 내리는 건 아직 성급했다. 긴 역사를 거쳐 이미 기틀이 잡힌 제국에서 신흥 세력의 탄생은 이변일 것이다. 기존 권력자들의 저항이 만만치 않을 테니까.

'만약 꿈에 등장한 공왕이 쿤이라면…….'

그는 조만간 제국 정계의 핵심 인물로 떠오를 것이다.

'무슨 수로 그게 가능하지?'

사실, 그녀가 궁금한 건 따로 있었다.

'정말 나는…… 그와 결혼하게 될까?'

*　　　*　　　*

마틴이 장담한 대로 어두컴컴해졌을 때 부두에 도착했다.

'어라. 벌써 다 왔네.'

저녁이면 도착한다는 말은 선의의 거짓말이었다. 귀하게 자란 분의 옅은 인내심이 바닥나기 전에 '조금만 견디면 금방 도착해.'라고 미리 달랜 것이다.

하지만 황녀는 생각보다 잘 따라왔다. 특별한 대우를 원하지도 않았다. 황녀는 그가 건네는 육포로 불만 없이 끼니를 때웠다. 사냥이나 채집으로 시간을 지체했으면 훨씬 오래 걸렸을 것이다.

이것저것 묻지 않는 게 제일 좋았다. 두 사람은 내내 입을 딱 다물고 여기까지 왔다.

"다 왔습니다."

마틴이 고삐를 잡아 세웠다.

"저기, 보이시지요?"

어둑한 부두에 횃불 수십 개가 일렁거렸다.

"흠······. 사람이 많군요. 잠시 여기 계십시오. 말에서 내리지는 마시고요. 이 녀석, 성질이 더러워서 누가 함부로 접근은 못 할 겁니다."

마틴이 부두 쪽으로 사라졌다.

'무슨 이유로 날 공격했을까. 노린 게 내 목숨? 아니면 납치?'

그녀는 생각할 게 너무 많았다.

'내가 사라지기를 바라는 자가 있나? 설마 철왕이······.'

잠깐의 의혹을 그녀는 금방 떨쳐냈다.

'원래 쿤이 함께 가려고 했어.'

쿤은 자신을 대신할 든든한 호위를 시에나에게 붙였다. 시에나를 보호하려 했다. 그리고 쿤은 철왕의 사람이다. 앞뒤가 맞지 않았다. 디안이 시에나를 해칠 마음을 먹었다면 이보다 좋은 기회가 많았다.

마틴이 금방 돌아왔다.

"황녀님의 기사들이 보입니다. 가시면 됩니다."

"같이 안 가나?"

"예. 저는…….”

귀찮은 게 싫다. 같이 가자고 요구하면 어쩌나 걱정했지만, 황녀는 순순히 고개를 끄덕이고 말에서 내렸다.

"고생이 많았다. 언제든 찾아오라. 이름만 대면 날 만날 수 있도록 조치하지. 그대의 노고를 충분히 보상하겠다."

마틴은 잠시 시에나를 바라보다가 말없이 고개를 숙였다.

"그리고…… 쿤에게 내 말을 전해 줄 수 있겠나?"

"예. 말씀하십시오."

"만났으면 하는데…….”

밀회를 청하는 여자가 된 것 같다. 공연히 부끄러워 시에나는 손등으로 코끝을 슬쩍 문질렀다.

"지금 수도에 안 계시지만, 뵙는 대로 전해 드리겠습니다."

"수도에 없어?"

"예."

"언제 오지?"

"모릅니다. 지금 하시는 일이 아마 꽤 오래 걸리실 겁니다."

"……그렇군."

장기간 떠나 있을 거면서 인사도 남기지 않다니. 괘씸했다. 아니, 약이 오르는 건가?

'찾아오면 안 만나 줄 테다.'

그녀는 샐쭉한 표정으로 돌아섰다.

멀어지는 황녀의 뒷모습을 보며 마틴은 기분이 묘했다.

'상상했던 거와 다른 분이네.'

제국의 눈치를 보는 주변국들 사이에 리먼 공작가와 적왕에 대한 원성이 자자했다. 황녀가 그들의 악명을 이어받을 것 같지 않았다.

'그런데 설마 쿤. 어디 간다는 말도 안 하고 수도를 뜬 건 아니죠?'

주인의 연애 사업이 진심으로 걱정되었다.

시에나가 부두에 모습을 드러내자마자 우르르 병사들이 몰려와 주변을 포위했다.

"뭐 하는 짓이냐! 당장 물러서라!"

길버트가 호통치며 달려왔다.

"전하."

길버트가 죽음의 문턱까지 다녀온 사람 같은 표정으로 한숨을 내쉬었다. 반나절 사이에 그의 마음고생은 이루 말할 수가 없었다. 중병을 앓은 환자처럼 얼굴이 핼쑥했다.

"무사하신 모습을 다시 뵈어 다행입니다."

"웬 병사들인가?"

"근방 백작령의 병사들입니다. 막 수색대를 조직하던 참이었습니다."

"다들 무탈한가?"

"예. 몸이 상한 자는 있지만, 목숨에 지장은 없습니다."

"전하!"

넉넉한 풍채의 중년인이 헐레벌떡 달려왔다.

"은왕 전하를 배알하여 일신의 영광이옵니다!"

그는 근처 영지를 관리하는 지방 귀족이었다. 시에나는 호들갑스럽게 굽실거리는 백작을 적당히 상대했다.

백작은 시에나의 지시에 따라 이번 일을 조용히 덮도록 입단속에 힘쓰기로 했다. 더불어 길버트에게 협조하여 병사들을 동원한 공으로 보상을 약속받았다.

만족한 백작이 돌아간 후 길버트가 물었다.

"전하. 이 일을 덮으려 하십니까?"

"큰 소란으로 확대할 것 없네. 상황을 파악하는 게 우선이지. 그런데 아까부터 칼리 경이 보이지 않는군. 내 보좌관은 어디 갔나?"

"감금 중입니다."

"감금이라니?"

"행적이 수상하여 감시하고 있었습니다. 전하께서 사라지신 후 즉시 주변을 수색하려 하였으나 칼리 경이 부두로 가면 전하께서 오실 거라고 했습니다. 부두에 도착했으나 전하는 아니 계셨고 칼리 경은 수색을 반대했습니다. 기다리면 반드시 전하께서 오신다고만 했습니다. 이유를 물어도 답을 하지 않았습니다."

길버트는 며칠 전부터 레반에게 의혹을 품었던 터라 일단 가두었다.

시에나는 마틴과 나누었던 대화를 떠올렸다.

「내 기사들도 알았나?」

「기사들은 몰랐을 겁니다.」

'기사들은' 몰랐다고 했다. 기사가 아닌 자는 알고 있었다는 말도 되었다.

'어이없는 말장난이군.'

시에나는 피식 웃었다.

'하긴. 내 이동 경로를 알아야 먼 거리 호위를 할 수 있지. 누군가 는 그 정보를 줘야 했을 거고.'

엄밀히 따지면 마틴은 외부인이고 황녀의 행방을 몰래 흘린 레 반은 중죄인이었다. 하지만 시에나는 문제 삼을 생각이 없었다.

"내가 지시한 일이네. 풀어 주게."

"예……?"

"도움이 없이 내가 부두까지 어떻게 왔겠나. 자네도 내 비밀 호위 에 대해 알지 않는가?"

"아……! 예. 전하."

시에나는 레반과 마틴이 원래 아는 사이였다고 의심하지 못했 다. 그저 쿤이 천연덕스럽게 기사들을 속였을 때처럼 마틴이 재주 를 부려서 레반한테 정보를 받았을 거라고 추측했다. 쿤의 수하이 니까 그쯤은 쉬울 것이다.

그녀가 쉽게 사람을 믿는 성격은 아니지만, 아무리 침착해 보여 도 오늘 겪은 일은 그녀에게 큰 충격이었다. 날카롭게 이것저것 따 질 정신이 아니었다.

                        *   *   *

다음 날 아침 일찍, 시에나와 일행들은 배에 올랐다.

일등석 객실 안에서 시에나는 길버트와 레반과 마주 앉아 암습
자들의 정체를 추측했다.

레반이 원인부터 짚었다.

"전하께서 배를 타셨다는 소식이 아마 널리 퍼졌을 겁니다. 그리
고 계속 소수의 호위만 데리고 한적한 지역을 돌아보셨으니까요.
수행원의 수가 더 많았다면 감히 엄두를 내지 못했을 겁니다. 그런
데 하루, 이틀이 넘어 나흘이 지나도 기사단이나 병사들은 보이지
않으니 해볼 만하겠다는 생각이 들었겠지요."

"내가 부주의한 탓이군."

"가장 큰 이유는 그렇습니다."

시에나가 쓴웃음을 지었다. 처음 듣는 따끔한 지적이었다.

"뭐 하는 자들 같은가?"

증거는 확보하지 못했다. 일부는 도주했고 잡힌 자는 자진했다.
발가벗겨 뒤졌으나 그들의 정체를 파악할 만한 그 무엇도 지니지
않았다.

"독을 지니고 다닐 만큼 독하고 어느 정도 조직력도 있는 것 같
더군요. 반제국 세력이겠지요."

시에나는 놀라 레반을 바라보았다. 함께 고민해 보자고 불렀는
데 뜻밖에 레반은 암습자들의 정체를 바로 추측했다.

"남부에서 활약하는 자들로 범위는 좁힐 수 있겠습니다만. 시찰

일정이 그리 오래전부터 계획된 것도 아니고 공개적이지도 않았고요. 계획범이라기보다는 충동범 쪽에 가깝다고 봐야겠습니다."

계속 떠들던 레반은 뒤늦게 황녀의 반응을 살폈다.

"전하께서는 다른 의견이신지요?"

"반제국 세력?"

"예."

"어떤 반제국 세력?"

그녀는 멍하게 되물었다.

"저도 그것까지는 모르겠습니다. 단서가 너무 적어서요. 남부 쪽은 잡놈들만 많아⋯⋯."

길버트가 크흠, 헛기침했다. 레반이 재빠르게 비속어를 수정했다.

"그러니까 큰 세력은 없고 고만고만한 소규모 반당이 활동한다고 알고 있습니다. 길버트 경은 더 아는 게 있으십니까?"

"나도 자네가 아는 것 이상은 모르네. 남부에서 이런 대담한 짓을 저지르다니."

"저도 그래서 방심했습니다. 남부니까 괜찮다고 생각했는데⋯⋯. 광신도에 가까운 자들입니다. 아까 보지 않았습니까? 제 목숨조차 아까워하지 않는 자들이었습니다."

"그건 그렇지."

그들은 시에나가 전혀 모르는 이야기를 했다. 낯선 외국어로 대화하는 자들 사이에 낀 기분이다. 두 사람은 시에나가 느끼는 소외감을 짐작조차 못 하는 눈치였다.

그녀는 지금 이 자리에서 '그게 뭔가?'라고 물을 수 없었다. 자신의 무지를 드러내는 게 너무 부끄러웠다.

"충동범이라는 말은 무슨 의미지? 내게 원한이 있어 해치려던 건 아니란 말인가?"

"전하께 원한이요?"

레반이 생각에 잠겼다. 발상의 전환이었다.

'그럴지도.'

황녀는 적왕의 딸이니까. 반제국 세력의 주적은 황실과 제후 공작 가문들이다. 그런데 근래 주된 표적을 고르라면 리먼 공작 가문과 적왕이었다.

제국은 강대한 국력을 내세워 주변 나라들을 착취해 왔다. 그리고 리먼 가문은 최근 이십 년 동안 가장 기세등등했다.

약 이십오 년 전, 대대적인 반당 색출 작전에 무고한 자들이 많이 희생됐다. 당시 작전을 주도한 리먼 가문의 악랄함을 기억하는 자들이 많았다.

'아니야. 목숨을 노릴 정도의 원한은 쉽게 생기지 않지. 수도를 벗어난 적이 없는 황녀님이 그런 원한을 살 일이 뭐가 있겠어.'

"제 생각에 전하께 원한은 아닙니다. 제국의 황족을 해쳤다는 상징적인 의미를 얻으려 했던 것 같습니다."

"그런 상징을 뭐에 쓰려고?"

"반당은 통합이 안 된 점조직이 대부분이니까요. 큰 사건 하나 일으키면 구심점이 되어 뭉칠 수 있지요. 천 명의 오합지졸보다 조직된 군사 몇십 명이 낫다고 하지 않습니까."

시에나는 적당히 아는 척하며 질문을 계속 던졌다. 레반의 답변을 통해 몇 가지 사실을 알아냈다.

반제국 세력 혹은 반당이라 부르는, 제국을 적대시하는 자들이 수도를 제외한 제국 곳곳에서 활동한다는 것. 일부는 비적질로 문제를 일으키지만, 대부분은 제국인들 틈에 섞여 산다는 것. 오늘과 같은 일을 벌이는 극단주의자는 많지 않다는 것.

'몰랐어.'

혼자 남은 시에나는 자괴감에 휩싸였다.

'난 들어 본 적이 없어.'

아무도 말해 주지 않았다. 황제 폐하의 치세 아래 제국은 완벽하고 평화롭다고 배웠다. 자신의 목숨을 서슴지 않고 버릴 정도로 제국을 증오하는 자들이 있다는 게 큰 충격이었다.

그녀가 알고 있던 모든 게 허상이었다.

디디고 있던 발밑이 무너진다.

"내가 지금껏 보고 듣고 배운 것들이…… 다 뭐란 말인가."

기가 막혔다. 그날 밤 그녀는 뜬눈으로 밤을 지새우며 괴로워했다.

4장

소중한 사람

귀환하는 뱃길은 평온했다. 열흘 만에 수도 남쪽의 선착장에 도착했다. 출발했을 때와 마찬가지로 시에나는 조용히 입궁했다. 그녀가 막 옷을 갈아입자마자 패트리샤가 들이닥쳤다.

"황녀."

금방이라도 울음을 터뜨릴 것처럼 패트리샤의 눈이 그렁그렁했다.

"잘 다녀오셨습니까."

"예."

벅찬 기쁨이 패트리샤의 얼굴에 보일 듯 말 듯 했다. 노골적으로 드러내는 것보다 감격스러움이 오히려 잘 느껴졌다.

"훌륭하십니다. 이제 다 자라셨군요. 장성한 자식을 어미가 품에서 놓기 아까워 욕심을 부렸나 봅니다."

대견하기도 하고 섭섭하기도 한, 복잡한 심경을 드러내는 패트리샤의 미소는 쓸쓸해 보였다.

"황녀가 걱정되어 기사를 딸려 보냈습니다. 내가 실수했어요. 근심이 많은 어미의 주책을 용서하세요. 이해해 주시겠지요?"

"……예. 어머니."

"무사히 오신 모습을 뵈었으니 됐습니다. 많이 곤하시겠군요. 푹 쉬세요. 황녀."

패트리샤는 바로 돌아갔다. 아무리 시에나가 패트리샤에게 불만이 있어도 다정한 인사말만 건네는 어머니의 면전에 모진 말을 할수는 없었다.

"황녀……."

시에나는 쓸쓸하게 혼잣말을 중얼거렸다. 왕으로 책봉된 후 꼬박꼬박 은왕이라고 칭하던 어머니가 새삼스레 황녀라고 불렀다. 정서적 거리를 좁히려는 교묘한 화술이다. 그걸 눈치채서 기쁜 게 아니라 입맛이 썼다.

어디까지가 진실이고 어디까지가 거짓일까. 그동안 보여 준 어머니의 애정이 모두 계산된 것이라면 마음이 매우 아플 것 같다.

시에나는 시녀에게 지시했다.

"엠마를 불러오라."

오랜만에 엠마가 타 주는 차가 마시고 싶었다.

"외출하여 황궁에 없습니다. 전하."

"어디를?"

"포프 백작부인을 뵈러 간다고 들었습니다. 사람을 보내 입궁하라고 할까요?"

"아니다. 굳이 그럴 건 없다."

내일 보면 된다고 생각했다. 아침에 백작부인과 함께 입궁할 테니까. 하지만 다음 날 아침, 아침 시중을 위해 들어오는 시녀들 틈에 포프 백작부인이 보이지 않았다.

베스가 매번 아침 시중을 드는 것은 아니지만, 시에나가 무려 한 달 가까이 외유했다가 돌아왔으니 당연히 올 줄 알았다.

'무슨 일이 있나?'

시녀에게 물어볼까 하다가 그만두었다. 베스는 때로는 시녀처럼 때로는 유모처럼 많은 일을 해 주었다. 그녀의 수고를 당연하게 요구해서는 안 된다.

오후가 되도록 백작부인은 물론, 엠마도 입궁하지 않았다. 시에나는 백작부인의 저택에 심부름꾼을 보냈다. 다녀온 시녀가 말했다.

"엠마가 다리를 다쳤다고 합니다. 한동안 걷기 힘들어 완치 후 전하를 뵙겠다고 말씀을 전해 올렸습니다."

"다치다니. 많이 다쳤더냐?"

"직접 만나지는 못했습니다."

"백작부인은?"

"백작부인도 뵙지 못했습니다."

"……그래? 알았다."

시찰을 다녀오느라 미루어 둔 일이 많았다. 시에나는 오후 내내 정신없이 많은 일정을 소화했다. 그 와중에도 계속 기분이 이상했다. 뭔가가 걸렸다.

해 질 무렵에 시녀를 불러 지시했다.

"백작 저에 다녀오너라. 엠마가 다리를 다쳐 걷지 못하면 업어서라도 내 눈앞에 데려오라."

"예. 전하."

저녁 식사를 마친 후 시녀가 엠마가 왔음을 알렸다. 시녀의 뒤로 고개를 푹 숙이고 따라 들어오는 엠마는 다리가 멀쩡했다. 시에나의 눈이 가늘어졌다.

"너희는 나가 있어라."

"전하!"

엠마가 비명처럼 소리를 지르며 무릎을 꿇었다.

"제가 거짓말을 했습니다. 다리를 다쳤다고 거짓 핑계를 댔습니다."

"왜?"

"겁이…… 겁이 났습니다. 입궁하고 싶지 않았습니다. 저는 황궁 생활이 견디기 힘듭니다. 제게 너무 과분한 직무입니다."

엠마를 바라보는 시에나의 금색 눈동자에 싸늘한 기운이 스쳐 지나갔다. 하지만 이내 평소처럼 담담한 표정으로 되돌아왔다.

"엠마. 그토록 견디기 어려웠다니 내가 너를 이해하지 못했구나."

"송구합니다. 전하."

"힘들다는 사람에게 인내를 강요할 만큼 내가 모진 사람은 아니다. 못하겠다는 사람을 어르고 달래 줄 만큼 관대한 사람도 못 되지. 네 진심을 이해했다. 가라."

엎드린 엠마의 어깨가 움찔했다.

"그간 수고하였으니 엠마에게 넉넉한 보상을 챙겨 주어라."

"예. 전하."

시녀가 대답했다.

엠마가 나간 후 시에나는 시녀들도 모두 내보냈다. 무심한 표정이 흔들렸다. 그녀는 한 손으로 이마를 짚으며 한숨을 내쉬었다.

"내가 너무 오래 궁을 비웠어."

그녀는 억눌린 음성으로 중얼거렸다. 천천히 눈을 감았다가 떴다.

엠마는 겁에 질려 있었다. 시녀를 모두 내보내려 했을 때 엠마의 눈에 스쳐 지나가는 공포를 봤다. 자신과 독대하는 상황을 두려워했다.

예전의 시에나라면 거짓말한 아랫사람을 용서하지 않았을 것이다. 무슨 이유로 거짓말을 했는지는 관심을 두지 않았을 것이다. 시에나의 기질을 잘 아는 사람이 일을 꾸몄다.

"하."

그녀는 찬웃음을 흘렸다. 누군지 뻔하지 않은가.

시에나는 아무 일이 없었던 것처럼 다음 날을 맞이했다. 다음 날에도 백작부인은 입궁하지 않았다. 엠마뿐이 아니었다. 백작부인에게도 일이 생긴 게 틀림없었다.

레반이 입궁해 새로 조정된 일정을 보고했다. 시에나는 보고를 다 들은 후 말했다.

"자네에게 부탁할 일이 있네."

"부탁이라니요. 지시하시면 됩니다."

아부 같은 말이 아부처럼 들리지 않았다. 기분 탓인지 레반의 태도가 훨씬 깍듯해졌다.

"내 수석 시녀. 포프 백작부인과 그 주변 사람에게 무슨 일이 생겼는지 알아봐 줄 수 있겠나?"

귀족도 제국인도 아닌, 고작 보좌관이 감당하기에는 벅찬 임무였다. 하지만 왠지 레반은 할 수 있을 것 같았다. 길버트가 레반에 대해 '범상치 않은 내력을 지닌 것 같다.'라고 슬쩍 귀띔했다. 그 말을 믿고 싶었다.

"예. 전하."

레반은 흔쾌히 대답했다. 이틀 후, 레반은 평소처럼 일정 관리를 위해 들렀다가 두툼한 서류를 놓고 나갔다.

*   *   *

시에나는 적왕궁에 방문했다. 패트리샤가 웃으며 맞이했다.

"어서 오세요. 은왕. 자, 이리로 앉으세요. 그대가 좋아하시는 것들로 준비했답니다."

테이블에 갖가지 과일 푸딩과 다양한 색을 입힌 과자, 하얀 생크림이 가득한 케이크가 가득했다. 평소 좋아하는 달콤한 간식이 오히려 그녀를 불쾌하게 했다.

이깟 것에 마음이 흔들리는 어린아이 취급을 하는 건가.

"어머니. 드릴 말씀이 있습니다."

"시간은 많아요, 드시면서 이야기하지요."

"시녀들을 물려 주세요."

"예?"

"제가 오늘 어머니께 무례할 것 같습니다. 시녀들에게 보여도 저는 상관없습니다만."

한순간에 패트리샤의 얼굴에서 웃음이 사라졌다. 패트리샤는 입술만 끌어당겨 웃었다.

"모녀간의 긴밀한 대화를 남이 알 필요는 없겠군요."

패트리샤가 손짓했다. 시녀들이 일제히 물러갔다.

"지나치셨습니다."

"무슨 말씀이신지."

"왜 제 사람들을 건드리셨습니까?"

레반이 가져온 조사 보고서에는 충격적인 내용이 담겨 있었다.

포프 백작부인의 가문이 쑥대밭이 되었다. 백작가의 영지에서 재배하는 차밭이 모조리 시들어 말라 죽고 창고에 불이 나 판매 예약된 찻잎이 모조리 타 버렸다.

큰 빚이 생겨 급하게 돈을 끌어다 썼는데 악명 높은 고리대업자가 관여했다. 불어나는 이자를 감당하지 못해 포프 백작과 아들이 사방을 뛰어다녔으나 누가 방해하는 것처럼 돈을 구할 수가 없었다. 백작가의 영지를 모조리 잃을 위기에 처했다.

백작부인의 사위 가문도 풍비박산 났다. 반당의 세력에게 뒷돈을 대줬다는 혐의를 받아 가문이 몰락하기 직전이었다.

백작부인은 충격으로 드러눕고 며느리가 눈물 바람으로 간호 중이었다.

엠마는 고향에 있는 가족의 안전이 위협받은 정황이 발견되었다.

이 모든 일이 고작 시에나가 수도를 떠나 있는 한 달도 안 된 기간 동안 벌어졌다.

"은왕의 사람들이요? 누구를 말씀하세요?"

"제 수석 시녀 말입니다."

"아……. 포프 백작가에 문제가 생겼다는 말을 얼핏 들은 것 같네요. 집안 단속을 제대로 하지 못했나 봅니다."

"어머니."

시에나가 이를 악물었다.

"백작가의 일을 왜 내게 와서 묻는지 모르겠어요."

"제가 들은 얘기와 다른 말씀을 하시는군요."

"황녀. 어디서 무슨 말씀을 들었는지 모르겠지만, 진실과 거짓을 구별하는 능력을 기르셔야 합니다. 황궁에는 항상 음모와 모략이 있어요. 이젠 황녀도 성년이 되셨으니 세상이 녹록지 않다는 것을 배울 때도 되셨지요. 황녀를 시기하는 자들은 항상 나와 황녀의 사이를 이간질하려 할 거예요. 어미를 믿으셔야 합니다."

패트리샤는 사근사근한 목소리로 차가운 뱀처럼 웃었다.

시에나는 명백한 증거를 눈앞에 들이대도 어머니가 절대 원하는 대답을 주지 않으리라는 것을 깨달았다. 그래서 접근 방식을 바꿨다.

"제가 잘못 알았나 봅니다."

"그러셨군요."

"제 수석 시녀가 곤란을 겪고 있습니다. 어머니는 도와주실 수 있겠지요?"

패트리샤가 눈을 동그랗게 떴다가 미소 지었다.

"황녀께서 내 능력을 과대평가하시네요."

"어머니가 역부족이라면 외숙의 도움이라도 받겠습니다. 리먼 가문에 그만한 힘도 없습니까? 제가 황제가 되면 리먼 공작가를 믿고 큰일을 맡길 수 있을지 이번 기회에 봐야겠습니다."

시에나를 말없이 바라보던 패트리샤가 찻잔을 들었다.

시에나는 웃음기가 없는 어머니의 얼굴이 상당히 잔혹해 보인다는 것을 처음 알았다.

"세상일에 일방적인 호의란 없습니다. 가는 게 있으면 오는 게 있어야 하는 법입니다."

"예. 경청하겠습니다."

"황녀의 수석 시녀는 그대에게 이롭지 않아요. 어미는 황녀가 현명한 사람을 주변에 두기를 바랍니다."

패트리샤는 교묘히 말을 돌려 자신의 요구 조건을 시에나에게 전달했다.

백작부인을 지금의 구렁텅이에서 끄집어내 주겠다. 대신 백작부인과 사적인 교류를 그만두어라. 패트리샤에게만 유리한 계약이었다.

'황녀가 받아들이면 좋고 아니어도…… 손해 볼 건 없지.'

포프 백작부인을 떼어 내는 게 원래 목적이지만, 그러지 못해도 호된 경고는 될 것이다. 황녀의 기를 약간 꺾을 필요도 있었다. 너무 오냐오냐했다.

시에나는 자칫 흔들리는 눈빛을 보일까 봐 시선을 아래로 내렸다. 자식이 부모에게 도움을 청하는 것이다. 체면을 따질 일이 아니었다. 자존심만 약간 굽히면 된다. 하지만 이건 주도권 싸움이었다.

'여기서 굽히면 더 복잡하고 중요한 사안에서 고민 없이 물러나게 되겠지.'

시작이 어렵지 두 번째는 뭐든 쉬운 법이니까.

시에나는 말없이 일어났다. 느긋한 표정으로 차를 마시는 패트리샤를 바라보다가 돌아섰다.

"천천히 생각해 보세요. 황녀. 시간은 그리 많지 않겠지만요."

등 뒤에서 패트리샤의 목소리가 들렸다.

'이게 어머니의 방식입니까?'

입술을 꼭 깨무는 시에나의 금색 눈동자가 선명하게 짙어졌다.

'날 손아귀에 쥐고 흔드시겠다? 그렇게는 안 될 겁니다.'

집무실 책상에 앉아 시에나는 생각에 잠겼다.

'내가 가진 것. 그리고 내가 할 수 있는 일…….'

든든한 외가. 단단한 정통성.

리먼 공작 가문과 어머니는 시에나의 강력한 힘이다. 하지만 그들의 칼끝이 시에나를 향할 경우 그녀는 무력했다.

그녀는 어려서부터 오직 제왕학에 힘썼다. 손발처럼 시중드는 시녀들에 둘러싸여 고명한 학자들의 수업을 들었다. 특별한 대우를 받으며 제국의회와 중앙의회를 참관했다.

지배자의 시선으로 세상을 내려다보는 법만 배웠다. 사교 모임에 관심을 두지 않았다. 잡담할 시간에 책 한 권을 더 읽는 게 나았다. 친구를 사귀어 본 적이 없었다.

그녀의 곁에는 사람이 없다. 황제가 될 사람의 고독은 당연하다고 생각했다.

'그게 다 내 의지였을까?'

패트리샤는 시에나를 고립시켰다. 의지할 측근이 없도록 유도했다. 그건 시에나의 약점이지만, 동시에 강점이기도 했다. 혼자에 익숙하므로 혼자가 되는 것을 두려워하지 않았다.

패트리샤의 계산 착오였다. 그녀는 자신이 낳은 딸을 잘 안다고 착각했다. 저 혼자만 딸에게 가깝고 유일한 존재가 되려는 욕심을 부리지 말았어야 했다.

차라리 시에나의 주변에 많은 사람을 붙여 그들을 시에나의 약점으로 만들었어야 했다.

그리고 결정적으로 패트리샤는 자신과 딸의 큰 차이점을 놓쳤다.

사람은 누구나 자신의 기준으로 세상을 본다. 패트리샤는 자신이 가진 욕망과 시에나의 욕망이 전혀 다르다는 것을 몰랐다.

시에나는 권력을 탐해 황제가 되려는 게 아니었다. 성군이 되어 제국의 번영을 이끌고 싶었다. 어머니에게 좌지우지되는 허수아비 황제 노릇을 감수하면서까지 권력을 바라지 않았다.

책상 끄트머리만 바라보던 시에나가 고개를 들며 일어났다. 그녀의 눈빛이 결연하게 빛났다.

시녀를 불러 말했다.

"철왕궁으로 가자."

디안은 시에나를 반갑게 맞아 주었다. 갑자기 찾아와 놀랐을 텐데 그런 내색이 전혀 없었다.

"봉토 시찰을 다녀왔다지요? 은왕은 종종 생각지도 못하게 사람을 놀라게 한다니까요."

"백 번을 듣는 것보다 한 번 보는 것이 낫다고 하지요."

"그래서 직접 보니 어땠어요? 유익한 경험이었나요?"

"여러 가지 일들이 있었습니다."

"그게 뭔지 궁금은 한데 바쁜 분께서 여행기를 풀어놓으러 오신 건 아닐 테고. 어쩐 일입니까?"

시에나는 적당한 거리를 두고 서 있는 철왕의 시종과 자신의 시녀를 흘끔 본 후 말했다.

"철왕께 독대를 청합니다."

디안은 싱글싱글 웃던 표정 그대로 굳었다. 두 사람은 말없이 서로 눈을 마주쳤다.

디안이 훗, 웃음을 흘렸다.

"은왕께서 내 약점을 아는군요. 내가 호기심을 못 참거든요."

디안이 시종에게 손을 내저었다. 다들 나가고 응접실에 둘만 남았다.

"말씀하세요."

"도움이 필요합니다."

"내 도움이요?"

"예."

시에나는 쓸데없는 탐색전으로 시간을 낭비할 생각이 없었다. 가져온 봉투 속의 문서를 꺼내 디안에게 내밀었다. 레반이 놓고 간 조사 보고서를 중요한 부분만 골라 추린 것이다.

디안이 빠르게 눈으로 읽었다. 휙휙 넘어가는 페이지가 마지막 장이 되었을 때 시에나가 말했다.

"보시는 대로 내 수석 시녀가 곤경에 처했습니다."

"……."

"도와줄 수 있습니까?"

디안은 문서의 첫 장으로 되돌아가 처음부터 끝까지 정독했다. 그가 한참 아무 말 없이 생각에 잠겨 이따금 고개를 갸웃거리거나 끄덕이는 동안 시에나는 기다렸다.

"포프 백작부인의 신변 보호 정도는 어렵지 않습니다. 하지만 은왕이 내게 바라는 건 그게 아니겠지요?"

"예."

탁, 디안이 손가락 끝으로 문서를 튕겼다.

"여기 적힌 대로 벌어진 일 모두를 무위로 되돌려 원상복구 해 달라는 것 아닙니까?"

"그렇습니다."

"못 합니다."

"……."

"많은 자가 관여했고 공을 들인 정치 공작입니다. 누군가를 표적 삼아 괴롭히려고 이런 힘을 쓰다니. 참 고약하네요."

'이제 보니…… 닮았어.'

웃음이 사라진 디안은 다른 사람 같았다. 그리고 진지한 디안의 얼굴은 놀랍도록 황제를 닮았다. 이토록 닮았는데 지금 발견한 게 신기했다. 아들이니까 당연하지만, 기분이 이상했다.

'그래서 항상 웃었던 걸까? 닮은 걸 감추려고?'

"이건 달리는 말과 같습니다. 말 위에 탄 사람만이 말을 세울 수 있어요. 억지로 말의 고삐를 잡아채려는 자는 죽거나 다치겠지요."

내가 그만한 위험을 감수하면서 백작부인을 도와야 할 이유가 있나? 생략된 뒷말을 시에나는 충분히 알아들었다.

"은왕. 미안하지만……."

"이해했습니다."

시에나는 담담히 말했다.

"시작한 사람만이 끝을 낼 수 있다는 말씀이군요."

디안이 고개를 끄덕였다.

"끝은 내가 내겠습니다. 그걸 도와주세요."

시에나는 디안을 만나러 온 진짜 본론을 꺼냈다.

처음의 부탁은 어차피 거절을 예상했다. 그렇다고 디안을 떠보려 던진 말은 아니었다. 이리저리 재볼 생각이었다면 애초에 여기 오지 않았을 것이다. 디안이 해결해 줄 수 있으면 그건 그것대로 괜찮았다.

"뭘 도와줄까요?"

"리먼 공작 가문이나 적왕에 대한 약점 한두 가지는 쥐고 계시겠지요?"

디안은 순간 갈등했다. 대체 무슨 소리를 하느냐고 시치미를 떼는 게 현명했다. 하지만 그는 황녀의 저의가 궁금해 견딜 수가 없었다.

"그래서요?"

"그게 필요합니다."

"달라고요?"

"예."

디안이 고개를 삐딱하게 기울였다.

"내가 왜 그래야 합니까? 내가 가진 패만 빼앗기는 건데요."

"거래하고 싶습니다."

"거래……. 그럼 얘기가 다르지요. 내게 뭘 줄 겁니까?"

"내게 바라는 게 있다면 뭐든지요."

"내가 뭘 요구할 줄 알고요?"

"뭐든 괜찮습니다."

디안이 한숨을 내쉬었다. 세상 무서운 줄 모르는 이복누이에게 충고를 해 줘야 할까?

나쁜 마음을 먹는 자에게 잘못 걸리면 큰일 나겠다. 디안은 시에나의 허술한 부분을 발견한 게 썩 유쾌하지 않았다.

"은왕. 이런 일방적인 건 거래가 아닙니다."

"나는 철왕께서 가지고 계신 그것의 가치를 모릅니다. 내가 대가로 무엇을 지불해야 맞바꿀 수 있는지도 몰라요. 이 경우 무척 많은 이건 조율이 필요하겠지요. 하지만 나는 시간이 없습니다. 내가 시간을 끌수록 백작부인이 겪는 고통도 길어집니다. 급한 사람은 철왕이 아니라 나입니다. 내게 불리한 거래가 되는 건 당연합니다."

'우와. 이 똑소리 나는 황녀님을 보게.'

자신의 불리함을 인정하면서 교활해지거나 비굴하지 않을 수 있다니. 디안은 적잖이 감탄했다.

"왜 수석 시녀를 위해 은왕이 그렇게까지 하려는 거지요?"

시에나의 눈빛이 흔들렸다.

"백작부인은…… 내게 소중한 사람입니다."

그녀는 대답 후 더 확신했다. 가슴 안쪽에서 뜨거운 것이 울컥 솟았다. 백작부인을 지키고 싶다. 시에나가 바라는 건 그것뿐이었다.

"은왕의 명예를 걸고 약속합니다. 철왕께 해가 가는 일은 없도록 하겠습니다."

디안이 대답 없이 일어나 어디론가 가 버렸다.

시에나의 어깨가 힘없이 처졌다.

'안 되는 건가.'

눈앞이 깜깜했다. 가까운 사람 한 명을 지키는 일조차 하지 못하다니. 무력한 자신이 너무 한심했다.

불쑥, 눈앞에 봉투가 내밀어졌다. 고개를 들자 봉투를 쥔 디안이 앞에 서 있었다.

"나는 명예를 건 약속 같은 건 안 믿습니다. 목숨을 건 거짓말도 워낙 많이 봤거든요."

디안의 얼굴에 미소가 돌아왔다.

"하지만 소중한 사람을 지키기 위해 어려운 부탁을 하러 온 누이의 명예는 믿어 보겠습니다."

시에나는 얼떨떨한 표정으로 봉투를 받았다.

"은왕이 바라는 협상의 수단으로는 쓸 만할 거예요."

안에는 쿤이 사막으로 떠나기 전에 준, 리먼 공작의 죽음에 관한 자료가 있었다.

시에나는 막상 원하는 것을 얻고 어쩔 줄 몰랐다. 고맙다고 말해야 하는데 입이 떨어지지 않았다. 조금 전 들은 호칭이 자꾸 귓가에서 메아리쳤다.

누이……? 얼굴이 화끈거리고 가슴 안쪽이 간질간질했다.

"어서 가 보세요. 곤경에 처한 은왕의 수석 시녀를 도와주셔야지요."

"거래는……."

"나중에요. 내가 은왕한테 뭘 받을지 계산 좀 해 봐야겠어요. 각오는 단단히 하세요. 엄청난 대가를 내놔야 할 테니까요."

짐짓 엄포를 놓는 디안의 표정은 개구쟁이 소년 같았다.

시에나가 목이 막힌 듯 나오지 않는 감사 인사를 끝내 하지 못했다. 고개만 살짝 숙여 인사했다. 그녀는 문 앞까지 갔다가 다시 돌아서서 디안에게 다가갔다.

"어머니가 철왕께 저지른 일들에 대해 사과합니다."

디안의 눈이 커졌다.

"몰랐습니다. 지금 와서 몰랐다는 말로 변명은 되지 않겠지만, 어머니가 철왕께 무슨 짓을 했는지 정말 몰랐습니다."

말하는 동시에 시에나의 귓가에는 꿈에서 들었던 황제의 처연한 고백이 동시에 울렸다.

「몰랐습니다. 당신에게 무슨 일이 일어났는지. 그게 분노가 아니라 슬픔과 고통이었다는 것을 몰랐습니다. 이제 와서 몰랐다는 말로 변명은 되지 않겠지만, 폐하. 정말 저는…… 어머니가 당신에게 무슨 짓을 했는지 몰랐습니다.」

미래의 자신은 죽은 사람의 초상화 앞에서 독백하는 게 아니라 살아 있는 본인에게 직접 전하고 싶었을 것이다.

"……은왕이 몰랐다는 건…… 나도 알아요. 은왕이 내게 사과할 일은 아니지요."

"용서를 바라는 건 아닙니다. 내 어머니로 인해 철왕이 겪은 고통에 내 책임이 전혀 없다고는 할 수 없으니까요."

시에나는 옅게 미소 지었다.

시에나가 돌아간 후 디안은 여운이 남는 긴 꿈에서 막 깨어난 것처럼 한참 넋 놓고 서 있었다. 실없는 웃음이 피식피식 나왔다.

"곤란하네. 제대로 싸우기도 전에 전의를 상실시키다니."

히죽거리는 그의 표정은 전혀 곤란해 보이지 않았다.

* * *

다음 날, 시에나는 적왕궁에 방문했다.

"충분히 생각해 보셨어요?"

패트리샤가 화사하게 웃었다. 시에나의 항복을 확신하는 표정이었다.

패트리샤의 질문을 시에나가 그대로 되돌렸다.

"충분히 생각해 보셨습니까?"

패트리샤가 살짝 미간을 찡그렸다. 딸의 표정을 읽어 보려고 시도하다가 미소 지었다. 황녀가 괜한 허세를 부린다고 생각했다.

"조악한 작전이에요, 황녀."

"어머니의 생각은 변함없으십니까?"

"선택은 황녀께서 하셔야지요."

"우리가 해야 하는 건 협상입니다. 어머니."

시에나는 디안에게서 얻은, 리먼 공작의 죽음 은폐 사실에 관한 조사서를 테이블에 올렸다. 원본은 잘 챙겨 뒀고 지금 내놓는 것은 사본이었다.

패트리샤가 우아한 몸짓으로 문서를 펼쳤다. 점점 그녀의 입매가 딱딱하게 굳고 눈빛이 흔들리며 미간에 주름이 생겼다.

여유가 사라진 어머니의 일그러진 표정을 보고 있으니 은근히 통쾌했다. 그리고 어머니가 곤란해하는 모습을 보며 기뻐하는 이 상황 자체가 참 고약하다는 생각이 들었다.

"이제 협상을 해 볼 생각이 드십니까?"

패트리샤의 손에서 조사서가 꾸깃꾸깃 접혔다.

"황녀, 이건……."

"조작된 정보라는 핑계는 통하지 않습니다. 제가 원하는 건 간단합니다. 원상태로 되돌려 놓으세요. 포프 백작부인은 앞으로도 제 수석 시녀일 겁니다."

"지금 협박하시는 겁니까?"

"시작은 어머니가 먼저 하셨습니다."

패트리샤가 부들부들 떨리는 손으로 서류를 쥔 채 시에나를 노려보았다. 사나운 어머니의 눈빛을 시에나는 담담하게 받아쳤다.

패트리샤가 냉소를 지었다.

"황녀. 나와 리먼 공작가에 대한 공격은 황녀 자신에 대한 공격입니다. 이건 자충수예요. 황녀는 이걸 절대 쓸 수 없어요."

"그런가요? 그걸 들고 폐하께 가 볼까요? 아니면 다른 공작들을 만나 볼까요? 그들은 쓸 만하게 이용하는 법을 저보다 잘 찾아낼 겁니다. 혹은 병문안 차 공작가를 방문한 손녀가 마른 시체가 된 외조부를 발견하는 것도 재미있겠군요."

"황녀!"

"끔찍합니다."

패트리샤가 움찔했다.

"저를 이보다 더 실망시킬 겁니까? 적왕."

패트리샤의 눈빛에 낭패의 기색이 스쳐 지나갔다. 너무 성급했나? 차라리 어제 적당히 물러났어야 했을까? 요즘 데면데면해진 황녀의 태도 때문에 패트리샤는 조바심을 느꼈다.

가뜩이나 철왕이 몹시 신경을 건드렸다. 디안은 왕이 되자마자 다른 존재로 급변했다. 구석구석 박아 놓았던 감시자가 순식간에 다 쓸려 가 버렸다.

가진 게 없던 황자가 왕이 되었다고 하루아침에 힘을 얻을 수는 없다. 철왕은 숨을 죽이고 있었을 뿐 차곡차곡 준비했다는 방증이었다.

철왕을 철저하게 감시해 왔다고 자신한 패트리샤의 충격이 대단했다. 이유 모를 불안감이 그녀를 사방에서 조이는 올가미가 되었다.

패트리샤는 상당한 압박감을 느꼈다. 항상 사냥꾼의 입장이었던 그녀에게 지독한 스트레스였다. 그래서 전처럼 여유롭게 황녀를 다독이지 못하고 힘으로 누르려 했다.

'황녀가 이걸 대체 어떻게 알았지?'

이 이상 황녀의 반감을 사는 건 위험했다. 압도적으로 유리하지 않다면 숙여야 한다.

"그런 무서운 말씀은 하지 마세요."

패트리샤가 바닥에 앉다시피 자세를 낮추며 시에나의 손을 두 손으로 덥석 잡았다.

"모든 게 그대를 위해서였어요. 내 욕심이 아닙니다. 어미는 매일 황녀를 걱정하느라 잠을 이루지 못해요."

패트리샤가 가련하게 눈을 깜빡였다. 금방 울음을 터뜨릴 것처럼 눈시울이 젖어 들었다.

"이런 말까지는 하지 않으려 했지만. 포프 백작부인은 황녀가 아는 것과 다른 사람이에요. 황녀에게 보이는 모습과 내게 보이는 태도가 전혀 달라요. 황녀가 마음 아파할까 봐 말하지 못했어요. 나는 그런 사람이 황녀의 곁에 있다는 게 몹시 속상했어요. 부모는 자식의 일이 되면 때로는 주변을 살피지 못합니다. 이해하시지요?"

그렁그렁 맺힌 눈물이 얼굴을 타고 흘렀다. 패트리샤는 자신의 매력을 아주 잘 이용했다. 자신의 미소가, 눈물이 얼마나 효과적으로 호감과 공감을 불러일으키는지 잘 알았다.

사람들은 눈에 보이는 아름다움만 찬양했다. 이면의 모습은 누구도 보려 하지 않았다.

시에나는 어머니를 물끄러미 보았다.

패트리샤 리먼은 공작의 딸로 태어나 황제와 결혼해 황제의 후계자를 낳았다. 외모마저 특출나게 아름다웠다. 좌절을 경험한 적 없는 인생이었다.

살면서 단 한 번이라도 타인의 비극을 동정한 적이 있을까? 어머니의 이기적인 차가움이 문득 소름 끼쳤다.

"어머니의 방식은 잘못되었습니다."

"예. 어미가 큰 실수를 했어요. 황녀와 의논했어야 했는데."

"어머니가 벌인 일이니 어머니가 수습하세요."

"그럴게요. 다 내게 맡기세요."

"믿고 가 보겠습니다. 눈속임하려 들지 마세요. 이번에 아셨겠지만, 제게 나름대로 정보통이 있습니다."

"……예. 그럼요."

시에나는 일어나 돌아서려다가 고개를 돌렸다.

"그리고 어머니."

"예. 말씀하세요."

"황녀라는 호칭은 삼가시기 바랍니다. 너무 사사롭군요."

패트리샤의 눈가가 파르르 떨렸다. 그녀의 입술이 어색하게 호선을 그렸다.

"예. 명심하지요."

패트리샤는 뒤집히는 속을 꾹 누르고 미소 지었다.

"그런데 혹시 마음이 바뀌신 건 아니지요? 루크 군과의 약혼이 요."

"예."

"루크 공작과 많은 이야기가 오갔거든요. 혹시 나중에 다른 말씀 하시면 안 됩니다."

"예. 그건 어머니께 맡겼습니다."

시에나는 파혼 발표를 하게 될 때 어머니의 표정이 궁금해졌다.

*   *   *

리먼 공작이 임종했다는 비보가 사교계에 날아들었다. 리먼 공작 가문의 부흥을 이끌었고 황제를 보위하며 수십 년간 국정 전반을 이끈 제국의 큰 별이 졌다.

시에나는 직속의 관리들과 회의하는 도중 시녀로부터 급보를 전해 들었다.

"오늘 회의는 여기까지 해야겠군."

그녀는 슬픈 내색 없이 회의를 마무리했다. 평소에 워낙 감정을 드러내지 않아 이상하게 생각하는 자는 없었다. 관리들이 짤막하게 조의를 표하고 돌아갔다.

'드러난 약점은 빠르게 정리한다는 건가.'

시에나는 실소를 흘렸다. 그녀가 패트리샤와 협상하고 돌아온 지 사흘만이었다.

장례식은 장엄하게 그리고 신속하게 치렀다. 공작가의 저택은 방문하는 조문객으로 발 디딜 틈이 없었다.

리먼 공작은 죽어서도 여전히 살아 있는 권력이었다. 적왕이 건재했고 은왕은 여전히 굳건한 황제의 후계자였다.

수도 외곽의 장지에 까만 의복을 입은 사람들이 새까맣게 몰렸다. 제국의 어지간한 귀족은 모두 참석했다고 말해도 과언이 아니었다.

워낙 사람이 많아 모두가 입관식을 볼 수 없었다. 자연스레 참석자의 급이 나뉘었다. 공작가의 친지 일부와 귀빈들만 관이 깊은 땅으로 내려가는 과정을 직접 볼 자격이 주어졌다. 나머지는 멀리서 지켜봤다.

황제는 직접 쓴 조문을 시종을 통해 보냈다. 시종이 엄숙하게 읽는 조문을 들으며 시에나는 내려가는 관을 응시했다.

'부디 영면하십시오.'

자식들의 농간으로 공작은 죽은 지 석 달이 훨씬 지나고 나서야 겨우 땅에 묻히게 되었다.

외조부에게 크게 정은 없었다. 리먼 공작은 시에나를 손녀가 아니라 황녀로 대했다.

'당신께서 살아 계실 때 좀 더 이야기를 나누어 볼 걸 그랬습니다.'

조부가 어떤 사람인지 모르니 조부의 아들인 외숙의 성품을 짐작하기 어렵다. 외가를 드나들지 않았으니 리먼 공작 가문의 가풍이 어떤지 전혀 몰랐다.

하관이 끝나고 가족과 친지가 한 명씩 차례차례 작은 삽으로 흙을 부었다. 장례의 모든 절차가 끝났다.

"은왕."

시에나가 고개를 돌렸다. 철왕이 그녀에게 다가왔다. 그는 오늘 참석한 조문객 중에 가장 뜻밖의 인물이었다. 디안이 등장했을 때 사람들이 술렁거렸다.

보는 눈이 많으니 내치지는 못하고 차기 공작 더그는 떨떠름한 표정으로 예의를 차렸다. 하관식 내내 공작가의 친인척들과 철왕의 수행원들은 서로 닿으면 큰일 나는 것처럼 두 무리로 나뉘었다.

"삼가 고인의 명복을 빕니다."

"오늘 참석해 주어 감사합니다. 조부께서도 이제 겨우…… 편히 쉬실 겁니다."

무난한 대화 속에 두 사람만 아는 비밀이 담겼다.

"잠시 괜찮습니까?"

"예."

두 사람은 자리를 옮겼다. 대화 소리를 누가 듣지 못하게 적당히 사람들에게서 떨어진 곳으로 갔다.

"난 등져 있어서 보이지 않아 그러는데. 사람들 표정이 굉장하지요?"

시에나는 손으로 입을 가리고 쑥덕대는 조문객들을 보다가 복잡한 표정의 어머니와 눈이 마주쳤다.

"예. 특히 어머니가요."

디안이 터질 뻔한 웃음을 헛기침으로 막았다.

"은왕은 뜻밖에 유머 감각이 있어요."

시에나의 표정이 진지해지자 디안이 얼른 덧붙였다.

"심각하게 생각하지 마세요. 그냥 하는 말입니다."

"그렇군요."

"시기가 공교롭기는 한데 닷새 후가 내 약혼식입니다."

"축하합니다."

"초대장만 보낼까 하다가…… 직접 말하지 않으면 오해를 살까 봐요. 다른 의도는 없습니다. 은왕이 참석해서 축하해 줬으면 좋겠 습니다."

"그럼 초대하지 않을 생각이었나요?"

디안의 눈이 커졌다가 가볍게 웃었다.

"좀 아쉽네요."

"예?"

"우리 사이에 건널 수 없는 넓은 강이 흐르는 줄 알았는데 알고 보니 그 강이 아주 얕았을지도 모르겠다, 그런 생각이 들었어요."

"……."

"더 얘기를 길게 끌다가는 별말이 다 나올 겁니다. 그럼 이만."

시에나는 수행원들 쪽으로 걸어가는 디안의 뒷모습을 바라보았다. 그녀의 눈동자에 조금 전 디안이 느낀 것과 비슷한 아쉬움이 떠올 랐다.

*　　*　　*

철왕과 비올렛의 약혼식은 성대했다. 약혼식은 그로시 공작의 저 택에서 진행했다. 여자의 집에서 예식을 진행하는 전통에 따랐다.

시에나 황녀의 성년 생일 파티 이후 처음 열리는 황실의 행사였다. 귀족들의 관심이 쏠렸고 그만큼 많이 참석했다.

"어머. 저분도 오셨네요."

수다를 떨던 귀부인이 낯익은 중년인을 발견하고 놀라워했다. 중년인은 리먼 공작가와 가깝게 교류하는 귀족이었다.

"메르제 백작도 오셨던걸요."

"그래요?"

리먼 공작 가문과 친밀하게 지내는 귀족들이 연회장 이곳저곳에서 보였다. 리먼 가문과 척을 지겠다는 게 아니라 은근슬쩍 양발을 걸치는 모양새였다. 귀족들 사이에서 철왕의 존재감이 커졌다는 뜻이다.

은왕 시에나의 등장으로 사람들의 놀라움은 극에 달했다.

"은왕께서 참석을?"

"대체 이게 무슨 일이죠?"

"어제 적왕을 뵈었는데 오늘 약혼식 얘기는 꺼내지도 못했어요. 얼마나 언짢아하셨는데요."

"두 분의 의견이 갈렸다는 걸까요?"

조심스럽게 모녀 사이에 의혹을 제기하는 자도 있었다.

적왕과 리먼 공작 가문이 철왕을 핍박한 사실은 구체적인 정도가 알려지지 않았을 뿐 대부분 눈치챘다. 즉, 은왕과 철왕은 누구나 아는 정적 관계다. 그런데 그 전제를 흔드는 이복 남매의 아리송한 관계가 사람들을 혼란스럽게 했다.

참석객들은 멀찍이 서서 시에나를 보며 수군거렸다. 감히 아무도 말을 걸지 못했다. 과감히 시에나에게 다가가는 한 쌍의 남녀는 오늘의 주인공이었다.

"은왕. 오늘 와 줘서 고마워요."

"약혼 축하합니다."

디안이 제 곁에 서 있는 비올렛을 흘끔 보며 말했다.

"이 사람이 은왕을 부러워하는군요."

시에나가 바라보자 비올렛이 발갛게 달아오른 얼굴로 고개를 숙였다.

"멀리서 보니까 은왕의 주변에 방어막이 있는 것 같다고 하네요. 빙 둘러서서 아무도 가까이 가지 못한다고요."

"그게 부럽다고요?"

비올렛이 새빨갛게 물든 얼굴로 원망스럽게 디안을 흘겨보았다. 약혼녀를 놀리며 디안은 즐거워했다.

"송구합니다. 전하. 전하를 모욕하려던 게 아니라 저는 사람들 앞에 서면 겁이 나서…… 전하의 위엄을 닮고 싶다고 생각했습니다."

비올렛은 작은 체구만큼 목소리도 작았다.

시에나는 비올렛의 손목에 감긴 줄 끝의 투박한 나무 조각을 발견했다. 전에 목에 걸고 있던 것이었다. 진실이 밝혀질까 겁나는지 디안이 안절부절못하며 시에나의 눈치를 살폈다.

"내가 더 좋은 걸 주겠다고 하는데도……."

"전 이게 좋아요. 제 부적이에요. 주신 선물을 왜 자꾸 달라고 하세요."

비올렛이 손목을 감추며 야무지게 경계했다. 보기 좋다. 오늘 약혼한 두 사람이 나누는 눈빛은 가식이 아니었다.

"약혼을 다시 한 번 축하합니다."

시에나가 부드럽게 미소 지었다. 황녀의 미소는 불시의 공격으로 주변 사람들을 매혹했다. 갑자기 조용해졌다. 여기저기에서 헉, 하는 숨죽인 소리가 들렸다.

비올렛이 멍하게 넋을 놓았다. 잠시 뽀얗게 돌아왔던 피부에 다시 붉은색이 번졌다. 두 손을 모아 쥐고 시에나를 바라보았다.

"오늘 참석해 주셔서…… 정말 영광입니다. 전하."

디안이 애매한 표정으로 비올렛과 시에나를 번갈아 보았다. 약혼녀가 다른 사람을 홀딱 빠진 눈으로 보는데 그 상대가…….

유쾌하지는 않고 언짢다고 하기도 웃기는 기분이 묘했다.

환궁하자마자 시에나는 반가운 소식을 들었다.

"백작부인이?"

"예. 전하."

포프 백작부인이 입궁하여 응접실에서 시에나를 기다리고 있다고 했다.

패트리샤가 제대로 수습하는지 구체적으로 따져 보지는 않았다. 레반이 '상황이 좋은 쪽으로 바뀌고 있다.'라고 하기에 기다렸다. 주변이 정돈되고 놀란 마음을 추스르면 백작부인이 입궁할 거라고 믿었다.

시에나의 발걸음이 평소보다 빨랐다. 서둘러 응접실로 들어갔다. 들어가 내부를 휙 둘러보았다. 베스를 발견한 시에나의 표정이 환하게 밝아졌다.

하지만 곧 시에나의 눈동자가 당혹스럽게 흔들렸다.

"백작부인……."

시에나가 아연하게 중얼거렸다.

엠마가 백작부인을 태운 바퀴가 달린 이동의자를 밀어 시에나에게 다가갔다.

"전하. 평안하셨습니까?"

베스가 전과 다름없는 미소를 지었다.

"다쳤소?"

"제가 지금 좀 걷는 게 불편합니다."

"엠마!"

이동의자를 붙들고 서 있는 엠마가 움찔했다.

"백작부인이 어디가 불편한 건가?"

"백작부인은 걷지 못하십니다."

"왜?"

"혼절했다가 깨어나신 후 마비 증상이 왔습니다. 처음에는 말씀도 잘 못 하셨는데 다리의 마비는 풀리지 않아서……."

"의사는?"

"다시는 걷기 어려울 거라고 했습니다."

시에나가 믿기지 않는다는 듯 베스를 아래위로 보았다. 꿈에서 본 미래는 이렇지 않았다. 나이 탓으로 걸음이 느려지기는 했어도 백작부인은 멀쩡하게 두 다리로 걸었다.

미래가 바뀌었다.

'왜? 어디서 잘못된 거지? 뭐가 어긋난 거야?'

시찰을 다녀오지 말았어야 했나? 그랬으면 패트리샤가 포프 백작부인을 표적 삼지 않았을까? 왜 백작부인이 패트리샤의 눈 밖에 났을까? 미래가 반드시 좋은 방향으로만 바뀌는 게 아니었다.

"전하."

시에나가 흠칫했다. 어느새 바짝 가까이 온 베스가 시에나의 손을 잡았다.

"저는 괜찮습니다."

"……."

"감사합니다. 전하께서 저를 위해 많이 힘써 주셨다고 들었습니다."

"내가 아니었으면 백작부인이 겪을 고통이 아닌데 왜 내게 고맙다고 하시오."

시에나는 망연자실한 표정으로 중얼거렸다.

"전하. 요즘 많이 변하셨습니다."

"변해……?"

"예. 표정이 풍부해지셨어요. 저는 전하가 달라지시는 게 기뻤습니다. 앞으로는 곁에서 그 모습을 뵐 수 없을 테니 섭섭하군요."

"무슨 뜻이오? 왜 볼 수 없소?"

"제 다리가 이렇게 되어……."

베스가 씁쓸하게 웃었다.

"수석 시녀의 소임을 감당하기 어렵습니다. 전하의 시중을 들어야 하는 제가 혼자서는 아무것도 못 하는 것을요."

"그런 말 마시오."

시에나가 무릎을 굽혀 자세를 낮추었다. 베스의 손을 잡고 그녀를 올려다보았다.

"전하. 이러시면 안 됩니다. 어서 일어나셔요."

"백작부인을 내 시중드는 시녀라고 생각한 적 없소. 시중들 시녀는 넘치게 많소. 그대가 궁에서 지내는 데 불편함이 없도록 배려하라고 지시하겠소. 내 곁에 있어 주시오."

"전하."

"그대는 내 유모잖소. 귀족가에서는 유모가 결혼하는 아가씨를 따라가기도 한다고 들었소."

백작부인이 곁에 없는 황궁 생활을 생각하면 막막했다. 시에나는 이제 혼자가 되고 싶지 않았다.

"……예. 전하. 그럼요. 제가 전하의 유모이지요. 이만큼 곱게 자라시도록 곁에서 봤는데 결혼하시고 어여쁜 아기님이 태어나시는 것도 제가 봐야지요."

베스의 눈에 눈물이 맺혔다.

시에나는 흐느끼는 베스를 바라보다가 그녀의 무릎에 머리를 묻었다. 조심스럽게, 아주 부드럽게 베스의 손이 시에나의 머리카락을 쓸었다. 시에나는 뜨거워지는 눈을 감았다.

* * *

황제는 리먼 공작의 서거 후 애도 기간을 지정했다.

애도 기간에 피를 보는 것은 상서롭지 못하다는 이유로 사슴 사냥 대회는 원래 개최하기로 예정한 날에서 한 달이 뒤로 밀렸다.

시녀들이 시에나의 외출 준비를 도왔다. 모처럼 만의 외부 일정이었다. 화려한 색의 드레스는 피했다. 향수도 뿌리지 않았다. 벌이 날아들 수도 있기 때문이다.

"그러지 말고 같이 갑시다."

시에나가 다시 한 번 설득을 시도했다.

베스가 빙그레 웃었다. 그녀는 이동의자에 앉아 황녀의 시중을 드는 시녀들을 지켜보았다.

"제가 가면 걸리적거리기만 합니다."

"그렇지 않다니까. 혹시 남에게 지금 모습을 보이고 싶지 않아 그러오?"

"그런 이유는 아닙니다."

베스는 이동의자를 타고 궁 안을 활보했다. 은왕궁에 출입하는 자들은 대부분 베스를 봤다. 베스의 표정에 그늘이 없으니 처음엔 안쓰러워하던 자들도 차차 베스의 장애를 신경 쓰지 않았다.

"전하께서 불편하실까 봐 그러지요. 다들 안 그런 척 흘끔거릴 텐데요. 전 괜찮습니다만……."

"백작부인이 괜찮은데 내가 불편할 게 뭐가 있소. 같이 가서 바깥바람도 쐬고. 누가 큰 사슴을 잡아 올지 궁금하지 않소?"

베스가 웃으며 결국 승낙했다. 아이처럼 조르는 황녀의 부탁을 뿌리칠 수 없었다.

"전하께서는 누가 이길 거라고 짐작하십니까?"

"글쎄……."

"두 분의 내기가 꽤 화제인 모양입니다."

사슴 사냥 대회가 특별히 인기 좋은 이벤트는 아니었다. 그런데 올해는 달랐다.

조세프와 철왕의 승부를 두고 하는 내기가 유행처럼 번졌다. 은왕이 승패를 가르는 심판자 역할을 맡았다는 정보가 평소 사냥에 관심 없는 귀족들의 흥미를 끌었다.

사냥 대회 날짜가 가까워질수록 화제성이 높아졌다. 살짝 과열되는 양상마저 보였다. 오늘 사냥 대회에 역대 최고로 많은 귀족이 참석할 거라고 했다.

"누가 이기든 나와 관계없지."

"관심 없으셔요?"

"사내들의 유치한 호승심은 도통 이해 못 하겠소."

"그럼 왜 심사를 맡으셨어요?"

"그건……."

사냥 따위는 전혀 관심 없었다. 시에나는 명분 있는 외출에서 쿤을 만나고 싶을 뿐이었다.

심사를 맡을 때만 해도 그런 마음이었는데 이제는 모르겠다. 그녀의 마음은 지금 뾰족뾰족하게 모가 났다. 소식 한 줄 없이 석 달이 지났다.

'저 내킬 때만 불쑥 나타나지. 오늘 보기만 해 봐. 정강이를 차 버릴 거야.'

벼르는 마음과 그녀의 진짜 속마음은 달랐다. 만약 오늘도 그를 보지 못하면 정말 화가 날 것 같았다.

"난 다 됐으니 갑시다."

"예. 전하."

베스가 고개를 갸웃했다. 모든 게 명료한 황녀가 말을 돌리는 게 이상했다.

시에나와 베스가 착석한 후 마차가 출발했다.

"왜 오지 말라고 하셨어요? 루크 백작 영랑이요."

에스코트하겠다는 조세프의 제안을 시에나는 사양했다.

"번거로워서."

"전하께서 영랑과 곧 약혼할 거라는 말이 나돕니다."

"아마 그러겠지."

시에나는 마치 남의 얘기를 하듯 심드렁했다.

"전하. 전에 궁금하다고 하셨지요. 필요로 결혼해야 하는 사람과 마음이 가는 사람이 다를 경우는 어찌해야 하느냐고. 루크 백작 영랑이 필요로 결혼해야 하는 사람입니까?"

시에나에게 이런 질문을 할 수 있는 사람은 베스가 유일할 것이다. 시에나는 대답 대신 작은 한숨만 내쉬었다.

베스는 더 캐묻지 않았다. 황녀의 신임을 한 몸에 받고 있지만, 과도하게 선을 넘지 않았다.

5장

혼란

숲 근처에 대형 천막 여러 개가 그늘을 만들었다. 아침부터 많은 일꾼이 동원되어 귀부인들을 위한 그럴듯한 소풍 장소를 만들었다.

기사는 참가할 수 없는 사냥 첫날이다. 백 명이 넘는 귀족이 참가 신청을 했다. 이전 대회보다 참가자는 두 배가 늘었다. 규모 있는 사교 행사가 된 오늘 자리에 빠지고 싶지 않은 귀부인들도 다수 참석했다.

"가끔 이런 것도 나쁘지 않은데요."

"네. 날씨가 좋아요."

귀부인들이 들뜬 표정으로 부채를 흔들었다.

평소 사교 모임의 중심이 되었던 패트리샤가 오늘 참석하지 않았다. 딱히 주도권을 잡을 사람이 없다 보니 친분에 따라 끼리끼리 모였다.

비올렛의 근처에 은근히 귀부인들이 몰렸다. 철왕과 약혼 이후 비올렛은 사교계의 유명 인사로 급부상했다.

"철왕 전하께서는 오늘도 근사하시네요."

귀부인들이 저만치에서 참가자들과 대화 중인 철왕을 흘끔거렸다. 그가 팔짱을 끼고 상대의 말을 듣다가 즐겁게 웃음을 터뜨렸다.

"어쩜."

"하아……."

그들은 남의 남자가 되어 버린 철왕을 보며 안타까워했다.

디안의 위상은 완전히 달라졌다. 전에는 그의 기행에 눈살을 찌푸리며 사람들이 가까이 가지 않으려 했다. 그런데 왕이 된 후 디안은 변했다. 이제 아무도 그가 했던 예전의 기행을 떠올리지 않았다.

황족답지 않은 사교적인 성격에 사람들은 매력을 느꼈고 그의 잘난 외모는 더 빛을 발했다.

"다정한 분이라면서요? 부러워요. 그로시 영애."

비올렛이 수줍어하며 웃었다. 여자 몇이 부채로 가리면서 입술을 삐죽였다. 부러움은 질시가 되었다.

황궁의 마차가 시야로 들어오자 귀부인들의 수다가 그쳤다.

"은왕 전하께서 오셨나 봐요."

마차가 멈추고 은왕이 안에서 내렸다. 그 후 마차로 들어간 시녀 둘이 귀부인을 안아 데리고 나왔다. 은왕은 포프 백작부인이 이동 의자에 앉을 때까지 그 모습을 지켜보며 서 있었다.

사람들은 은왕이 누군가를 특별하게 대하는 모습을 처음 봤다. 소문은 들었지만, 눈으로 보는 놀라움은 달랐다.

　시에나를 바라보는 비올렛의 뺨이 붉게 상기되었다. 그녀는 천막을 나와 시에나에게 다가갔다. 우물쭈물하던 귀부인들도 쫄래쫄래 그 뒤를 따라갔다. 하지만 시에나의 곁으로 성큼 다가간 비올렛과 다르게 그들은 적당한 거리에 멈추어서 가까이 가지 못했다.

　"인사드립니다. 전하."

　비올렛이 치맛자락을 잡고 상체를 숙였다.

　"오랜만이오. 그로시 영애."

　"예. 전하. 평안하셨습니까?"

　시에나는 반짝반짝 눈을 빛내며 자신을 바라보는 비올렛의 태도가 영 낯설었다. 비올렛의 눈동자에 담긴 무한한 호감이 의아했다.

　타인의 호의에 일단 경계하는 시에나가 비올렛의 맑은 눈동자에는 거부감이 들지 않았다. 비올렛은 순진무구한 소녀 같았다. 지금껏 시에나가 봐 왔던 닳고 닳은 귀부인들과 달랐다.

　"함께 앉아 구경하겠소?"

　"영광입니다. 전하!"

　비올렛이 환하게 웃었다.

　'귀여운 분이시네.'라고 생각한 베스가 미소 지었다.

　가운데 천막은 시에나가 자리 잡았다. 수십 명에게 거뜬히 그늘을 만들어 줄 천막을 고작 세 명이 차지했다. 시에나가 귀부인들의 접근을 거부한 게 아니었다. 그들은 지레 겁을 집어먹었다.

시에나는 사교계에서 몹시 이질적인 존재였다. 생글생글 웃으며 호감을 사려 하지 않았고 황족이라는 신분으로 군림하려 들지도 않았다. 사람들을 내려다보는 장신의 키와 차가운 표정은 위압적이었다.

다가가 말을 걸었다가 무안한 냉대를 당하면 어쩌나. 체면이 중요한 귀족들은 용기를 내지 못했다. 어느새 시에나 황녀는 닿으면 안 될 불가침 영역이 되었다.

엠마가 차를 끓였다. 한 모금 마신 비올렛이 눈을 크게 뜨며 감탄했다.

"맛있어요. 이렇게 맛있는 차는 처음 마셔 봐요. 아주 귀한 찻잎인가 봅니다. 전하."

"찻잎은 특별하지 않소. 끓이는 사람의 재주가 특별하지."

"이런 맛이 날 수도 있네요. 저는 사실 쓴맛이 나서 차를 좋아하지 않습니다. 하지만 이 차는 매일 마실 수 있겠어요."

"설탕을 넣으면 되지."

"설탕이요? 그래도 되나요?"

"안 될 이유가 뭐요."

도대체 무슨 대화를 나누는 걸까. 아무리 귀를 바짝 세워도 다른 천막까지 목소리가 들리지 않았다.

귀부인들의 시선에 선망과 시샘이 반씩 담겼다. 비올렛은 철왕의 약혼녀이니까. 그래서 특별 대우를 받는 거라고 그들은 애써 이유를 만들어 소외된 자신들의 처지를 위로했다.

본격적으로 사냥 대회를 시작하기 전에 철왕과 조세프가 내기에 건 귀물을 공개했다. 엄청난 물건이 나온다는 소문이 자자해 사람들의 기대가 대단했다.

"내가 내놓을 상품은 마신의 눈이라고 불리는 붉은 다이아몬드요."

디안이 투명 유리관 속에 담은 보석을 소개했다.

"오!"

"세상에. 저런 크기라니!"

다이아몬드는 피를 머금은 것처럼 붉었다. '마신의 눈'이라는 별칭이 과하지 않았다. 귀부인 중 누군가는 '맙소사.'를 연발했고 누군가는 과장되게 헐떡거렸다.

"저는 아르의 축복을 받은 가문의 보검을 가져왔습니다. 사막귀를 단번에 베어 버린다는 전설이 있습니다."

조세프가 가져온 물건도 만만치 않았다. 검집과 손잡이까지 모두 새하얀 검은 한눈에 봐도 신성했다. 여자들보다 남자들이 훨씬 더 관심을 보였다.

"시작은 비록 우리 두 사람의 내기였지만, 오늘 참가자 모두에게 기회가 있소."

디안이 두 귀물에 정신이 빼앗긴 사람들에게 말했다.

"이 상품들은 나와 루크 경 둘 중 더 큰 사슴을 사냥한 사람이 독식할 거요. 하지만 누구든 우리보다 더 큰 사슴을 사냥했다면 그 사람의 것이오!"

사냥 참가자들이 어리둥절하여 서로를 마주 보다가 함성을 질렀다.

"오늘 심사는 은왕이 맡아 공정한 심사를 해 줄 것이오."

두 개의 상품이 시에나가 앉은 천막 앞 테이블 위에 놓였다.

"은왕. 대회의 개회를 선언해 주십시오."

시에나가 의자에서 일어났다. 개회 선언과 동시에 숲으로 달려가려는 참가자들이 긴장된 숨을 삼켰다.

"철왕. 내가 알던 규칙이 아니군요."

"예?"

"누구든 상품을 가져갈 수 있다는 말은 번복하지 않으시겠지요?"

"물론입니다. 루크 경은요?"

"저도 번복하지 않습니다."

"그럼 나도 참가하겠습니다."

아르의 축복을 받은 검. 시에나는 저게 갖고 싶었다. 검에 붙은 전설이 진짜인지 궁금했다.

"예에?!"

디안이 버럭 소리쳤다.

경악하는 뭇시선에 개의치 않으며 시에나가 두 손을 허리에 얹었다.

"이런 귀물들을 손에 넣을 기회를 내가 왜 구경만 해야 합니까?"

"그 차림으로요?"

시에나가 시녀에게 손짓했다. 꾸벅 고개를 숙인 시녀가 마차로 달려갔다.

"사냥에 적절한 의복은 가져왔습니다."

"……왜요?"

"준비는 언제나 과해도 됩니다."

디안이 폭소를 터뜨렸다. 웃는 사람은 디안뿐이었다. 다들 황당하다는 표정이었다. 여우 사냥이면 모를까 사슴 사냥 대회에 여자가 참가한 적이 없었다.

"내가 참가하면 안 될 이유가 있습니까?"

"아니요. 없지요. 참가해도 되고말고요."

얼마나 웃었는지 디안은 눈물이 다 났다.

"사냥을 할 수 있겠어요?"

"철왕보다 활을 잘 쏠 겁니다."

"무슨 자신감인가요? 여자라고 안 봐줍니다."

"나는 관대함을 베풀지요. 적당히만 실력 발휘를 하겠습니다."

디안이 키득거렸다.

"그럼 은왕이 준비되는 대로 대회를 시작합시다. 아, 그럼 심사는 누가 보지요?"

시에나가 고개를 돌렸다.

"그로시 영애."

비올렛은 두 손을 모아 쥐고 우러르는 눈빛으로 시에나를 보고 있었다. 놀라 얼결에 대답했다.

"예?"

"그대가 심사를 맡으시오."

"예!"

비올렛이 빠르게 고개를 끄덕였다.

시녀들이 어디선가 공수한 나무판과 두꺼운 천을 이용해 요령

있게 간이 탈의실을 만들었다. 잠시 후 시에나는 경갑옷 차림으로 탈의실에서 나왔다. 시녀에게 끈을 받아 직접 머리를 묶었다.

"아아……. 은왕 전하께서는 정말 완벽한 분이십니다. 아름다우시고 강인하시고……."

비올렛이 첫사랑에 빠진 소녀처럼 황홀해 했다.

소심한 성격은 비올렛의 콤플렉스였다. 항상 잠들기 전에 아침에 눈을 뜨면 전혀 다른 모습이 된 자신을 상상하곤 했다. 그녀가 막연히 그리던 이상적인 모습이 저기 있었다.

베스가 공감하며 말없이 고개를 끄덕였다. 대회 출발선으로 걸어가는 황녀를 흐뭇하게 바라보았다.

장궁은 든 시에나는 마치 사냥의 여신처럼 당당했다.

＊　　　＊　　　＊

참가자는 화살을 열 개만 소지할 수 있다. 정해진 시간은 대략 두 시간이며 그 안에 열 번의 공격으로 사슴을 사냥해야 한다.

제대로 겨냥하기만 하면 사냥 자체는 어렵지 않았다. 화살촉이 사슴의 겉가죽을 파고들어 여린 피부에 닿으면 촉에 묻힌 마비독이 순식간에 퍼졌다.

그리고 촉에 사람마다 다른 색의 특수 잉크를 발라 누가 활을 쐈는지 구별했다. 사냥 자체보다는 제한된 시간 안에 사슴을 찾는 게 더 어려웠다.

사슴은 기척에 예민하므로 참가자들은 혼자 움직이는 게 규칙이었다. 시에나도 예외는 아니었다.

그녀는 소리를 내지 않도록 주의하며 걸었다. 언제든 화살을 날리기 위해 시위에 활을 걸어 놓았다. 그녀의 눈동자는 끊임없이 사방을 살폈다.

조용한 숲 속에 새의 울음소리만 메아리쳤다. 그때 안쪽의 나무 사이로 뭔가가 스쳐 지나갔다. 시에나가 재빠르게 몸을 돌려 활을 겨누었다.

후드를 쓴 사람이 나무 뒤에서 모습을 드러냈다. 사내가 천천히 후드를 벗자 흑발이 드러났다. 그의 까만 눈이 흔들리는 시에나의 금색 눈동자와 마주쳤다.

시에나가 겨누고 있던 활을 천천히 내렸다. 그녀의 가슴 속에서 복잡한 감정이 휘몰아쳤다.

좋은 감정만도, 나쁜 감정만도 아니었다. 한마디로 설명할 수 없었다. 기쁘면서 화도 나고 꼴 보기 싫다가도 눈을 떼지 못하겠다. 도대체 저 남자는 뭘까. 왜 평온했던 자신의 삶을 뒤흔드는 걸까. 그녀는 다시 그에게 활을 겨눴다.

"항복."

쿤이 두 손을 슬쩍 위로 올렸다.

"흥."

시에나는 코웃음 치고 있는 힘껏 시위를 당겼다. 시위를 놓자마자 강한 탄성의 힘을 받은 화살이 바람을 가르며 날아갔다.

화살은 쿤의 옆을 아슬아슬하게 스쳐 지나갔으나 그는 미동조차 없이 서 있었다. 그는 잔잔하게 가라앉은 눈동자로 지그시 그녀와 시선을 마주쳤다.

시에나는 입술을 깨물며 그를 노려보았다. 그가 허둥지둥하는 꼴을 기대하는 건 아니었지만, 동요 없는 그를 보니 얼굴이 화끈거렸다. 시위를 놓은 순간 혹시라도 그가 맞을까 봐 걱정한 속내가 읽힌 기분이었다.

시에나는 획 돌아섰다. 빠른 걸음으로 성큼성큼 걸었다.

"전하."

"······."

"황녀님!"

"······."

"시에나."

그녀가 잠시 흠칫하는 것과 동시에 그의 팔이 그녀의 허리를 감았다. 등이 너른 가슴에 닿았다.

"야박하십니다. 얼굴 좀 보여 주세요."

귓가에서 그가 나직이 속삭였다.

시에나는 고집스레 말없이 앞만 바라보았다. 문득 자신을 붙든 힘이 사라져 허전해졌다. 그녀는 놀라 고개를 돌렸다.

그는 그저 한 걸음만 물러나 시에나의 반응을 살피듯 서 있었다. 미끼를 덥석 문 게 어이없는 그녀의 표정을 읽었는지 쿤이 싱긋 웃었다.

"이제야 봐 주시는군요."

"쿤."

"예."

"내가 승부욕을 자극해?"

"무슨 말씀이신지."

"제국의 황녀를 전리품으로 얻고 싶으냐고."

"무슨!"

쿤이 기가 막혀 머리를 거칠게 쓸어 올렸다.

"도대체 절 어떤 놈으로 생각하시는 겁니까? 그럼 내가 왜 그 고생을……"

말을 잇지 못하고 그는 몹시 억울한 표정으로 한숨을 내쉬었다. 시에나는 기분이 좀 풀렸다.

"무슨 고생?"

"그런 게 있습니다."

"말을 해야 알지."

"나중에요."

"수도를 떠나야 했던 일과 관계있어?"

"그걸……"

쿤의 표정이 갑자기 날카로워지며 고개를 돌렸다.

'아……'

시에나는 자신도 모르게 활을 쥐고 있던 손에 힘을 주었다. 방금 그의 진짜 모습을 엿본 것 같았다. 어쩌면 그가 자신에게는 온순한 부분만 보여 줬을지도 모른다는 생각이 들었다.

"이쪽으로."

쿤이 시에나의 어깨를 감싸 안고 방향을 이끌었다. 그를 올려다보니 그가 말없이 손가락을 세워 입가에 가져갔다. 두 사람은 숲 안쪽으로 들어갔다. 그는 오래가지 않아 아름드리나무 앞에 멈추었다.

그가 시선을 천천히 위로 올려 나무를 가늠하더니 품에서 꺼낸 단검 두 개를 나무 위로 던졌다. 그다지 힘주어 던진 것 같지 않은데 단검이 거의 손잡이만 남기고 나무에 쑥 들어가 박히자 시에나의 눈이 휘둥그레졌다. 그는 가볍게 날듯이 뛰어올랐다. 순식간에 단검 두 개를 받침 삼아 딛고 섰다.

잠시 후 그가 몸을 거꾸로 회전하며 두 손으로 두 개의 단검 손잡이를 쥐고 다시 회전하는 힘을 이용해 단검을 뽑아 나무에서 내려왔다. 쿤은 묘한 표정을 짓고 있는 시에나에게 장난스레 웃었다.

"꽤 그럴듯해 보입니까?"

"응."

시에나가 냉큼 고개를 끄덕였다.

그를 바라보는 눈빛이 초롱초롱하게 반짝거렸다.

쿤이 잠시 아무 말이 없다가 허탈하게 웃었다.

"이런 걸 보여 주는 게 나았던가 보네요."

"나도 배워서 할 수 있을까?"

"……참아 주세요."

"뭐가 있었어? 사슴?"

시에나는 그가 나무 위에 올라가서 살핀 게 무엇인지 물었다.

"사람이요."

"다른 참가자인가 보군."

"글쎄요. 저쪽이 찾는 건 사슴이 아니라 사람입니다. 포기하지 않을 것 같으니 우리가 다른 쪽으로 가지요."

쿤이 다시 시에나의 어깨를 팔로 가볍게 감쌌다. 하지만 시에나는 발에 힘을 주어 버티어 섰다.

"말 돌리지 마. 누군데? 사람을 찾는다는 게 무슨 뜻이야?"

쿤이 마땅치 않은 표정으로 마지못해 대답했다.

"찾는 사람이 당신 같습니다."

의아해하던 시에나가 '아.' 하고 중얼거렸다.

"루크 백작 영랑?"

시찰을 다녀온 이후 알현을 청하는 조세프의 청을 거절했다. 두 번째 청한 알현에서는 기사의 단추만 주고 돌려보냈다. 그 후 안달 난 표정으로 주변을 맴도는 걸 모르는 척했다. 기어이 사냥터에서까지 치근덕거리려 했나 보다.

쿤의 표정이 더 안 좋아졌다.

"단번에 아실 정도로 그자와 가까운가 봅니다."

"가까운 건 아니지만."

시에나는 그가 언짢아하는 게 기분이 좋았다.

"넌 그런 말 할 자격 없어. 수도를 떠날 거라고 내게 말도 안 했잖아."

"그건……. 그런데 어떻게 아셨습니까?"

"마틴이 말해 줬어."

그가 당황할 표정을 상상하며 시에나는 즐거웠다. 하지만 그의 반응은 예상과 달랐다. 두 손으로 시에나의 어깨를 움켜잡고 무거운 음성으로 다그쳤다.

"무슨 일이었지요?"

"응?"

"당신이 위험하지 않으면 모습을 드러내지 말라고 했습니다. 마틴을 만났다면서요."

"아……. 반당이……."

"반당?!"

쿤이 버럭 내지르고 입을 꽉 다물었다.

"들어야 할 이야기가 있군요. 길어질 것 같으니 장소를 옮길까요?"

말투는 정중했으나 뿜어내는 기세는 정중하지 않았다. 안 간다고 고집을 피웠다가는 끌려갈 것 같았다.

시에나는 처음 보는 그의 강압적인 태도가 무섭지도 않고 기분 나쁘지도 않았다. 그가 절대 자신을 해롭게 하지 않을 거라는 확신이 있었다. 그녀는 못 이긴 척 쿤이 잡아끄는 대로 걸어갔다.

이번에는 꽤 한참 들어갔다. 주변 풍경이 바뀌었다. 깊은 숲의 한가운데라는 느낌이 확연했다.

"반당과 충돌했습니까?"

그런 게 충돌인가? 시에나는 고개를 끄덕였다.

"이상하군. 남부에는 주목할 만한 세력은 없는 줄 알았는데……."

'나만 반당을 몰랐던 건가.'

제국인이 아닌 그가 제국의 사정에 더 정통했다.

"어떤 상황이었어요?"

"마차를 타고 가다가 공격받았어."

"마차를 공격해요?"

그는 더더욱 이해할 수 없다는 표정을 지었다. 하지만 시에나의 설명을 더 듣고 그는 성마르게 자신의 관자놀이를 꾹꾹 눌렀다.

"호위를 고작 다섯 명 데리고 가셨단 말이지요. 후우. 시에나. 대체 무슨 배짱입니까? 다친 데는요? 후유증은 없어요? 환궁에서 의관의 진료는 받아 봤습니까?"

"다 괜찮아. 이미 오래된 일이고."

그의 걱정 섞인 잔소리가 거북하지 않았다. 패트리샤의 잔소리는 '시찰을 못 가게 방해한다.'라는 생각에 반감만 들었는데.

"오늘 사냥 대회만 해도 그래요. 사슴은 순한 동물이지만, 기본적으로 덩치가 있어서 위험합니다. 안전한 짐승은 없어요. 철왕께서 기사를 동반해도 된다고 하셨는데 왜 거절했습니까?"

"혼자 하는 게 규율이니까. 특별 대우는 필요 없어."

"그건 특별 대우가 아니에요. 제발, 시에나. 당신은 너무 겁이 없어요."

"그걸 너도 이용하고 있잖아."

"……."

"내가 기사를 동반했으면 내 앞에 나타나지 못했겠지."

"……할 말 없게 하시네요."

쿤은 고개를 갸웃했다.

"그런데 그 말씀은 그래서 기사를 데려오지 않았다는 건가요? 일부러?"

쿤은 놀라운 광경을 목격했다. 그녀가 슬그머니 눈을 돌렸다.

시에나가 앗, 하고 손끝으로 숲의 안쪽을 가리켰다.

"사슴이야."

처음 사슴을 발견한 시에나의 눈동자가 반짝거렸다. 활을 쥐고
당장 쫓아가려고 했다.

"놔."

그가 꽉 잡은 팔을 놓아주지 않았다.

"사슴 잡아야 해."

"이따가 잡아 줄게요."

"내가 잡을 거야."

"예, 예. 사슴이 있는 데로 안내하면 되죠?"

"큰 녀석으로?"

"예."

"제일 큰 사슴."

"예."

다른 사람이 같은 말을 했다면 허풍으로 모면한다고 의심했을
것이다. 하지만 그는 달랐다. 그는 틀림없이 '제일' 큰 사슴이 있는
곳을 알고 있을 것이다.

"좋아. 사슴 사냥은 내가 이겼군."

으스대는 그녀가 사랑스러웠다. 그의 표정이 느슨하게 풀어졌
다. 보기만 해도 행복하다는 느낌이 이런 건가.

지난 석 달, 매일 모래를 한 움큼씩 삼키며 사막의 전쟁터를 누비고
다녔다. 죽고 죽이는 치열한 전쟁이었다. 배신과 음모가 암약했다.

오늘 협정을 맺은 부족이 내일 뒤를 치는 일은 부지기수였다. 생
존의 본능이 강한 사막인들은 잔혹하고 이기적이었다.

자연은 더욱 혹독했다. 낮에는 폭염, 밤에는 한파. 예고 없는 모래 폭풍이 휩쓴 자리에는 남은 게 없고 모래 속에 숨어 있는 사막귀는 살아 있는 모든 것을 사냥한다.

사람과 자연과 괴물과 싸웠던 지난 석 달은 하루가 일 년보다 길었다. 하지만 석 달이 아니라 삼 년도 견딜 수 있다. 이 아름다운 보물을 손에 넣을 수만 있다면.

"시에나. 전에 제가 분명히 경고했습니다."

시에나는 그의 이마에 전에 보지 못했던 흉터를 발견했다. 손가락 두 마디 정도의 길이. 왼쪽 관자놀이에서 눈썹 옆을 아슬아슬하게 비껴갔다.

'자칫하면 눈을 다쳤겠어.'

이 남자가 상처 자국이라니. 더구나 얼굴에. 생각보다 아주 위험한 상황이었을 것 같았다. 그의 흉터에 정신이 팔려 건성으로 대답했다.

"응……."

"도망치라고요."

"응?"

"당신을 얻으려고 무슨 짓을 할지 모르니 도망치라고 했습니다."

시에나가 가라앉은 그의 눈을 마주 보았다.

'이 남자와 결혼?'

꿈에서 본 미래대로 흘러가는 것도 나쁘지 않다.

외모는 취향이고 비굴하지 않은 성격도 괜찮았다. 이 남자와의 결혼 생활은 지루하지 않을 것 같았다.

하지만 두 사람의 결혼은 비극으로 막을 내리게 될 것이다.

왜 결혼이 파탄 나는지 모른다. 꿈은 친절하지 않았다. 앞으로 몇 번의 꿈을 꾸어도 제대로 이유가 나오지 않을 가능성이 컸다.

좋지 않은 미래가 기다리는 것을 알면서 그 방향으로 가야 할까. 그와의 결혼은 바꿔야 하는 미래일까, 필연적인 미래일까.

시에나의 흐려진 표정을 다르게 해석한 쿤이 나직이 말했다.

"이미 늦었습니다."

내가 당신이 도망치게 놔둘 것 같습니까. 쿤은 속으로 뒷말을 중얼거렸다. 그는 그녀를 완전히 자신의 품에 밀착하도록 끌어안았다. 그녀의 부드러운 몸의 느낌과 달콤한 체향이 정신을 혼미하게 했다.

'이렇게 당신을 안고 있으면 자꾸 착각해.'

그녀가 자신을 밀어내지 않아서 좋은 것인지, 더 미쳐가는 것인지, 알 수 없었다. 그래도 이렇게 희망고문을 당하며 피가 마르는 고통으로 괴로워하는 편이 그녀에게 차갑게 내쳐지는 절망보다는 차라리 나았다.

쿤은 일족의 보호를 받던 유년 시절이 지나 세상으로 나갔을 때 사람과 사람 사이의 감정이 너무 가벼워서 놀랐다. 특히 귀족의 남녀 관계는 아주 기형적이었다. 배우자와 애인을 구별하는 걸 당연시했다.

황녀도 그런 문화에 익숙한 사람이었다. 그래서 황녀가 자신에게 보이는 호감을 애정이라고 생각하지 않았다. 그녀의 단조로운 인간관계에 자신은 툭 튀어나온 별종이라서 흥미로워하는 것뿐이다.

한 여자에게 빠지면 정신을 못 차리는 것은 집안 전통이었다. 조부도, 아버지도 일생의 인연을 만나서 끝내 쟁취했고 평생 지켰다. 집안 전통을 이을 수 있는 행운이 자신에게도 있었으면 좋겠다.

*   *   *

쿤은 약속을 지켰다. 시에나를 제일 큰 사슴의 근처로 데려갔다.

거대한 뿔을 단 사슴은 혼자가 아니었다. 무리를 거느리고 있었다. 여러 마리의 암컷과 새끼들, 작은 뿔의 어린 수사슴들이 있었다.

"우두머리입니다. 숲의 주인이죠."

우두머리라는 이름에 걸맞게 사슴은 엄청난 덩치와 나뭇가지가 우거진 것처럼 장엄한 뿔을 지녔다.

"이 숲을 잘 알아?"

"와 본 건 오늘이 처음입니다."

"우두머리 사슴이 있는 걸 어떻게 알았어?"

"무리 짐승이니까요. 그러면 반드시 우두머리가 있고, 짐승을 추적하는 방법은 배웠습니다."

이 남자가 못하는 건 대체 뭐지? 시에나는 쿤과 함께 있을 때 종종 자신이 평범한 사람처럼 느껴졌다.

"사냥은 내가 할 거야."

"예. 참견하지 않을 테니까 실력껏 알아서 하세요."

그들은 몸을 숨길 엄폐물이 있는 가장 가까운 곳까지 접근했다.

시에나가 활을 들고 살금살금 걸음을 옮겼다. 사슴들은 어린 이

끼를 뜯어 먹느라 정신이 팔려 있었다. 몇 걸음만 더 가면 사거리 안으로 닿을 것 같다.

'아!'

그때 우두머리 사슴이 고개를 들었다. 시에나와 정면으로 눈이 마주쳤다. 시에나가 반사적으로 활을 들어 겨누었다.

'조금만 더 가면 되었는데.'

아쉬웠다. 이대로 사슴이 도망가면 끝이다.

사냥꾼과 짐승의 숨 막히는 대치가 잠시 이어졌다. 시에나는 눈동자를 옆으로 흘끔 돌려 꽤 많이 줄어든 사슴 무리를 살폈다. 그새 도망갔는지 작은 새끼는 거의 보이지 않았다.

'이대로는 다 도망치겠어.'

시에나가 한 발 내딛는 순간 우두머리 사슴도 시에나에게 한 걸음 다가왔다.

'날 공격할 셈인가?'

아무리 순한 동물이라도 목숨의 위기 앞에서는 공격성을 드러낼 것이다.

시에나는 바짝 경계했다. 그런데 사슴은 더 다가오지 않았다. 맑은 눈동자에 흉포함도 없었다. 그녀가 한 걸음 다가가자 우두머리 사슴이 또 그만큼 다가왔다.

'……시간을 버는 거야.'

무리의 새끼와 암컷이 안전한 곳으로 도망칠 때까지. 무리를 지키기 위해 우두머리는 자신을 미끼로 내놓았다. 죽음이 두려워도 그게 우두머리의 책임이기 때문이다.

한낱 짐승이 군주의 덕을 갖추었다니. 쏠 수가 없었다. 시에나는 천천히 활을 내렸다. 그리고 한 걸음씩 뒤로 물러났다.

시에나가 어느 정도 거리만큼 멀어지자 우두머리 사슴은 조금씩 뒷걸음질 치다가 숲 안쪽으로 달려갔다. 이미 무리의 사슴들은 한 마리도 남지 않았다.

"한 번 더 쫓을까요?"

쿤이 물었다.

"아니."

"우승하고 싶으신 거 아닙니까?"

"내 생각이 짧았어. 사슴 사냥은 숲을 지키기 위해 하는 거야. 우두머리를 잡으면 숲의 질서가 망가지겠지. 하찮은 명예를 얻자고 그런 짓을 하면 안 돼."

그녀를 바라보는 쿤의 눈빛이 흔들렸다. 좋다. 이 사람이 정말 좋다. 흘러넘치는 이 마음을 도대체 어떻게 해야 할지 모르겠다.

"시에나."

쿤이 한쪽 팔을 그녀의 어깨 뒤로 둘러 당겨 안았다. 그녀의 이마와 콧잔등, 입술에 가벼운 키스를 했다.

"좋아합니다. 제가 당신을 마음에 품었습니다."

쿤은 자신의 마음을 한 번 눌러서 표현했다. 솔직한 심정으로는 '좋아합니다.'가 아니라 '사랑합니다.'라고 고백하고 싶었다. 하지만 성급하게 굴면 오히려 역효과일 것이다.

황녀의 표정을 보며 그는 자신의 판단이 현명했다고 확신했다. 방금 고백을 받은 여인의 반응이 이상했다. 얼굴을 붉히는 것까지는 바라지 않는다. 괴이한 소리를 들은 것처럼 빤히 보는 속마음은 도대체 뭘까.

"노파심에 드리는 말씀이지만, 뭘 바라는 게 아닙니다. 충성 맹세 같은 것도 아니에요. 남자 대 여자의 감정입니다."

이런 걸 설명해야 한다니. 쿤은 자신이 반한 여자가 평범하지는 않다는 사실을 새삼 깨달았다.

"음."

시에나가 눈동자를 한 바퀴 굴렸다. 태연한 표정으로 못 알아들은 척 시치미를 뗐다. 감정을 드러내지 않는 습관이 들어 정말 다행이다. '좋아합니다'라는 말을 듣는 순간부터 심장이 뛰었다. 그녀는 속으로 자신의 심장에게 '진정해.'라고 반복해 되뇌었다.

"대답해야 해?"

쿤은 초조하게 그녀의 표정만 살폈다. 그래서 그녀가 다른 방식으로 감정을 드러내는 습관이 있다는 것을 알면서도 놓쳤다. 이를테면 지금 시에나는 뒷짐 진 두 손으로 의미 없는 손장난을 했다.

"예. 하지만 지금은 말고요. 천천히 생각해요. 아주 천천히."

그녀가 성급한 결론을 내릴까 봐 두려웠다. 지금은 일단 그녀가 자신을 의식하기 시작하는 것으로 충분했다.

펑!

두 사람이 소리가 나는 방향으로 고개를 돌렸다. 저 멀리 하늘에 불꽃의 잔상이 흩어졌다. 잠시 후 또 하나의 폭죽이 떠올라 터졌다.

"사냥 시간이 끝났어."

"사슴은 못 잡으셨군요."

"어쩔 수 없지. 검이 갖고 싶었는데……."

"그 검 때문에 참가하셨습니까?"

"응."

그녀가 상품을 탐냈다는 게 의외이지만, 탐낸 상품이 보석이 아니라 검이라는 점에서는 그녀다웠다.

"나가려면 꽤 걸어야겠지?"

"깊이 들어왔으니까요."

"서둘러야겠네."

"그래야 할 이유가 있나요?"

"삼십 분 안으로 출발지에 서 있지 않으면 탈락이야."

"어차피 사슴도 없잖아요."

"……."

"천천히 가도 됩니다. 기사가 찾으러 올 겁니다."

"굳이……."

쿤의 팔이 시에나의 허리를 감싸 안으며 그 자리에서 한 바퀴 돌았다. 시야가 휙 돌아갔다. 등은 나무에 기대고 정면은 그에게 막혔다. 그의 한쪽 팔이 시에나의 눈 옆을 디뎠다. 두 사람의 몸이 맞닿을 듯 가까웠다.

"돌아오자마자 당신 얼굴 보자고 여기부터 달려왔어요."

시에나는 뚱하게 그를 응시했다. 멋대로 사라졌다가 나타나는 주제에 앞뒤가 안 맞는 생색이다.

"이렇게 길어질 예정은 아니었는데……. 어쨌든 고생 많이 했습니다."

시에나의 시선이 그의 눈썹 위에 닿았다. 손을 들어 흉터 자국을 조심히 만졌다.

"이거……."

"예."

누가 그랬냐, 혹은 많이 다쳤었나. 상처에 관해 물으려다가 그녀는 새침하게 고개를 모로 돌렸다. 아직 앙금이 남았다.

"고생했건 말건. 내가 가라고 떠민 것도 아니야."

"냉정하게 그러지 말고. 고생한 보상으로 당신 시간을 조금만 내게 줘요."

"논리가 전혀 안 맞아."

"맞을 리가 없죠. 되는대로 갖다 붙이고 있는데."

시에나는 웃음을 터뜨렸다.

"시간을 주면 어디 가서 뭘 하고 왔는지 얘기해 줄 거야?"

"그건 아니고요."

쿤이 다급히 덧붙였다.

"지금 말하지 않아도 곧 알게 됩니다."

"어떻게?"

"그것도 곧 알게 됩니다."

속 시원하게 말해 주는 게 하나도 없다. 생각해 보면 그에 대해서 아는 게 전혀 없었다.

"비밀 많지?"

"많지요."

냉큼 대답하는 그를 흘겨보았다.

"그 비밀. 전부 아는 사람이 있기는 해?"

쿤이 잠시 생각하다가 말했다.

"없어요."

"가족도?"

"가족이 없거든요. 형제는 원래 없고 부모님은 돌아가셨어요."

"아……. 유감이야."

"오래전 일이라 괜찮아요. 내게 가족이 생기면 내 모든 것을 아는 유일한 사람이 될 겁니다."

가족이 없다면서 어떻게 가족이 생겨? 죽은 부모가 살아 돌아올 수 있는 것도 아니고. 시에나는 그의 말을 순간 이해하지 못했다. 그런데 그가 손등으로 시에나의 볼을 쓸며 다정하게 속삭였다.

"나는 당신에게 내 비밀을 모두 말하고 싶어요. 시에나."

시에나는 크게 뜬 눈을 깜빡거렸다.

"……천천히 생각하라며."

"오. 알아들었어요?"

"내가 바본 줄 알아?"

"가끔 어떤 면에서는 좀……."

시에나가 노려보자 쿤이 눈을 피했다. 하지만 그의 입은 웃고 있었다. 보람이 있었다. 열심히 들이댄 효과가 있기는 한가 보다.

"봉토에 가셨다가 안 좋은 기억만 가져왔군요."

"그래도 다녀오기를 잘했어. 안 갔으면 몰랐을 테니까. 그……."

시에나는 잠시 망설이다가 말했다.

"반제국 세력, 반당이라고도 하는 자들. 난 제국에 반감을 품은 자들이 그렇게 조직적으로 활동하는지 몰랐어."

처음으로 그녀는 자신의 무지를 다른 사람에게 드러냈다.

"모르는 사람 많아요. 수도 거주민은 대부분 모를걸요."

대수롭지 않게 말하는 그의 말투에서 시에나는 위로를 받았다.

반당에 관해 몰랐다는 그녀의 말에서 쿤은 정보를 얻었다.

'적왕이 정보 은폐에 꽤 공을 들였군.'

정보는 힘이다. 적왕은 황제가 될 딸의 눈과 귀를 가렸다. 적왕과 리먼 공작 가문의 수작만으로 가능한 일이 아니었다. 다른 제후 공작 가문들도 은근히 협조했을 것이다.

쿤은 침울한 기색의 그녀를 부드러운 시선으로 응시했다. 고개를 숙여 그녀의 입술에 살짝 키스했다.

"지난번 제가 소개한 정보 상인. 기억하시죠?"

"응."

"그 여자 편으로 반당에 관한 자세한 정보를 보낼게요."

"관리에게 조사해 오라고 해서 받았어."

"정보의 질이 다를 겁니다. 비교해 보세요."

시에나가 대답의 뜻으로 눈을 내리떴다. 쿤이 그녀의 턱을 잡아 다시 한 번 키스했다. 조금 전보다는 깊게 입술이 맞물렸다. 허락을 구하듯 그의 혀가 부드럽게 그녀의 입술을 훑으며 입술 틈새를 파고들었다.

그는 조금 벌어지는 그녀의 입술을 가르고 혀를 밀어 넣었다. 보들보들하면서 따끈한 점막의 감촉은 기억했던 것보다 황홀했다. 그의 목 안에서 낮은 신음이 새어 나왔다.

그의 손이 시에나의 얼굴을 감싸 쥐었다. 그녀의 두 팔은 그의 목을 감았다. 섞이는 두 사람의 짙은 호흡 소리가 고요한 숲에 울려 퍼졌다.

*　　*　　*

사슴 사냥이 한창일 시각. 모든 관심이 그쪽에 쏠려 있을 때 '검은 집'이라고 이름 붙여진 안가에서 한 대의 마차가 출발했다. 음산한 이름과 다르게 중산층 평민이 거주하는 적당한 규모의 집이었다.

마차는 라드 상회의 본점에 도착했다. 잠시 후 더 크고 고급스러운 마차가 출발했다. 마차만 바뀌었고 안에 탄 승객은 그대로였다.

마차는 곧바로 황궁으로 달려갔다. 간단한 확인 절차를 거쳐 마차는 황궁의 정문을 통과했다. 마차가 멈추어 선 곳은 황궁의 행관 앞이었다. 중앙 관리들이 일하는 곳이다.

마차 안에서 머리카락의 반이 백발로 덮인 노인이 내렸다. 마른 얼굴에 깊은 주름이 팼다. 지난 삶의 고된 흔적이 이마나 뺨에 남은 흉터로 드러났다.

귀족은 아니다. 누구나 노인을 보자마자 그렇게 생각할 것이다. 하지만 배웅 나온 사내는 노인의 신분이 긴가민가했다. 당당함이 느껴지는 곧은 자세와 기개가 엿보이는 눈빛이 범상치 않았다.

"이쪽으로 오십시오."

조심스러운 마음에 사내는 정중해졌다. 지시받은 대로 노인을 상급자에게 안내했다. 얼마 후 행관을 나온 사무관 알폰소와 노인이 태양궁으로 향했다.

태양궁에 매일 수백 명의 사람이 수시로 드나든다. 더구나 장년인 은 황제의 직속 사무관이었다. 아무도 그들을 눈여겨보지 않았다.

두 사람은 황제의 서재로 들어갔다. 알폰소의 눈이 살짝 커졌다. 평소에는 긴 소파에 앉아 관리들을 맞이했던 황제가 창 너머를 바라보며 문 쪽을 등지고 서 있었다.

서재의 분위기도 달랐다. 늘 그 자리에 있던 시종장도 기사도 보이지 않았다.

"폐하. 사무관 알폰소, 보고 드릴 일이 있습니다."

황제는 대답하지 않았다. 알폰소는 눈치 있게 슬며시 물러나 서재에서 연결된 작은 방으로 들어갔다. 어차피 자신의 임무는 다했다.

서재에 두 사람만 남았다. 황제가 누군가와 독대하는 일은 거의 없었다. 오늘처럼 시종장마저 내보낸 적은 없었다.

황제가 천천히 몸을 돌렸다. 노인을 보자마자 눈빛이 크게 흔들렸다. 짧은 순간 황제의 표정이 시시각각 변했다. 온종일 곁에서 보위하는 시종장도 보지 못했을 모습이었다.

"정말 살아 있었군."

황제가 음울하게 중얼거렸다. 마치 혼잣말 같았다.

"예. 광왕 전하. 아니, 이제는 황제 폐하이시군요."

노인은 표정이 거의 없었다. 태양궁에 들어설 때 잠시 눈동자에 스친 회한이 그가 내보인 감정의 전부였다.

"제프리."

노인의 눈썹이 미세하게 움찔했다.

"제 이름을 잊지는 않으셨습니다."

"잊을 리가."

"에디스."

이번에는 황제가 동요했다. 무겁게 신음했다.

"가여운 제 누이의 이름도 잊지 않으셨습니까?"

"……내가 모든 기억을 잃어도 그 이름만은 잊지 못할 것이네."

황제의 미간이 일그러졌다. 얼마 만에 듣는 이름일까. 너무 고통스러워 혼잣말로도 감히 내뱉지 못했다.

황제의 가슴 속에 감추어진 깊은 상처를 아무도 모른다. 벌어진 상처는 아물 기미를 보이지 않고 항상 피를 철철 흘렸다.

황제는 누구에게도 자신의 괴로움을 토로하지 못했다. 그는 황제이니까. 강하고 완전한 천하의 주인이어야 하니까.

황제는 살기 위해 외면했다. 저만치 밀어 두었다.

하지만 과거의 조각을 마주한 순간, 꽁꽁 동여맨 방어막이 사정없이 벗겨지는 것을 느꼈다. 겉으로 드러난 상처가 생살을 저미는 것처럼 아팠다.

제프리는 고통스러워하는 황제를 동정하지 않았다.

타인의 사정을 봐주기에는 이미 그가 겪은 지난 세월이 참 잔인했다.

극한의 절망은 사람의 감정을 마모시킨다. 감수성이 풍부했던 청년 제프리는 이미 오래전에 죽었다.

"당신을, 황실을, 이 제국을 저주했습니다."

"……."

"증오가 나를 갉아먹는다는 것을 알면서도 제가 할 수 있는 일이 아무것도 없었으니까요. 조카가 살아 있다는 말을 듣기 전까지 말입니다."

건조한 제프리의 눈에 희미한 온기가 스쳤다.

디안.

누이의 아들을 생전에 만날 수 있을 거라고는 기대도 하지 않았다. 어쩌다 주워듣는 풍문도 감지덕지했다. 조카가 그저 견디고 살아남기만을 바랐다.

조카와 재회하던 날, 제프리는 조카를 안고 울었다. 말라 버린 줄 알았던 눈물이 흘렀다. 그 눈물에 그의 증오가 조금은 씻겨 내려갔다. 그래서 이렇게 담담히 황제를 쳐다볼 수 있었다.

"아들을 만났을 때 기분이 어떠셨습니까? 폐하께서는 저와 같은 마음이 아니셨던 모양입니다."

황제는 디안을 따뜻한 부정으로 감싸기는커녕 방치했다. 디안은 황실에서 오롯이 혼자 살아남았다. 그 과정에 황제의 도움은 없었다.

황제는 무심하게 대답했다.

"그녀의 아들. 하지만 그녀는 아니지."

제프리가 쓴웃음을 머금었다.

'에디스. 아아, 에디스. 내 누이야. 너는 대체 저 사내의 무엇을 보았기에 네 모든 것을 바쳤느냐.'

황제를 사랑한 누이동생을 이해하지 못했다. 앞으로도 영원히 이해 못 할 것이다.

"왜 계속 방관하시지 않고요."

"디안이 날 찾아와 말하더군. 빚을 갚으라고."

처음 듣는 얘기라 제프리의 눈이 커졌다.

"제 어미의 빚을 자신이 대신 받겠다고 했지."

그때를 생각하면 피식 웃음이 나왔다.

당돌한 녀석이었다. 디안이 부자지간의 천륜을 내세웠다면 무시했을 것이다. '나는 당신의 아들입니다.' 같은 말은 황제에게 통하지 않을 테니까.

황제는 감정을 잘 느끼지 못했다. 부모에게도 자식에게도 한 번도 애틋함을 느껴 본 적 없다. 교육의 결과인지 태생적인지 확실하지 않지만, 여러 명의 황족을 교육한 경험 있는 자들이 황제는 어딘가 다르다고 말했다.

그런 그가 단 한 번, 자기 자신을 통제할 수 없는 사랑에 빠졌다.

무뚝뚝한 아케론 공작에게 애지중지하는 딸이 있었다. 공작은 딸이 성년이 되기 전까지는 사교계에 내보내지 않겠다고 못 박았다. 아케론 공작 영애를 직접 봤다는 사람은 없고 소문만 무성했다.

공작 영애의 스무 번째 생일이 다가오자 사람들의 호기심이 폭발했다. 그때 황제—그때는 광왕이었다—도 소문을 들었다.

원래 사교계 뜬소문에 무심했고 당시에 그는 서른 살이었다. 스무 살의 풋내나는 아가씨에게 관심 가질 이유가 없었다.

우연이었을까, 운명이었을까. 두 남녀의 예기치 못한 마주침은 인연으로 이어졌다.

에디스는 그를 하루에도 몇 번씩 천국과 지옥을 오가게 했다. 사람이 사람에게 빠지는 감정은 생소하고 두려웠으며 행복했다.

황제는 자신도 미처 몰랐던 감정을 끌어낸 그녀를 사랑했고 그녀를 사랑한 자신의 감정도 사랑했다.

"그 빚을 갚는 게 고작 그겁니까? 공작가를 디안의 외가로 만들어 주는 것이요?"

디안에게 가장 큰 문제는 정통성이다. 모친이 누구인지 알려지지 않았다. 만약 디안이 공작가의 혈통이라는 게 증명되면 디안의 정통성은 회복될 것이다.

공작가의 혈통에 우열은 없되 항렬이 우선했다. 시에나의 생모 패트리샤는 공작의 딸이다. 디안의 생모도 공작가의 직계 혈통이면 둘 다 모친의 항렬이 같으므로 계승 서열은 태어난 순서에 따랐다.

그러면 디안이 시에나를 제치고 계승권 1순위가 된다. 시에나의 모친이 적왕이라는 건 관계없었다. 황위 계승에 관한 제국법은 타국의 법과 다른 점이 많았다.

"진명을 내리겠다."

황제의 절대적 명령권, 진명.

한 세대의 황제가 평생 단 한 번만 쓸 수 있는 특권으로 황제의 진명에는 금기가 없었다. 황제는 진명으로 디안에게 가짜 어머니를 만들어 주려 했다.

공작가의 혈통이며 이미 죽은 사람이 디안의 생모가 될 것이다. 황제가 오래전에 그 여인과 정을 통해 디안이 태어났다고 공표할 예정이다.

황제가 그렇다는데 누가 뭐라 하겠는가. 더구나 앞으로도 사실 여부를 문제 삼지 말라고 진명을 내리면 거짓이 진실로 둔갑하는 일쯤은 간단했다.

"그 방법은 문제가 있습니다. 디안이 끊임없이 정통성 논란에 휩싸일 겁니다."

진명으로 딱 잘라서 '파고들지 마'라고 말하면 사람들은 오히려 의심할 것이다. 감추어진 것을 파헤치고 싶어 하는 게 인간의 보편적인 심리이니까.

"뒷일은 내가 알 바 아니지."

제프리는 입안으로 욕설을 삼켰다.

"진명으로 빚을 갚겠다는 생각은 변함없으신 거겠지요."

황제가 고개를 끄덕였다.

"그 빚. 제가 받겠습니다. 디안은 틀림없이 제게 양보할 겁니다."

처음에 제프리는 관여하지 않으려 했다. 디안은 지금까지 잘 해 왔고 뒤늦게 외숙이 참견하는 모양새도 썩 좋지 않아 보였다.

그런데 곰곰이 생각할수록 이건 아니었다. 디안은 틀림없는 공작가의 혈통이다. 원래 진짜인데 진짜인 척할 이유를 모르겠다.

"진명으로 아케론 공작가 멸문에 관한 재조사를 명해 주십시오."

황제의 표정이 굳었다.

"저는 가문의 명예와 억울한 누명을 쓰고 돌아가신 아버지의 명예를 회복하고 싶습니다."

제프리는 목표가 생겼다. 아케론 공작 가문을 되살릴 것이다. 여섯 개의 제후 공작 가문은 다시 일곱 개가 될 것이다. 그 후 디안의 생모가 공작의 딸이었다고 밝힐 것이다.

"……하지만 선황 폐하의 진명이었다."

제프리가 입안을 으득 깨물었다. 이미 죽었지만, 할 수만 있다면 선황제의 영혼이라도 찢어발기고 싶었다. 아케론 공작가를 짓밟은 선황제는 끝까지 잔인했다. 진명으로 재조사를 금하고 사안의 봉인을 명했다.

"선대의 진명을 후대에서 번복한 사례는 있습니다."

황제가 한숨을 내쉬었다. 그게 간단한 일이 아니었다.

"가문이 복원되면 황손을 낳고도 비참하게 죽은 내 누이. 에디스의 장례를 성대하게 치를 겁니다."

제프리는 황제가 절대 거절하지 못할 거라고 확신했다. 에디스의 이름만 나오면 황제의 눈빛이 흔들렸다. 누이는 살아서보다 오히려 죽은 후 황제의 약점이 되었다. 비명에 간 누이를 떠올리자 쓴물이 넘어갔다.

*　　*　　*

"조세프?"

쿤이 뻐딱한 어조로 되물었다.

두 사람은 나무 밑동에 나란히 기대앉아 대화를 나누다가 사냥 대회 상품으로 걸린 검에 관한 이야기가 나왔다. 시에나가 무심코 '조세프가 어떻게 가문의 보검을 가져왔을까.'라고 말했다가 쿤이 바로 반응했다.

"어느새 이름으로 부르는 관계가 되셨습니까?"

시에나는 루크 백작 영랑을 속으로는 '조세프'라고 칭했다. 남다른 감정이 있어서가 아니라 그냥 간단해서다. 물론 이름으로 조세프를 부른 적은 없었다.

'그러고 보니 내가 이름으로 부르는 남자는…… 쿤뿐인가?'

시에나가 말없이 보자 쿤이 미간을 구겼다.

"침묵의 의미는 뭡니까, 시에나."

그리고 시에나를 이름으로 부르는 사람도 쿤뿐이었다. 허락한 기억이 없는데 스리슬쩍 어느새 그렇게 되어 버렸다.

"루크 백작 영랑은 나와 약혼 말이 오가는 사람이니까."

"그래서 그 약혼, 하시겠다는 겁니까?"

'흐응.'

시에나는 재밌는 사실을 발견했다. 이 남자는 기분이 상하면 목소리가 한 단계 낮아지고 말투가 아주 정중해진다.

어차피 조세프와는 약혼해도 파혼하게 될 테지만, 그런 사정을 말할 수는 없었다. 대답 대신 어깨만 으쓱했다. 자신의 애매한 대답이 불쾌했는지 그의 표정이 더 험상궂게 변했다.

쿤은 그녀의 태도에 충격받았다. 그녀의 마음이 상당히 자신을 향해 있다고 기대했다. 들뜬 기분이 한순간에 바닥에 처박혀 나뒹굴었다. 조금 전까지 두 사람은 뜨거운 키스를 나눴다. 그녀는 적극적으로 응했다.

'하지만 처음 키스했을 때도 그녀는 적극적이었지.'

그래서 쿤은 키스 이상의 진도를 나가기가 조심스러웠다. 하룻밤 자고 나서 재미만 보는 상대로 전락했다가 '안녕, 즐거웠어.'라는 최후통첩을 받을 자신의 미래가 망상으로만 끝나지 않을 것 같았다.

딱딱하게 군은 쿤의 표정을 살피며 시에나가 말했다.

"넌 내가 원할 때 만날 수도 없고 항상 이렇게 갑자기 남들 눈을 피해서만 나타나잖아."

"······그래서였어요."

쿤이 일어나 시에나에게 손을 내밀었다. 시에나는 그의 손을 잡아 일어났다.

"무슨 일을 하러 어디에 다녀왔냐고 물으셨지요. 당신을 당당하게 만날 방법을 찾으러 갔습니다."

"찾았어?"

쿤이 숲의 바깥 방향으로 고개를 돌렸다.

"기사들이 옵니다."

시에나는 '어떻게 알아?'라고 묻지 않았다. 몇 번 비슷한 일을 겪었더니 그러려니 했다.

"조만간 뵈러 가겠습니다."

"석 달 뒤에 오려고?"

쿤이 낮게 웃었다.

"이번엔 오래 걸리지 않습니다. 그때는 은왕 전하께 알현을 청할 겁니다."

쿤이 그녀의 왼손을 잡아 들어 올렸다. 시에나는 또다시 자신의 왼손 네 번째 손가락에 키스하는 그를 응시했다.

가벼운 입맞춤에 꽁꽁 묶이는 기분이 드는 게 이상했다.

6장

페로 연합국

　황제의 집무실 발코니 창에서 내려다보는 정원의 모습이다. 어둠이 내려앉을 시각이었다.

　시에나는 이제는 낯설지 않은 풍경을 바라보며 지금 꿈을 꾸고 있음을 자각했다.

　―대체 얼마 만이지?

　지난 마지막 꿈으로부터 무려 석 달만이었다.

　―장소가 바뀌었네.

　지난 꿈은 포프 백작부인과 대화를 나누던 중에 끊어졌다. 그 장면이 그대로 이어지지 않아서 아쉬웠다. 백작부인과 더 많은 이야기를 나누면 쏠쏠한 정보를 얻을 수 있었을 텐데.

백작부인을 떠올리자 마음이 묵직했다. 백작부인은 다시는 걷지 못하게 되었다. 그녀는 전혀 개의치 않아 했지만, 시에나는 베스를 볼 때마다 죄책감을 느꼈다.

태양이 지평선에 걸렸다. 핏빛의 노을이 점점 세상을 덮었다.

─하루가 가는구나.

무심히 중얼거린 시에나는 기이한 사실을 깨달았다.

─하루가 간다고? 하루?

첫 꿈부터 차례차례 되짚어 보았다. 시간대가 겹치는 꿈이 전혀 없었다.

─설마…… 지금껏 봤던 꿈이 모두 하루에 일어난 일이야?

그럼 이 하루가 끝나면 꿈도 끝나는 건가?

"폐하."

등 뒤에서 들려오는 부름에 황제는 반응하지 않았다.

"폐하. 부르심을 받고 공왕이 바깥에서 기다리고 있습니다."

─공왕?

포프 백작부인과의 대화 후 심경의 변화가 있었는지 공왕을 부른 것 같다. 반응하지 않는 황제 때문에 시에나는 초조했다.

"폐하."

다시 부르는 시녀의 목소리가 조심스러웠다.

"돌려보낼까요?"

―안 돼!

시에나는 버럭 소리쳤다.

―불러 놓고 되돌려 보내는 건 무슨 고약한 심술이야.

궁금해. 보고 싶다. 공왕이 누군지. 정말 공왕이 쿤일까?

시에나의 속이 터질 때까지 시간을 끌던 황제가 대답했다.

"들이라."

황제는 집무실 안으로 들어가지 않고 여전히 발코니에서 정원을 내려다보았다. 아까보다 더 어두워져 제대로 보이지도 않았다.

"뭔가 보이기는 합니까?"

뒤에서 들리는 저음의 목소리는 귀에 익은 듯 낯설었다. 지금 감각을 느낄 수 없는 상태인데도 오싹하게 소름이 돋았다. 황제가 천천히 몸을 돌리는 순간, 시에나는 숨을 죽였다.

"오랜만에 뵙습니다. 폐하."

흑발의 사내가 무감한 표정으로 인사말을 건넸다.

―쿤······.

시에나가 신음처럼 그의 이름을 웅얼거렸다. 짐작했어도 막상 눈으로 확인하는 기분은 달랐다.

쿤이다. 틀림없는 그 남자다. 젊은 지금 모습에서 고대로 나이만 먹었다. 눈빛은 훨씬 깊어졌다. 중후하고 노련한 기운이 물씬 풍겼다.

"오랜만이오. 공왕."

"폐하를 한 번 뵙기가 참으로 어렵습니다."

"제국의회에 참석하지 않은 쪽은 공왕이오."

"지루한 소리만 늘어놓은 얼간이들은 상대하고 싶지 않아서 말입니다. 그자들을 구경꾼으로 세워 놓고 폐하와 우리 이야기를 하고 싶지 않았습니다."

시에나는 황제의 눈을 통해 정신없이 쿤의 얼굴을 구경했다.

─이십여 년 후의 쿤⋯⋯.

"제국의회는 사적인 담화를 나누는 자리가 아니오."

"그 사적인 담화를 나눌 개별적인 시간을 폐하께서 거부하셨습니다. 계속, 이유 없이."

그는 고요하게 화를 냈다. 언성을 높이거나 인상을 찌푸리지 않았으나 그의 노여움이 와 닿았다. 심각한 분위기인 와중에 시에나는 생각했다. 중년인이 된 쿤은 근사하다고.

"그래서 오늘은 그대의 알현을 허락했소. 이제 악연은 정리해야 하지 않겠소?"

"악연. 악연이라⋯⋯."

그가 차갑게 웃었다.

"과연 옳은 말씀입니다. 우리 사이를 표현하기에 그 단어만큼 적절한 말이 없군요."

　　　　　　*　　　*　　　*

　시에나는 찻잔을 든 채 생각에 잠겼다.

　"전하. 차가 다 식겠습니다."

　시에나가 고개를 들었다. 베스와 눈이 마주쳤다. 시에나는 차를
마시려다가 입술에 닿는 차가운 온도를 느끼며 멋쩍은 표정으로 입
을 뗐다.

　"엠마. 전하께 다시 차를 올리렴."

　"예."

　엠마가 다시 물을 끓이는 동안 베스는 조심스레 시에나의 표정
을 살폈다.

　"전하. 보좌관이 그만둔 게 서운하십니까?"

　며칠 전, 레반이 사직의 의사를 밝혔다. 원래 훨씬 일찍 그만두었
어야 했는데 시찰 보고서 작성을 허술하게 할 수 없다며 당분간 보
좌관직을 유예하겠다고 말했다.

　시에나도 바라던 일이라 승낙했다. 그 후 그만두겠다는 소리가
없기에 계속 일하려나 싶어 아무 말도 하지 않았다. 그런데 결국은
그만뒀다.

　"제가 괜스레 그 사람의 인사 서류를 전하께 드렸나 봅니다. 이
렇게 금방 그만둘 줄 알았으면……."

　"그 사람이 일은 잘 해 주었소. 후임자 교육도 잘 해 줬고. 그 일
은 개의치 마시오."

　후임으로 일을 시작한 보좌관은 쭈뼛거리는 태도가 거의 사라졌

고 일 처리도 이제 제법 빠릿빠릿했다.

"그럼 무슨 심려하시는 일이라도 있으십니까?"

시에나는 말없이 한숨을 내쉬었다.

사냥 대회의 날, 꾸었던 꿈이 내내 그녀를 괴롭혔다. 공왕이 쿤이었다는 사실을 알게 된 건 이득이었다. 그 외에는 다 최악이었다.

'악연이라고?'

꿈에서 깬 후 시에나는 시녀들이 들어올 때까지 넋 놓고 침대에 앉아 있었다. 누가 그녀의 가슴에 손을 쑥 집어넣고 심장을 쥐어 비트는 기분이었다.

어머니에게 배신감을 느꼈을 때도 이렇게 아프지는 않았다. 한 점의 온기도 없는 눈으로 자신을 바라보며 악연이라고 말하는 그의 싸늘한 한마디가 너무 고통스러웠다.

다정한 속삭임이, 부드러운 눈빛이 미래에는 그렇게 변해 버리는 걸까.

'그런 끝이라면 아예 시작하지 않는 게 낫지 않을까.'

그녀는 처음으로 사람과의 관계에 겁을 먹었다.

엠마가 다시 끓여 준 차를 한 잔 마시고 시에나는 행관으로 갔다. 오후에 열리는 중앙의회를 참관하기 위해서였다.

중앙의회는 일 년에 한 차례씩 약 보름에 걸쳐 열린다. 제국 도시의 대관들과 일정 지역을 대표하는 영주들이 모여 다양한 안건을 논의했다.

제후들이 참여하는 제국의회가 굵직굵직한 문제를 다룬다면 중앙의회에서 논의하는 것들은 중요도가 낮으나 세밀했다.

오늘 중앙의회에는 황제도 참관하러 왔다. 시에나가 착석한 얼마 후에는 디안도 들어왔다. 워낙 거물들이 앉아 있으니 의원들은 모두 바짝 긴장했다. 하지만 곧 회의장의 분위기는 빠르게 무르익었다.

"억지라니, 거 말씀이 심하시오!"

중년의 사내가 손바닥으로 탁자를 내리쳐 불쾌한 기분을 표현했다.

"그럼 억지가 아니면 뭐란 말이오?"

욕설이 나오지 않을 뿐이지 의원들의 공방은 거칠었다. 인접한 지역의 영주들끼리 치열하게 이익을 다투었다. 그나마 황제가 지켜보고 있어서 꽤 자제하는 것 같았다.

회의의 끝 무렵에 중년인이 일어났다. 그는 우선 황제에게 고개를 숙여 예를 표했다.

"회의를 파하기 전에 이 자리를 빌려 널리 알릴 사실이 있습니다. 며칠 전 영지에서 보낸 다급한 전언을 받았습니다. 여러분 중에 비슷한 전언을 받은 분도 계실 겁니다. 사막 부족이 하나로 통일되었다는 소식입니다."

이미 아는 자들은 고개만 끄덕였고 처음 듣는 자들은 술렁거렸다.

"통일이라니."

"거참, 좋은 소식인지, 나쁜 소식인지…….."

"얼마 전까지만 해도 부족 여럿이 팽팽한 세력으로 맞선다고 들었는데."

말을 꺼낸 중년인이 이어 말했다.

"제가 대표하는 지역이 사막과 맞닿아 있습니다. 전언의 내용에 따르면 페로 연합국, 자신들을 그렇게 칭했다고 합니다. 그쪽의 사신이 찾아와 사막의 부족이 하나가 되었으니 황제 폐하께 인정을 받고 싶다고 했다는군요. 그들이 길을 빌려 달라고 하는데 어찌해야 하느냐고 했습니다."

여기저기서 험악한 소리가 튀어나왔다.

"길을 빌려 달라고? 거 무슨 되지도 않는 수작이란 말이오."

"무슨 꿍꿍이인지 알고."

의원들은 극도의 거부감을 드러냈다.

제국인이건 대륙인이건 구별 없이 사막 부족을 경계했다. 사막에 터전을 마련한 그들은 사막귀라는 괴물과 싸우는 것으로도 모자라 인간들끼리도 싸우는 독종이었다. 그들의 전투 능력은 보통 사람과 차원이 달랐다.

다행히 그들의 강대한 힘은 사막귀와의 싸움과 부족들끼리 전쟁으로 소모했다. 여럿으로 갈린 부족의 상태가 계속되도록 다들 은근히 바랐다. 소식을 들은 의원들이 떨떠름한 표정을 지었다.

최초로 말을 꺼낸 중년인이 황제에게 읍소했다.

"폐하. 그들의 요구에 어떤 답을 주어야 할지 고견을 청하옵니다."

"짐 또한 소식을 들었다."

황제가 입을 열자 소란이 즉시 잦아들었다.

"그들의 풍속이 비록 거칠다지만, 하나로 모인 힘을 오만하게 과시하지 않고 제국의 신하를 자청하겠다는 기특한 뜻을 전해 왔다. 그들이 패악을 부리지 않고 조용한 여정으로 짐의 앞에 당도한다면 그들의 충심을 받아들여 제후의 자격을 내리고자 한다."

황제는 이미 뜻을 정했다. 의견은 묻는 게 아니라 통보였다. 사막인들이 요청하는 대로 그들이 통과하는 지역의 영주는 길을 내주라는 말이었다.

의원들은 아무 반론도 제기하지 못하고 입을 꾹 다물었다.

"사막의 가장 강대한 부족 셋이 모여 합의로서 연합을 이루었다. 단지 피만 흘려 이룩한 통일이 아니라는 점을 높이 평가한다. 그들이 보낸 사신이 스스로 일컬어 페로 연합국이라 하였다. 이후 그들을 칭하는 공식 국호로 삼는다."

"삼가 받잡겠사옵니다. 폐하."

의원들이 입을 모아 복종을 표시했다.

흥미롭게 이야기를 듣던 시에나는 익숙한 국호를 듣고 깜짝 놀랐다.

'페로?'

꿈에 등장했던 나라다. 대륙의 지도를 다 뒤졌으나 페로 왕국을 찾지 못했다.

'아직 존재하지 않는 나라였으니 찾을 수가 없지.'

그녀는 자신의 주변에서 벌어지는 소소한 일들이 꿈과 달라지는 것은 몇 번 보았지만, 거대한 질서가 미래대로 흘러가는 것은 최초로 목격했다. 경이로웠다.

'페로 연합국……. 내가 들었을 때는 왕국이었는데.'

그 차이점이 신경 쓰였다.

'연합국이 후에 왕국이 되는 건가?'

*　　*　　*

디안이 응접실의 문을 벌컥 열었다. 텅 빈 응접실 소파에 혼자 앉아 있던 쿤이 천천히 일어났다.

"이 괴물 같은 자식."

내뱉는 말과 어울리지 않게 디안은 히죽 웃었다. 그는 성큼성큼 쿤에게 다가갔다. 주먹 쥔 손등으로 쿤의 몸통을 쳤다. 과장된 동작에 힘은 거의 들어가지 않았다.

"사람 궁금해서 죽을 지경으로 만들어 놓고. 며칠 전에 돌아왔다면서 뭘 하느라 이제 왔냐?"

"오랜만에 돌아왔으니 이것저것 잡다하게 처리할 게 많아서. 약혼 축하한다."

"결혼까지 해야 마무리지."

"날짜는?"

"아무래도 올해는 넘길 듯싶다."

쿤이 픽 웃었다.

"리먼 공작이 죽고 나니 그로시 공작은 급하게 서두를 이유가 없다 이건가?"

"그것보다도 광산 운영권 갖고 눈치작전 중이라 딴 데 신경 쓸 여유가 없을걸."

"아아. 그 문제가 있었군."

제국의 모든 광산 소유권은 국가에 있었다. 황실이 소유권을 행사했고 광산의 운영은 공작들에게 위임했다. 제후 공작 가문들이 갖는 가장 큰 특권이 바로 이 광산 운영권이었다.

광산은 수익에 따라 등급을 매겼다. 당연히 너도나도 높은 생산성의 광산을 선점하려고 다퉜다. 광산 운영권을 어떻게 분배하는가는 공작 가문 상호 약정으로 이루어졌다.

리먼 가문은 가장 등급이 높은 광산 운영권을 독점해 그동안 많은 이득을 챙겼다.

운영권은 여섯 가문의 주인 중 하나라도 세대가 바뀔 때마다 재협의했다. 리먼 공작의 죽음으로 운영권을 둔 재협상이 시작됐다.

"차기 리먼 공작이 골치 아프겠네. 다들 벌떼처럼 달려들 테니."

"그래서 아직 은왕이 약혼하지 않은 게 뜻밖이야. 아무래도 적왕이 루크 가문과 모튼 가문 사이에서 이리저리 재느라 시간을 끄는 것 같아."

쿤이 살짝 미간을 좁혔다. 떠나 있는 동안 그녀가 약혼할 가능성이 크다고 생각했다. 속이 쓰려도 막을 명분이 없었다.

결혼만 안 하면 된다. 이혼은 어려워도 파혼시킬 방법은 많았다. 사막에서의 일이 오래 걸려서 그녀가 그사이에 결혼할까 봐 얼마나 조바심이 났는지 모른다.

그런데 사람 마음이 간사했다. 막상 돌아와 보니 그녀는 아직 약혼하지 않았고 곧 진행될 약혼식을 지켜봐야 하니 심란했다.

"이쪽 돌아가는 얘기는 나중에 듣고 네 얘기 좀 해 봐. 어떻게 된 거야?"

디안이 재촉했다. 기가 막힌 모험담을 고대하는 아이 같은 표정이었다.

"대충 정리해서 보내 줬잖아."

"그걸로 퉁칠 생각 마. 사막의 정세를 살펴보러 간다더니. 바꿔 버리고 왔으면서!"

디안은 말하다가 끝에는 거의 소리를 질렀다.

"어쩌다 보니."

"어쩌다 보니? 소 뒷걸음질로 쥐 잡은 격으로 나라를 꿀꺽 집어 삼켰다는 미친 소리냐, 지금?"

"나라를 집어삼키긴 뭘."

"연합국 건국의 일등공신이라며. 나도 한때 사막에 가 본 적 있어서 알거든? 사막 부족이 얼마나 배타적인데. 연합국 주축인 세 부족에서 앞다퉈 널 국서 삼으려고 경쟁했다는 소문이 내 귀에 들어왔다. 그쪽 사람들이 의리는 끝내주지. 가족으로 삼겠다는 건 완전 등을 맡겼다는 뜻이야."

"……별 쓸데없는 소리를."

쿤이 혀를 찼다. 디안에게 심부름꾼으로 보낸 수하가 가볍게 입을 놀린 모양이었다.

"승낙하지 그랬냐? 거긴 사위에게도 부족장 지위를 물려주잖아. 사막의 관습으로는 부인은 여럿 둬도 되니까 세 부족의 여자를 전부 아내 삼으면 네가 왕이 될 수도 있는데."

"미쳤냐? 내가 그 짐들을 떠안게?"

쿤은 인상을 꽉 썼다. 진심으로 싫었다. 라드 일족 건사만으로도 등골이 휘어진다. 사막 부족까지 챙길 생각은 전혀 없었다.

디안이 묘한 표정을 지었다.

"그렇게 귀찮은 일은 왜 했는데? 난 네가 워낙 일을 어마어마하게 저질러서 사막에 나라 세우려나 했지. 사막 사람들이 기가 세기는 한데 그걸 네가 휘어잡지 못할 리는 없고."

쿤이 입을 열었다가 다시 다물었다. 디안이 눈을 가늘게 떴다.

'오호라. 네가 뭔가 노리는 게 있긴 했구나.'

그게 뭔지는 감이 안 잡혔다. 이미 가진 것이 워낙 많은 녀석이다. 딱히 권력을 쥐려고 안달복달하는 타입도 아니었다.

쿤은 탐색하는 디안의 시선을 흘려 넘겼다. 눈치 빠른 녀석이 감을 잡았으니 앞으로 좀 귀찮겠다.

"뭐, 내게는 좋은 소식이네. 사막으로 간다고 할까 봐 걱정했지. 내가 네 도움이 필요 없을 때까지 내 곁에 있어 줘야 해."

"……하여간 뻔뻔하긴."

쿤이 일어났다.

"벌써 가?"

"수다 늘어놓을 시간 없다. 인사만 잠깐 하러 온 거야. 아, 그리고 사냥 대회……."

"계획대로 외숙께서 폐하를 뵙고 무사히 돌아오셨다. 무슨 말씀을 나눴는지 아직 못 들었어. 곧 뵈러 갈 거야."

"그건 알아서 해. 사냥 대회 우승으로 루크 가문의 보검 얻었지?"

"그랬지."

"그거 나 줘."

디안은 의아한 표정으로 고개를 끄덕였다. 더 귀한 보물이라도 쿤에게 못 줄 이유가 없었다.

쿤은 검 한 자루를 챙겨 황궁에서 나왔다.

황궁을 나와 곧바로 빈민가로 향했다. 디안이 황녀의 약혼 이야기를 꺼내 생각난 김에 잠시 미뤄 둔 일을 처리하러 갔다.

에비타를 만났다.

"내가 의뢰한 내용. 진전이 있나?"

에비타는 의기양양한 표정으로 봉투를 테이블에 올렸다. 쿤이 잡으려 하자 봉투 위를 손으로 눌렀다.

"우리가 이 정보를 구하려고 얼마나 고생했는지 알아요? 조직원을 총동원했어요. 중요한 증인까지 확보해 놨다고요."

수고비는 충분히 줬다. 보수 지급에 인색하지 않은 그의 기준에도 아주 많이 줬다. 그래도 두말없이 쿤은 품 안쪽에 손을 넣었다.

"아니요. 재물도 좋지만. 그보다 정보를 줘요."

"정보?"

"올가는 정보 상인이에요. 재물만으로는 조직이 기반을 잡는 데 한계가 있어요. 가치 있는 정보가 필요해요. 뭐든 좋아요."

쿤이 팔짱을 끼고 의자에 등을 기댔다.

에비타가 긴장하며 기다렸다. 그녀는 승부수를 띄웠다. 거절당하면 반격할 방법은 없었다.

"내 정보. 보상으로 쓸 만하겠지?"

"무슨…… 정보요?"

"칼리고 용병단 단장에 관한 정보는 부르는 게 값이라고 들었는데."

대박.

에비타는 표정을 관리했다.

"그야 그렇지만. 얼마든지 팔아도 되는 정보를 준다는 거죠? 가치 있는 정보요."

"저택으로 수하를 보내. 정보를 주지. 하지만 당분간은 공개하지 마. 닷새 정도?"

에비타가 미심쩍어했다.

"혹시 닷새 후에는 공짜로도 구할 수 있는 정보가 되어 버린다거나."

쿤이 피식 웃었다. 올가의 새 수장은 소심하고 의심이 많았다. 그래서 조심성도 많았다. 칼리고를 적으로 돌릴 무모한 짓은 안 할 것 같아 그 점이 마음에 들었다.

올가의 전대 수장은 아버지와 좋은 인연이 있었다. 비록 푸른 수염이 이미 죽고 후계가 뒤를 이었다지만, 가능하면 올가를 응징할 만한 사건이 없기를 바랐다.

"사기는 안 쳐. 그리고 황궁에 다녀오는 의뢰, 한 번 더 하겠다. 은왕을 뵙고 내가 주는 물건을 전해 드리면 돼."

＊　　＊　　＊

패트리샤가 통보했다.

"은왕. 약혼 날짜를 잡았어요. 내달 초예요. 약 보름 정도 남았네요."

시에나는 놀란 기색 없이 대답했다.

"예. 알겠습니다."

패트리샤가 차를 마시자며 부를 때부터 대충 용건은 짐작했다.

"내일부터는 하루에 한 번 루크 군과 차를 마시며 담소를 나누세요. 약혼자인데 너무 데면데면한 모습을 주변에 보이는 건 좋지 않습니다. 별것도 아닌 일로 뒷말이 나와요."

시에나가 이번에는 대답 없이 미간을 찡그렸다.

"은왕. 그 정도는 시간을 내서야 해요."

"예."

시에나는 작은 한숨을 쉬었다. 귀찮지만 어쩔 수 없었다.

'어차피 약혼은 할 거니까 어머니와 부딪칠 필요는 없지. 내 주변 사람만 다쳐.'

하나를 얻은 대신 하나를 잃었다. 어머니를 압박해 포프 백작부인을 구한 대가로 백작부인이 자신의 약점이라는 사실을 어머니에게 알린 셈이 되었다.

두 사람은 마치 아무 일도 없었던 것처럼 평화롭게 차를 마셨다. 겉보기에 모녀 사이는 작은 균열도 느껴지지 않았다.

시에나는 궁으로 돌아와 베스에게 자신의 약혼 사실을 마치 남 얘기처럼 말했다.

"내일부터 약혼식 전날까지 매일 오후 루크 백작 영랑이 찾아올 테니 알고 있으시오."

"예. 시녀들에게 일러두겠습니다. ……전하. 약혼이 달갑지 않으신 것 같습니다."

"내 의사가 무슨 상관이오."

"아닙니다. 전하께서 누군가와 가족을 이루는 일입니다. 전하의 뜻이 가장 중요합니다."

시에나가 책상에 턱을 괬다.

"그대도 정략혼 아니었소?"

"정략혼이지만, 혼인 전에 충분히 서로를 알아가는 시간을 가졌습니다. 저는 남편과 평생을 함께해도 괜찮다고 확신했습니다. 하지만 전하께서는……."

"물론 난 그런 확신은 없소. 그대에게만 하는 말이지만 솔직히 난 그자가 싫어."

조세프의 뻔뻔한 면상을 볼 때마다 역겨웠다.

시에나의 직접적 표현에 베스는 아주 놀랐다.

"그런데 감정이 없는 결혼 생활이 꼭 나쁘기만 한가? 애정으로 결혼한 이들이 평생 그 애정을 유지하며 사는가?"

"……."

"사람의 마음은 영원하지 않소."

베스가 안타깝게 황녀를 바라보았다. 황녀의 나이는 이제 겨우 스무 살이었다. 영원한 사랑을 꿈꾸며 반짝거려도 된다. 그 나이에서만 누릴 수 있는 특권이었다.

"처음부터 감정이 없으면 나중에 변해서 괴로울 일은 없겠지."

쿤의 따뜻한 눈빛과 꿈에서 본 그의 냉기 가득한 표정이 번갈아 떠올라 가슴 안쪽이 저릿했다.

베스는 점점 의아했다. 듣다 보니 냉소적인 결혼관의 문제가 아닌 것 같았다.

'오히려 그 반대 같아.'

베스는 전부터 설마설마했다가 이제 거의 확신했다. 황녀에게는 분명히 남자가 있었다. 놀라움은 잠시, 베스는 얼굴도 이름도 모를 그 남자에게 분노했다.

'어떤 놈팡이가 감히.'

황녀에게 마음고생을 안기는 그놈이 아주 괘씸했다.

*　　*　　*

약혼식 준비는 순조로웠다. 패트리샤가 적극적으로 나서서 진두지휘하니 고작 보름 만에 호화로운 약혼 파티 준비가 완벽하게 끝났다.

하지만 패트리샤가 기대한 만큼 시에나의 약혼식은 화제가 되지 않았다.

겉보기에는 성공적인 파티였다. 때마침 대관과 영주들이 중앙의회 참석을 위해 상경한 터라 파티는 대성황이었다. 그런데 삼삼오오 모여서 나누는 이야기는 오늘의 약혼식이 아니었다.

사막이 통일되었다는 소식이 사교계에 퍼졌다. 황궁을 향해 오고 있다는 페로 연합국 사신에 관해 다들 궁금해했다.

"수도로 오고 있다는군요. 정기선을 타고 온대요."

"모래 더미에서 살아오던 자들이 배를 처음 타고 놀라 기절하지 않았을까요?"

"야만인들이 예법은 알는지 모르겠어요."

"괴력이 엄청나다던데요. 맨손으로 짐승을 찢어 죽인대요."

사람들은 근거 없는 소문들을 퍼 날랐다. 낯설어 경계하는 마음은 있어도 적대감은 아니었다. 그 사납다는 사막인도 알아서 황제께 고개를 조아리러 오는구나, 제국인으로서 으쓱했다.

"잘 어울리는 한 쌍이네요."

누군가의 말에 다들 고개를 돌렸다.

약혼식을 치른 커플이 연회장을 다니며 사람들과 인사를 나누었다. 미남 미녀가 함께 서 있으니 보기 좋았다.

하지만 남녀의 표정은 대조적이었다. 조세프는 세상을 쥔 것처럼 싱글벙글했다. 곁에 있는 황녀는 평소처럼 감흥 없는 표정으로 미소조차 짓지 않았다.

사람들은 전에는 그게 당연하다고 생각했다. 황제도 그랬으니까. 황녀도 황제와 마찬가지로 감정을 잘 느끼지 못하는 신족이니까.

그러나 디안의 등장으로 인식이 바뀌었다. 철왕 또한 신족이지만, 그는 달랐다. 서글서글하게 사람들과 어울렸다. 잘 웃고 떠들었다.

귀족들은 손 닿지 않는 존재인 황족을 어려워하면서도 닿고 싶어 애타게 손을 뻗었다. 그래서 친근하게 다가오는 디안이 색달랐고 그게 호감으로 이어졌다. 일부 사람은 철왕의 가벼움을 폄하했지만, 그 수는 많지 않았다.

"참, 다들 그 얘기 들었어요?"

"무슨 이야기를 그렇게 재미있게 나누십니까?"

대화 중에 불쑥 끼어드는 자가 있었다. 사람들은 그자의 정체를 확인하고 방만한 자세를 바로잡았다. 조세프와 은왕이 어느새 다가와 있었다.

귀족들이 예의를 차리는 상대는 은왕이었다. 약혼자인 조세프는 사실 아무것도 아니다. 결혼했다고 해도 은왕이 황제가 되어야 배우자는 비로소 왕의 지위를 받는다. 약혼자로서는 '경'으로 예우를 받는 게 전부였다.

루크 공작의 손자, 은왕의 약혼자. 어느 쪽이든 조세프 개인의 능력으로 성취한 건 없었다. 그런데 조세프는 귀족들의 예우가 당연히 자신의 것인 양 도취되었다.

"이야기가 왜 끊어진 겁니까? 우리가 들으면 곤란한 이야기인가 봅니다."

난처한 상황에 부닥친 귀부인이 순간 은왕의 눈치를 살폈다. 오해의 소지가 있는 말이었다. 주변의 몇 사람은 입술을 슬쩍 비틀며 벌써 위세를 부리려는 조세프를 비웃었다.

"아닙니다. 루크 경. 그저 떠돌던 소문을 재미 삼아……."

"무슨 소문인데 그럽니까?"

귀부인은 언짢은 기분을 능숙하게 감추었다.

"라드 상회에 관해서요."

"아, 그 얘기는 나도 들었습니다."

중년의 남자가 나서서 말했다.

"나도 얼핏 들었는데. 요즘 그 소문이 파다하더이다."

다른 사람이 더 끼어들었다. 슬그머니 물러나게 된 귀부인은 안도의 숨을 내쉬었다.

"라드 상회의 소문이요? 거긴 언제나 소문은 많던데요."

조세프가 물었다. 소문에 어두운 편은 아니지만, 최근 약혼식 준비로 다른 데 신경 쓸 겨를이 없었다.

"상회의 주인에 대한 소문이지요."

"이번엔 꽤 구체적이지."

"일관된 정보가 돌아다녀서 신빙성이 있어요."

"회주가 노인이다 여자다 말이 많았잖아요. 젊은 남자랍디다."

"대륙의 귀족이라고도 하던데. 조상 대대로 상업을 해서 대륙의 여러 나라에서 받은 작위가 한둘이 아니라 하오."

근래 사교계에서 가장 뜨거운 화제답게 봇물 터지듯 여기저기서 말이 쏟아졌다.

'라드 상회.'

시에나는 무심한 표정으로 사람들의 수다를 흥미롭게 귀담아들었다. 제국의 상업에 워낙 막대한 영향을 미치는 집단이라 시에나도 관심이 많았다.

라드 상회는 아주 오래전부터 제국에 자리를 잡았지만, 정체성이 모호했다. 제국의 심장부인 수도에 수상한 무리가 둥지를 틀도록 내버려 두는 게 꺼림칙해도 제국의 상업 발전에 이바지한 막대한 공을 무시할 수가 없었다.

그리고 라드 상회는 은근히 상거래 질서의 올바른 기준이 되었다. 백성들에게 폭리를 취하지 않고 엄청난 세금을 꼬박꼬박 낸다. 정치에 관여하지도 않았다. 트집 잡을 구석이 없었다.

'주인이 젊은 남자. 그럴 수도 있지. 역사가 오래된 상회이니 창업주는 아닐 테고 물려받은 후계일 텐데.'

시에나는 판에 박힌 축하 인사를 듣는 것보다 소문을 듣는 쪽이 훨씬 좋았다. 하지만 조세프는 지금의 분위기가 못마땅했다. 자신이 오늘 주인공이 되어야 하는데 다들 딴 얘기에 정신이 팔렸다.

"대륙에서는 라드 상회보다 상회에서 운용하는 사병 집단이 더 유명하다고 해요."

"사병? 상회에서 군사를 육성한다는 거요?"

"제국과 다르게 대륙 쪽은 무법지대니까요."

"하긴. 무질서하지."

"그 사병 집단에게 이름도 있던데. 뭐라더라, 칼리……."

"커흠."

조세프가 시선을 끌려고 시도했다. 그의 헛기침 소리에 묻힌 단어 하나가 선명하게 시에나의 귓속으로 파고들었다.

"방금 뭐라고 했소?"

은왕이 입을 열자 떠들던 목소리들이 딱 그쳤다.

"라드 상회가 운용한다는 사병 집단. 그 집단의 이름을 누가 말했는데?"

젊은 남자가 대답했다.

"예. 전하. 제가 말했습니다. 한데 얼핏 들어 기억이 확실하지 않습니다."

"칼리고?"

남자가 '오!' 하면서 고개를 끄덕였다.

"예. 말씀을 들으니 기억납니다. 틀림없이 그런 이름이었습니다."

"칼리고 용병단 말인가?"

"용병단인지는 잘 모르겠습니다."

"라드 상회는 대륙에서만 활동하는 사병을 갖고 있다. 이렇게 정리하면 맞소?"

"예. 전하."

"듣자 하니 라드 상회의 정보가 상당히 많이 풀린 것 같소. 라드 상회의 주인. 그자의 이름을 혹시 들어 본 사람은 없는가?"

시에나가 모여 있는 사람들을 둘러보았다. 다들 서로의 얼굴만 보며 나서는 자가 없었다.

"전하. 제가 들어 알고 있습니다."

사람 무리의 안쪽에서 누군가 말했다. 다들 자연스레 터 주는 길로 중년인이 나왔다.

"메르제 백작. 사교계의 일은 그대가 모르는 게 없다더니 과연 소문에 빠르시오."

"남 얘기를 듣기 좋아할 뿐입니다. 전하."

"라드 상회의 회주를 만난 적 있소?"

"만나지는 못했습니다."

"그자의 이름이 무엇이오?"

"제국에서는 생소한 작명이었습니다. 그자의 이름은 쿤 라드입니다."

시에나는 손톱이 손바닥을 파고들도록 힘을 주었다. 사람들에게 흔들리는 표정을 보이지 않도록 필사적이었다.

피곤하다는 핑계를 대고 시에나는 궁으로 서둘러 돌아왔다. 곧바로 집무실로 들어가 책상 아래 서랍을 열었다. 봉투가 두 개 있었다. 위의 것은 얼마 전 에비타가 심부름꾼으로 와서 주고 간 반당에 관한 정보였다.

시에나는 아래의 봉투를 책상에 올렸다. 몇 개월 전 에비타가 준, 칼리고 용병단에 관한 정보다.

그녀는 크게 심호흡한 후 안의 서류를 꺼냈다. 초조한 마음을 억누르며 첫 장부터 차분하게 읽었다. 기대보다는 실망스러웠다. 일전에 길버트에게 지시해서 받았던 내용과 큰 차이가 없었다.

그런데 시에나는 거의 마지막 장에 이르러 짧고 강렬한 문장을 발견했다.

—칼리고 용병단 단장이 지닌 흑검은 뽑으면 반드시 피를 본다는 악명이 붙어 있다. 단지 소문만이 아니라 단장의 검날을 보고 살아 돌아간 적은 없다고 한다.

온몸의 피가 차게 식었다. 그와의 첫 만남이 떠올랐다.

「뽑으면 피를 봐야 하는 검입니다.」

그때는 웃기는 허세라고 생각했다.

"칼리고…… 라드 상회……"

그가 대륙의 이 나라 저 나라에서 받은 작위가 여럿이라는 소문도 과장은 아닐 것이다.

'평범한 사람은 아니라고 생각했지만.'

시에나는 책장에 앉아 두 손으로 머리를 감싸 쥐었다.

'공왕은 철왕이 방패막이로 만든 신흥 세력이 아니었어.'

쿤 라드. 그 남자가 킹메이커였다.

'그가 철왕을 황제로 만든 거야.'

공왕의 지위는 보상이었을 것이다. 앞뒤가 다 맞아떨어졌다. 철왕의 뒷배만으로 얻은 자리가 아니기에 공왕은 황제가 죽은 후에도 권력을 잃지 않은 것이다.

시에나는 해가 지고 집무실이 어두워지도록 책상에 앉아 있었다. 울 수도 웃을 수도 없었다.

*　　　*　　　*

문이 열리자 보좌관이 평소보다 훨씬 다급한 걸음으로 성큼 들어왔다. 보좌관의 상기된 표정을 살피며 시에나가 물었다.

"무슨 일인가?"

"전하. 페로 연합국의 사신들을 태운 정기선이 도착했다고 합니다."

시에나가 벌떡 일어났다.

"그들이 황궁에 당도했나?"

"아닙니다. 배에서 내리지는 않은 상태로 황궁에 소식만 전했습니다."

"폐하께서 내린 말씀은?"

"아직입니다."

"자네는 새로운 소식이 들어오는 대로 바로 내게 가져오게."

"예. 전하."

이후 상황이 기이하게 돌아갔다. 사신단의 대표가 황제를 알현하고 돌아간 뒤 황명을 받든 관리가 사신단의 배를 방문했다. 이 과정이 몇 번 반복되었다. 양측의 대표들이 부지런히 오갔다.

여전히 사신단은 부두에 정박한 배에서 내리지 않았다.

시간이 흘러 다음 날 아침이 되자 수도에 소문이 쫙 퍼졌다. 수도 남쪽의 부두에 사막에서 온 사신단이 와 있다는 소식을 대부분 알게 되었다.

수도 거주민들은 미지의 존재에 호기심과 두려움을 동시에 느꼈다. 평소보다 훨씬 많은 사람이 부두에 몰려들었다.

사신단의 대표는 황제만 만났다. 황제도 그들과 무슨 긴한 얘기를 하는지 공개하지 않았다.

그리고 오후에 황제가 임시 회의를 소집했다. 공작 가문의 마차들이 시차를 두고 차례차례 황궁에 도착했다. 행정 관부의 수장들도 태양궁으로 들어갔다.

시에나는 대회의실 입구에서 디안과 마주쳤다. 두 사람은 잠시 멈칫했다가 눈짓으로만 가벼운 인사를 나눈 뒤 회의실로 들어갔다.

'철왕은 언제든 원할 때 쿤과 연락하고 만나겠지.'

시에나는 쿤이 찾아올 때만 기다려야 하는 자신의 상황에 넌더리가 났다. 애써 잔잔하게 가라앉힌 그녀의 마음에 다시 풍랑이 일었다.

'나쁜 놈.'

약혼을 정말 할 거냐고 못마땅해했으면서 약혼식을 한 지가 언제인데 아직 연락도 없었다.

'그 개자식은 날 기만하고 있어. 좋아한다고? 흥! 그런 말로 날 현혹하면 내가 넘어갈 줄 알고?'

약혼식 이후 내내 심사가 복잡하여 무겁게 가라앉아 있던 기분은 시간이 흐를수록 화가 났다. 지금 그녀는 독이 바짝 올라 있었다.

"황제 폐하 납시옵니다."

시종이 외쳤다. 회의실의 모두가 기립했다. 시에나는 무안함을 감추려 시선을 아래로 내렸다. 회의실에 앉아 남자 생각을 한 자신이 부끄러웠다.

"모두 앉으시오."

"황공하옵니다. 폐하."

회의실의 소음이 완전히 가라앉은 후 황제는 바로 본론을 꺼냈다.

"다들 들어 알 것이오. 지금 페로 연합국의 사신단이 수도 근처에 당도했소. 연합국의 대표는 짐에게 요구 사항을 전달했소."

슐츠 공작이 말했다.

"하오면 그들의 대표가 폐하께 알현을 청해 자신들의 요구 사항을 늘어놓았다는 말씀이십니까?"

"그렇소."

회의실이 삽시간에 소란스러워졌다. 여기저기에서 '감히.' '무례한 자들.' 등의 비난이 튀어나왔다.

황제가 슬쩍 손을 들자 다시 잠잠해졌다.

"그들은 자신들의 존재감을 드러내기를 원하고 있소. 제국이 자신들을 환영한다는 뜻을 보여 주면 제국의 위엄에 고개를 숙여 충성을 다짐하겠다는 거요."

"환영의 뜻이라 하시면……."

"사신 행렬이 수도를 가로지르고 싶다 하더군."

귀족들은 연합국의 요구 사항을 대충 이해했다. 휘황찬란한 퍼포먼스를 하겠다는 거다.

딱히 무리한 요구는 아니었다. 다른 왕국의 제후들도 제국의 수도에 올 때마다 보란 듯이 요란한 행렬을 이끌었다. 그건 수도 거주민들에게 꽤 쏠쏠한 구경거리였다.

리먼 공작이 된 더그가 말했다.

"그들의 요구가 그뿐이라면 폐하께서 그들의 허영심을 관대하게 받아 주셔도 될 듯합니다."

"짐도 그럴 생각이오."

귀족들은 눈동자를 굴렸다. 황제가 바라는 게 뭘까 열심히 고민했다.

슐츠 공작이 말했다.

"폐하. 그들은 스스로 제국의 신하가 되겠다고 자청했습니다. 먼저 고개를 숙이는 자에게 제국이 너그러운 모습을 보여 주심이 어떠신지요."

"너그러움이라……. 이를테면 어떤?"

"선물을 안겨 주시옵소서."

"어느 정도?"

"그들이 기대한 것보다 큰 선물을 하사하시면 그들의 감격이 더할 것입니다."

두 사람의 대화에서 귀족들은 슬슬 눈치챘다. 황제와 슐츠 공작은 이미 말을 맞추었고 공작이 바람잡이 역할을 맡았다.

"공의 의견이 타당하오. 짐은 그들에게 신목의 큰 가지를 내릴까 하오."

제국은 제후가 된 나라에게 특별한 선물을 주었다. 황제가 직접 신목의 가지를 꺾어 하사했다. 정략적 가치가 큰 제후국에는 큰 가지를, 그 외에는 잔가지를 주었다.

신목의 가지는 상징적인 의미 외에 특별하고 신비한 힘이 있었다. 사막귀라고 불리는 괴물의 이름 어원은 '사막에서 출몰'하기 때문이 아니라 '사막화 현상'을 일으키기 때문이었다.

괴물들은 본능적으로 초목을 싫어했다. 숲을 파괴하고 목초지를 황폐화했다. 그런데 그것들이 신목의 근처는 얼씬하지 못했다.

그래서 천하를 지배한다는 제국의 영토는 생각보다 넓지 않았다. 제국은 영토를 확장하려는 야욕도 품지 않았다. 제국의 영토는 신목이 사막귀의 접근을 막는 곳까지였다.

신목의 가지에도 비슷한 힘이 있었다. 물론 신목의 어마어마한 영향력과는 비교가 안 된다. 큰 가지라고 해도 작은 마을 넓이의 방어막이 고작이다. 신목과 다르게 시간이 지나면 시들어 버렸다.

그래도 신목의 가지는 백성들에게 안도감을 주어 민심을 붙드는 데에 큰 위력을 발휘했다.

"다른 의견이 있소?"

황제의 물음에 아무도 대답하지 않았다.

'거래가 있구나.'

다들 눈치챘다. 황제와 연합국의 사신단, 양측은 이미 협상을 마쳤을 것이다. 아마 그 거래로 황제가 만족스러운 이득을 본 듯했다.

"영명하신 판단이십니다. 강권의 휘두름 없이 먼저 고개를 조아리는 자에게 후한 상을 내리면 제국의 위엄을 드높일 것입니다."

더그가 눈치 빠르게 모범 답안을 내놓자마자 다들 질세라 동조했다.

"관대하신 결정이십니다. 폐하."

제국은 괴물의 위협에서 완벽하게 안전했다. 누리는 게 많으면 잃었을 때의 공포도 더 커지기 마련이다. 제국인들은 신목이 사라지면 자기 삶의 기반이 모두 무너지고 세상에 암흑이 도래할 거라고 믿었다.

그러므로 유일하게 신목에 손댈 수 있는 황제는 절대권력자이며 황족은 신족이었다. 제국인들이 황실을 종교처럼 떠받드는 이유였다.

황제는 제 목적을 달성하자 뒷일은 맡기고 가 버렸다.

이제 남은 귀족들이 사신단을 영접하는 절차를 논의하기 시작했다.

"수여식은 참 오랜만 아니오?"

"그러고 보니 대체 얼마 만이오?"

제국의 주변국 전부는 제후국의 맹세를 하며 신목의 가지를 받아갔다.

　신목의 가지는 시들 때까지 짧게는 몇 년 길게는 수십 년이 걸리기도 한다. 그래서 수여식은 자주 벌어지는 행사가 아니었다. 더구나 제후국이 새로 합류하는 건 아주 오랜만이었다.

　"정성을 보이는 게 좋지 않겠소?"

　"하지만 사막에서 온 자들의 기질을 아직 알 수가 없으니……."

　"지금까지 구축한 제국의 외교 질서를 그들이 흩뜨릴까 봐 염려되오."

　"그들에게 과도한 특별 대우를 하면 다른 제후국에서 불만이 나올 거요."

　"그들을 소홀히 대하는 건 폐하께서 바라시는 게 아니오."

　연합국의 외교적 지위를 어느 정도 선에 두어야 할지 논쟁이 벌어졌다. 수여식은 언제 어디서 어떤 규모의 행사로 진행할지도 중요한 문제였다.

　'더 있어 봤자 얻을 건 없겠군.'

　시에나는 자리에서 일어났다. 회의실을 나와 복도를 걷는데 뒤에서 그녀를 부르는 소리가 들렸다.

　"은왕."

　돌아보자 디안이 다가왔다.

　"이런 데서 갑자기 불러 놓고 이상한 소리 같겠지만……."

　디안이 겸연쩍어하며 말했다.

　"소풍…… 가지 않을래요?"

"소풍요?"

"아, 당연히 나와 단둘이 가자는 게 아니라요. 비올렛과, 내 약혼녀도 함께요."

시에나는 순하고 말간 표정의 그로시 영애를 떠올렸다.

"은왕을 초대하고 싶어 하더군요. 멀리는 안 갑니다. 황궁을 벗어나지 않을 거예요. 호위 기사는 당연히 데려와도 되고요."

제국의 정계가 돌아가는 사정을 어느 정도만 알아도 철왕에게 은왕과 함께 소풍 가자고 제안하지 못할 것이다. 그런 짓을 철왕의 약혼녀가 했다.

비올렛은 사교 활동을 거의 하지 않아 세상일에 어둡고 조부의 일방적인 사랑만 받으며 자라 사람의 악의를 몰랐다. 은왕과 철왕의 관계도 그냥 친하지 않아 서먹하다고만 생각했다.

그런데 디안은 약혼녀의 무지한 해맑음이 정말 귀여웠다. 약혼녀를 기쁘게 해 주기 위해 이런 팔불출 짓을 하고 있었다.

"언제요?"

"아직 정하지는 않았어요."

"좋습니다."

"정말이죠?"

"예."

시에나는 비올렛이라면 어울려도 괜찮겠다고 생각했다. 약삭빠른 사람 같지 않았다.

"혹시……."

"예?"

시에나는 쿤에 관해 묻고 싶어 망설이다가 말을 돌렸다.

"내 수석 시녀를 데려가도 괜찮겠습니까?"

"얼마든지요."

"날이 정해지면 알려 주세요."

"그러지요. 지금 궁으로 돌아가는 길이에요?"

"예."

"같이 갑시다. 어차피 중간까지 겹치는 길이니."

두 사람이 함께 태양궁을 나왔다. 시에나는 자신의 그림자와 나란히 움직이는 디안의 그림자를 보며 감회가 새로웠다.

'참 이상하다. 올해 초만 해도 상상하지 못했던 일인데.'

친한 사람처럼 철왕과 함께 걷고 있다. 어색하긴 해도 거북하지는 않았다.

"철왕. 혹시 반당의 무리를 직접 만나 본 적이 있습니까?"

"운 나쁘게 과격한 자들과 몇 번 부닥쳤지요."

역시. 철왕은 자신과 다르게 반제국 세력을 알고 있었다.

'철왕은 좋은 황제가 될 거야.'

그의 치세가 엉망이었다면 미래의 자신이 초상화 앞에 서서 죄책감이 가득한 독백을 늘어놓지 않았을 것이다.

시에나는 황제의 뒤를 이을 자격 있는 사람은 자신뿐이라고 생각했다. 정통성은 둘째 문제고 디안의 자질이 한참 미치지 못한다고 단정했다.

오만한 편견이었다. 디안이 어떤 사람인지 잘 알지 못하면서 멋대로 판단했다.

'하지만 내가 철왕보다 부족하지는 않아.'

디안과 헤어져 궁으로 가는 길에 시에나는 계속 흔들리던 마음을 굳건히 다잡았다.

'철왕. 당신이 음습한 음모로 내게 와야 할 제위를 갈취한다면.'

꿈에서 어머니가 피를 토하듯 말한 내용이 사실이라면.

'난 절대 순순히 물러나지 않겠어. 내 모든 것을 걸고 싸울 거야.'

하지만.

'순리에 따라 당신이 황좌에 앉게 된다면 그건 아르의 뜻이겠지.'

신의 뜻을 어찌 일개 인간이 거스를 수 있겠는가.

결론을 내리니 무거운 짐을 내려놓은 것처럼 홀가분했다. 그녀는 옅게 미소 지었다.

* * *

꼬박 하루가 걸려 임시 회의가 끝났다.

페로 연합국의 외교적 지위는 가장 높은 '특'의 아래 단계인 '상'으로 결정됐다. 그전까지 사막 부족과 제국 사이에 거의 교류가 없었던 점을 고려하면 대단히 파격적이었다.

연합국에 대한 처우는 슐츠 공작의 주장이 가장 큰 지지를 받았다. 황제의 뜻이 반영되었음을 다들 짐작했기 때문이었다.

신목의 가지 수여식은 나흘 뒤, 사신단을 환영하는 성대한 연회를 겸하여 황궁의 연회장에서 진행하기로 했다. 고작 며칠 안으로 규모가 큰 연회를 준비해야 하는 예식부는 발등에 불이 떨어졌다.

연회가 열린다는 소식은 귀족들 사이에 빠르게 퍼져 나갔다. 은왕의 약혼식 이후 당분간 황실에서 주도하는 파티는 없으려니 생각했던 귀족들이 환영했다.

준비 기간이 짧아 새 드레스를 맞추지는 못하지만, 남다른 소품을 마련하기 위해 귀부인들은 의상실로 향했다.

수여식 당일, 오후의 행사에 참석하기 위해 시에나는 오전부터 몸단장이 한창이었다. 분주하게 움직이는 시녀들을 베스가 지휘했다.

평소 하던 대로 드레스 세 벌을 맞추고 그중 한 벌을 고를 여유가 이번에는 없었다. 약혼식을 위해 제작했으나 입지 않았던 두 벌중에서 베스가 골랐다.

드레스는 보라색이었다. 색 때문인지 약혼식 날 입기에는 느낌이 강렬해서 제외됐다.

가슴과 허리를 두른 꽃문양 자수에 생화의 꽃잎을 둘러 감아 꿰맸다. 미리 할 수 없는 작업이므로 드레스를 입을 때 일일이 꿰매야했다. 이 작업을 하느라 오늘 준비에 한참 걸렸다.

"아름다우십니다. 전하."

베스가 흐뭇하게 웃었다.

"다 된 거요?"

"예. 고생이 많으셨습니다. 힘드시지요?"

"파티에 나가기 전에 지치겠소."

시에나의 투덜거림을 들으며 베스가 호호 웃었다. 시에나의 투정은 특별했다. 아무에게나 하지 않는 행동이니까.

"잠시 쉬었다가 나가서요. 엠마에게 차를……."

베스가 멈칫했다. 엠마가 지금 궁에 없다는 사실을 잠시 잊었다.

"엠마는 지금 한창 구경 중이겠지."

"그렇겠군요."

같은 시각, 엠마는 거리에 쏟아져 나온 사람들 틈에 끼여 연합국 사신단의 다채로운 퍼레이드를 정신없이 구경했다.

제국의 수도를 벗어난 적이 거의 없는 사람들에게 사막인들의 문화는 이질적이었다. 행진을 이끄는 생소한 짐승조차도 눈길을 끌었다.

"대체 저 짐승은 뭐지?"

"병에 걸린 건가? 등에 엄청난 혹이 달렸네."

"덩치가 굉장한데. 사납지는 않은가?"

"우와! 저게 다 금이야?"

열을 지어 느릿하게 걷는 수십 마리의 낙타의 등에 금과 보석으로 엮은 번쩍거리는 장식이 주렁주렁 매달렸다. 그 뒤를 금은보화를 잔뜩 담은 은쟁반을 어깨에 짊어진 건장한 사내들이 걸어갔다.

"사막은 모래 속에 금이 잔뜩 들었나 봐."

"사막은 모래만 파면 금이 나온대."

그전까지 사막은 쓸모없는 모래만 가득한 땅, 끔찍한 괴물들이 나타나는 땅이었다. 그 땅에 살아가는 사람들마저 야만적이고 잔 인하다고 알려졌다.

눈부신 보석으로 치장한 화려한 행렬은 사람들에게 강렬한 인상을 남겼다. 입에서 입으로 사막에 대한 다른 인식이 조금씩 퍼져 나갔다.

활짝 열린 황궁의 정문을 통해 사신단 행렬이 들어갔다. 그들은 근위 기사들이 이끄는 방향을 따라 황궁의 깊은 안쪽에 있는 연회장으로 향했다.

이미 연회장에는 참석한 사람들이 가득했다. 다른 파티와 다르게 흥겹게 들뜨기보다는 차분하게 가라앉아 있었다.

"황제 폐하 납시옵니다!"

시종이 황제의 등장을 외치고 잠시 후 황제가 연회장으로 들어왔다. 황제가 연회장을 가로질러 높게 단을 쌓아 마련한 황좌에 올라가 앉았다.

동시에 바깥으로 통하는 연회장의 큰 문이 활짝 열렸다. 모두의 시선이 일제히 그쪽으로 향했다.

터번을 머리에 쓴 사내들이 선두에 있었다. 단조로운 색상과 형태의 옷을 입었으나 독특한 매듭의 끈으로 소매와 허리를 장식해서 소박한 느낌은 없었다.

그들은 제국인보다 피부색도 눈동자도 짙었다. 근처의 근위기사들과 키 차이가 거의 없는 것으로 보아 체격이 컸다. 그들의 뒤로 은쟁반을 든 사내들이 들어왔다. 옷차림은 훨씬 단순해 신분이 낮은 자들로 짐작되었다.

사내들이 연회장 한쪽에 쟁반 위의 금은보화를 쏟아 냈다. 연회장에 작은 보석의 산이 만들어지는 과정을 귀족들이 얼빠진 표정으로 구경했다.

"저게 무슨……."

"해괴한 짓이네요."

귀족들의 표정이 좋지 않았다. 금붙이에 대놓고 환호하는 건 무지한 백성들이나 하는 짓이었다. 그들은 고상한 귀족이었다. 노골적인 재력 자랑은 천박하다고 생각했다.

가장 마지막으로 들어온 자들의 행색은 기괴했다.

"사막의 기사들인가?"

"갑옷이 좀……."

귀부인들은 노골적으로 질색했다. 흔히 생각하는 '기사'의 이미지에 맞지 않았다.

기사가 사열 등의 행사 때 입는 갑옷은 여인의 드레스 이상으로 화려했다. 은색으로 빛나는 갑옷에는 장인들이 솜씨를 부려 섬세한 문양을 새겼다. 투구의 머리에는 깃을 달았다. 특수 제작된 어깨의 망토는 바람이 조금만 불어도 근사하게 흔들렸다.

하지만 사막의 기사들이 입은 갑옷은 전에 본 적 없는 형태였다. 거무튀튀한 색에 광채는 전혀 없고 만들다가 만 것처럼 울룩불룩 제멋대로 튀어나와 다듬어지지 않았다. 정의롭게 싸우는 기사가 아니라 악의 무리 같다.

사람들은 겉모습에 정신이 팔려 특이한 사실을 알아차리지 못했다. 흔히 기사들이 걸을 때마다 철컥철컥 쇠가 부딪치는 소리가 나는 것과 다르게 그들이 움직일 때는 어떤 소음도 나지 않았다.

가장 선두의 터번을 쓴 사내가 높은 황좌 아래에서 고개를 숙였다.

『제국의 주인께 하늘의 축복이 함께하시길. 페로 연합국을 대표하여 인사 올립니다. 연합국의 왕이자 투이사 부족의 장 되시는 위대한 분의 아들 시론 투이사 군장입니다.』

옆에 붙은 통역이 말을 전달했다.

"환영하노라."

『환대에 감사드립니다. 저희 풍습으로는 초대를 받아 빈손으로 방문하면 큰 결례입니다. 폐하를 뵙는 영광된 자리에 빈손으로 올 수 없어 부족한 선물을 준비했습니다.』

황제가 금은보화 더미를 흘끗 본 후 고개를 끄덕였다.

"정성이 갸륵하다. 연합국의 성의를 기꺼이 받겠다."

『폐하께 연합국이 신하로서 예를 올리고 충성 맹세를 드리기 전에 간곡한 청이 있습니다.』

"무엇인가."

『저희는 제국의 풍습에 익숙하지 못합니다. 언어조차 능숙하게 습득하지 못하였으니 실수를 하여 오해를 일으킬까 두렵습니다. 하여 연합국의 머리와 입이 되어 줄 자를 내세우려 합니다. 비록 연합국의 백성은 아니지만, 훌륭히 역할을 맡아 주리라고 믿습니다. 전권을 일임하겠습니다.』

"연합국의 백성이 아니다? 그렇다면 그대들은 외인에게 나라의 외교권을 맡기겠다는 뜻인가?"

『비록 자국민은 아니지만, 저희는 그를 피를 나눈 형제처럼 여깁니다. 많은 피를 흘릴 뻔한 전쟁이 그 덕분에 마무리되고 사막은 하나가 될 수 있었습니다.』

"영웅이로구나. 좋다. 지금 이 자리에 있는가?"

『예.』

시론 투이사가 고개를 들고 뒤를 돌아보았다. 기괴한 갑옷을 입은 자들 중에서 한 사람이 앞으로 걸어 나왔다. 시론은 자신이 서 있던 자리를 주저 없이 양보했다. 사내가 시론의 자리에 서서 투구를 벗었다.

사내가 입은 갑옷만큼이나 새카만 머리카락이 드러났다. 그는 한 손을 가슴에 대고 한쪽 무릎을 접으며 몸을 숙였다.

"폐하께 인사 올립니다."

어느새 조용해진 연회장에 나직한 사내의 목소리만 울렸다.

"일어나 고개를 들라."

황좌에서 사선 방향에 서 있던 시에나는 고개를 드는 사내의 얼굴을 뚜렷하게 볼 수 있었다.

'쿤······.'

그녀의 손이 치맛자락을 꽉 쥐었다.

황제는 고개를 든 사내의 얼굴을 유심히 보았다.

"확실히 사막 출신은 아닌 것 같구나. 이름이 무엇인가?"

"쿤 라드입니다."

황제의 눈에 흥미로움이 떠올랐다.

"귀에 익은 이름이로다. 짐이 근래 소문으로 재미있는 이야기를 들었지. 그대는 라드 상회와 무슨 관련이 있는가?"

"집안 대대로 물려받은 가업입니다. 폐하."

"흐음. 그대가 라드 상회의 주인?"

쿤이 자신의 이름을 말했을 때부터 여기저기에서 수군거리던 목소리가 소란이 느껴질 정도의 웅성거림으로 변했다. 이미 사교계에 '쿤 라드'라는 이름이 쫙 퍼진 상태였다.

"그러하옵니다. 이미 저는 집안 대대로 제국과 긴밀한 연을 맺고 있으며 많은 기반을 제국에 두고 있습니다. 페로 연합국과 좋은 인연이 닿았으니 제가 중간에서 연합국과 제국의 긴밀한 유대에 도움이 되고 싶습니다."

"젊은 나이로 큰 집단을 잡음 없이 이끌고 한 나라를 대표하는 자리까지 이르렀으니 훌륭한 인재로구나. 사막에서 그대의 지위는 무엇인가?"

대답은 시론이 대신했다.

『저희는 그를 군장으로 대우하고 있습니다. 군장은 장차 부족의 장이 될 자격이 있습니다. 연합국의 주축이 되는 세 부족의 장은 돌아가며 왕의 자리에 오릅니다.』

"왕족이나 다름없다는 말 아닌가. 그대가 연합국의 백성이라면 상관없으나 외인으로서 연합국으로부터 그만한 지위를 받았으니 제국에서도 균형을 맞추어야겠다."

황제가 잠시 고민했다.

이미 웅성거림은 멎었다. 다들 숨죽이고 황제를 주시했다.

"그대에게 영지를 할양하려면 그대가 먼저 제국의 백성이 되어야 한다. 하지만 연합국의 대리인에게 제국민이 되라고 강요하는 건 이치에 맞지 않는 일. 그대에게 명예 훈작을 서사하겠노라."

주변이 한차례 술렁거렸다.

"비록 봉토는 없으나 그대는 제후국을 대리하므로 외교적 권한은 공작에 준한다. 하지만 제국의 공작들이 제국 내에서 누리는 특권을 공유하지는 못할 것이다. 작위는 대대로 자손이 계승할 수 있고 훗날 반납하여도 불이익은 없다."

지켜보는 귀족들의 눈에 퍽 기이한 장면이었다. 마치 한 사람을 가운데 두고 연합국과 제국이 앞다투어 대우하려는 모습 같았다.

"그대에게 후작의 위를 내린다."

"황은이 망극하옵니다."

제국의 유일한 후작이 탄생했다.

이 자리의 모든 사람은 직감했다. 저 남자는 사교계를 휩쓸 돌풍이 될 것이다. 또한, 페로 연합국이 이후 제국과 어떤 관계를 만들어나가는가에 따라 정계의 핵이 될 수도 있었다.

더구나 라드 상회의 주인.

누구도 라드 상회의 정확한 재산 규모를 알지 못했다. 제국만이 아니라 대륙의 어느 나라를 가도 가장 좋은 자리에 라드 상회의 지점이 있었다.

반드시 친해져야 했다. 아직 그는 제국 내에서 어울리는 세력이 없었다. 모두에게 기회가 열려 있다는 뜻이었다.

쿤을 바라보는 사람들의 눈빛이 뜨겁게 이글거렸다. 그리고 일부 사람은 쿤과 흐뭇하게 웃고 있는 철왕을 번갈아 보았다. 굳은 표정으로 기억을 더듬었다.

'저 사람은 분명히 그때……'

시에나 황녀의 성년 생일에 쿤이 참석해서 철왕과 함께 어울렸던 사실을 기억하는 자들이 몇 명 있었다.

작위를 수여하는 간단한 예식이 끝나고 이어서 신목의 가지 수여식이 엄숙한 분위기 속에서 진행되었다.

시에나는 수여식이 끝나는 것까지만 지켜보고 연회장을 나왔다. 파티를 즐기고 싶은 마음이 전혀 들지 않았다.

*　　*　　*

눈앞에 찻잔이 보였다. 입에 댔는데 아무 맛도 느껴지지 않았다.

─꿈이구나.

달갑지 않았다. 시에나는 지치는 기분이 들었다.

황제가 고개를 들었다. 맞은편에 앉아 있는 중년의 쿤이 보였다. 아까 연회장에서 황제 앞에 당당히 서 있던 그의 모습과 겹쳐 보였다.

"여전히 차를 달게 드십니까?"

그가 찻잔을 내려놓으며 물었다.

"오랜 입맛이 쉬 바뀌겠소."

"너무 달게 드시면 건강에 좋지 않습니다."

그는 잠시 말을 끊었다가 말했다.

"혼절하셨다고 들었습니다. 괜찮으십니까?"

"괜찮소."

"제 수하들이 무례하게 굴었습니다. 사죄드립니다. 반드시 엄하게 잘못을 묻겠습니다."

"그럴 것 없소. 칼리 경의 급한 성격을 모르는 것도 아니고. 여전히 점잖은 칼리 경이 형제가 저지른 일을 수습하느라 애쓰는가 보오."

"예. 여전합니다. 그 둘은 아마 죽을 때까지 저럴 겁니다."

시에나는 그의 입술이 살짝 휘어지는 것을 보았다. 칼리
경 형제를 그가 무척 좋아한다고 느꼈다.

"공왕."

"예."

"내가 왜 하필 오늘, 그대를 만났다고 생각하시오?"

"제가 폐하의 뜻을 어찌 알겠습니까."

"오늘이 처음이고 마지막이오."

쿤의 눈썹이 꿈틀했다.

"오늘 이후 나는 다시는 그대를 만나지 않을 거요."

두 사람이 말없이 노려보듯 눈을 마주친 채 시간이 흘렀
다. 시에나는 황제의 눈을 통해 쿤을 보며 조금 슬퍼졌다.
흑요석 같은 그의 눈동자는 차갑고 단단했다. 어떤 감정적
인 흔들림도 발견할 수 없었다.

"그러니까 공왕. 오늘만큼은 솔직해집시다."

"무엇을요?"

"뭐든. 어차피 마지막인데 못 할 말도 없지 않소. 나는 오
늘 그대와 나눈 이야기들을 내일 아침에 눈을 뜨면 모두 잊
을 거요. 내가 약속만큼은 확실히 지키지. 그렇지 않소?"

쿤의 무표정한 얼굴에 희미한 미소가 올라왔다.

"그건 인정합니다. 황제가 되기 위해 떠나실 때 제게 말
씀하셨지요. 후회하지 않을 것이며 절대 뒤돌아보지 않을

것이라고. 아주 철저하게 그 말씀을 지키셨습니다."

정중한 말투로 그는 빈정거렸다.

"그 이야기는 그만합시다. 어차피 되돌릴 수 없소."

"되돌릴 수 없습니까?"

"그렇소."

"……그렇군요. 알겠습니다."

쿤이 일어났다.

"가는 거요?"

황제가 다급히 물었다. 그는 황제를 물끄러미 보다가 작은 한숨을 내쉬고 다시 앉았다.

"솔직해지자고 하셨으니. 좋습니다. 저도 오늘 들은 모든 것들을 내일 다 잊겠습니다."

그는 찻잔을 손끝으로 툭 건드리며 말했다.

"차보다는 술이 낫지 않겠습니까?"

황제가 가볍게 웃으며 시녀를 불렀다. 잠시 후 시녀가 와인 한 병을 가져왔다.

"와인이요?"

그는 못마땅한 기색으로 와인병을 들어 이리저리 살펴보다가 말했다.

"뭐, 이것도 술은 술이군요."

그가 마개를 열어 두 개의 잔을 반씩 채웠다. 황제가 잔을 들어 한 모금 마셨다. 그리고 잔을 손에 쥔 채 빙글빙글 돌렸다.

"항상 묻고 싶은 게 있었소."

"예."

"나와 결혼 말이 오가기 전에 그대에게 연인이 있었다는 걸 우연히 들었소."

─연인……?

황제의 눈을 통해 계속 중년의 쿤을 보면서 젊은 쿤과 비교하던 시에나가 퍼뜩 놀랐다.

"죽었다는 얘기도 들었지. 그녀의 죽음에 내 어머니가 관여했소?"

"아닙니다. 사고였습니다."

"그럼 내 약혼이 파혼된 것도 그대와 관계없소?"

"예."

"다 우연이란 말이오?"

"예. 시기가 교묘하게 맞물려 믿기 어렵긴 하지만, 다 우연입니다. 저도 한때는 의심스러워 철저히 조사했습니다."

"우연……. 그냥 우연이었군."

황제가 허탈하게 중얼거렸다.

"어느 가문의 귀부인이었소?"

"생각하시는 귀부인은 아니었습니다. 사막에서 태어나 자란 여자입니다."

"연인이 죽지 않았으면 그래도 나와 결혼을 진행했을 거요?"

"……아니요. 하지 않았을 겁니다."

"선황께서 나와 그대의 결혼을 명했을 때. 왜 그대는 거부하지 않았소? 그대가 거부했다면 선황께서는 절대 강제하지 못했을 거요."

그가 한참 말이 없었다. 과거를 회상하는지 그의 눈빛에 언뜻 아련함이 스쳐 지나갔다.

"선황께서는 제 친구였습니다. 하지만 저는 우정보다 우선해서 지켜야 하는 것들이 더 많았습니다. 그래서 그분이 소중한 사람들을 하나씩 잃는 동안 겪는 고통을 함께 나누지 못했습니다. 그게 항상 죄스러웠지요. 그래서 그분의 부탁을 거절할 수 없었습니다."

"명령이 아니라…… 부탁이었다는 거요?"

"폐하. 선황께서는 원망할 대상이 필요했으나 천성이 모질지 못한 분이었습니다. 폐하를 저와 결혼시킨 건 폐하의 계승권을 박탈하기 위한 것만은 아니었습니다. 선황께서는 동시에 폐하를 지키려고 하셨습니다."

"지키다니? 누구로부터?"

"선황 당신께서 품고 계신 증오로부터 폐하를요."

"이해할 수 없는 말이오."

"제가 제 사람은 철저히 보호한다는 걸 선황께서는 잘 알고 계셨습니다. 선황께서는 당신을 증오하면서 동시에 당신을 보호하기를 원하셨습니다. 왜냐하면, 그분은 무척 외로웠고 당신은 유일하게 남은 그분의 혈육이었기 때문입니다."

*   *   *

시에나는 아침부터 황실 도서관에 갔다.

'계승권 박탈?'

꿈에서 들은 내용 중 이해가 가지 않는 점이 있었다. 제국법은 황제의 배우자는 제후 공작 가문의 혈통이어야 한다고 규정한다. 하지만 황족이 결혼을 이유로 계승권 박탈이라니. 그런 법은 들어 보지 못했다. 시에나는 신분과 지위에 관한 법률을 샅샅이 뒤졌다.

'아, 여있다.'

적용된 적이 없어서 거의 사문화된 조항이었다.

**—황족은 제국의회에 의석이 배정된 제후의 지위를 가진 자
와 제국법에 따른 혼인으로 결합할 때 그 계승권을 박탈한다.**

'제후의 내정 간섭을 방지하기 위한 법인가…….'

제후라고 하면 제국의 여섯 공작. 그리고 제후국의 왕을 일컫는다. 황제는 공작 가문의 혈통만 배우자로 맞이했다. 대신 공작 가문을 잇는 후계자는 항상 후보에서 제외했다.

시에나와 약혼한 조세프, 약혼자 후보였던 리바이 모튼, 모두 공작 위를 이어받을 가능성이 낮은 자들이었다.

'쿤은 제후인가?'

제후들은 제국의회의 의원이 되어 연 한두 회 정도 의회에 참석했다. 페로 연합국이 제후국으로 합류했으니 의회에 의석 한 자리

가 추가될 것이다.

그 자리에 앉을 사람은 원래 연합국의 왕이어야 하지만, 연합국에서는 쿤을 대리인으로 세웠다. 그런데 쿤이 의회에 참석해도 대리권이 있을 뿐 본인의 권한은 아니었다.

그는 후작 위를 받았으나 제국법에서 제후로 인정하는 작위는 공작뿐이다. 결론적으로 그는 현재 제후가 아니었다.

'하지만 미래의 그는 왕이었으니 제후가 맞지.'

시에나가 궁으로 돌아오자 기다리는 사람이 있었다. 조세프가 고개를 숙였다.

"전하. 걱정되어 뵈러 왔습니다. 어제 급히 궁으로 돌아가시는 전하께서 기분이 좋지 않아 보이셔서요."

"염려해 줘서 고맙소. 조금 피곤했을 뿐이오."

명색이 약혼자인데 찾아온 사람을 바로 돌려보낼 수는 없는 노릇이라 시에나는 차를 내오라고 지시했다.

"어제 연회는 어땠소?"

"유쾌한 분위기는 아니었습니다."

"무슨 일이 있었소?"

"줏대 없이 움직이는 요즘 사람들의 행태가 씁쓸했습니다. 예의를 모르는 야만인들이라고 뒷말하던 자들이 연합국의 사신들 주변을 에워싸며 말 한마디라도 붙이기 위해 안달하더군요."

대충 어제의 분위기가 짐작이 갔다. 황제는 연합국에 대한 충분한 관심과 호의를 보여 주었다. 아무도 연합국을 무시하지 못하고 오히려 사신단과 친해지려 애썼을 것이다.

시에나는 조세프가 사람들의 관심을 즐기는 성격이라는 것을 대충 파악했다. 시에나가 먼저 돌아가 버렸으니 조세프는 꿔다 놓은 보릿자루 신세였을 게 뻔하다. 그러니 조세프는 어제의 파티가 전혀 즐겁지 않았을 것이다.

"그리고 그자, 연합국의 대리인 말입니다. 아무래도 이상합니다."

"뭐가 말이오?"

"그자를 은왕 전하의 성년 생신 파티에서 봤다는 사람이 있습니다. 그때 철왕 전하와 가까워 보였다는군요. 그리고 어제도 철왕 전하와 대화를 나누는 모습이 친근해 보였습니다."

"흐음."

'조세프는 그날 쿤을 못 본 건가?'

생각해 보니 그날 리바이가 에스코트했다. 조세프를 본 기억이 없었다.

'아, 참. 가면무도회에서 두 사람은 만났었잖아.'

조세프는 상상도 못 할 것이다. 그날 황녀와의 첫 춤을 강탈해 간 장본인이 그 남자라는 사실을.

"전하. 그자를 경계하셔야 합니다. 수상한 점이 많습니다."

시에나가 피식 웃었다.

수상하지. 수상하고말고.

"전하. 가볍게 생각하실 일이……."

똑똑, 바깥에서 문을 두드렸다. 잠시 후 이동의자에 탄 베스가 이동을 도와주는 시녀와 함께 들어왔다.

"두 분의 담소를 방해하여 송구합니다. 전하."

"괜찮소. 무슨 일이오?"

"전하께 알현을 청한 분이 계십니다."

조세프가 미간을 찡그렸다. 먼저 온 사람은 자신이다. 누가 왔다면 기다리라고 하면 될 일이지 굳이 방해하는 백작부인이 못마땅했다.

"누구?"

"그……."

베스가 조세프를 슬쩍 보며 말했다.

"라드 후께서……."

시에나의 눈이 동그랗게 커졌다.

"뵙기를 청한다며, 약속을 지키러 왔다고 전해 드리면 아신다고 하셨습니다."

베스는 어제 연회에 참석 못 했지만, 라드 후작에 관한 소문은 들어 알고 있었다. 하루도 안 되어 베스가 알 정도로 지금 황궁의 궁인들조차 둘만 모이면 라드 후작을 화제로 삼았다.

베스는 소문만 듣던 유명인이 불쑥 손님으로 찾아와 놀랐고 생각했던 이상으로 헌칠하게 잘생긴 미남자라서 또 한 번 놀랐다. 마지막으로 마치 황녀와 전부터 알던 사이인 것처럼 묘한 말을 남겨 가장 놀랐다.

후작에게는 손님이 와 계시니 기다리라고 해 놓고 베스 본인이 기다리지 못해 문을 두드렸다.

시에나는 베스가 전달한 말을 곧바로 이해하지 못했다.

'약속이라니?'

「조만간 뵈러 가겠습니다. 그때는 은왕 전하께 알현을 청할 겁니다.」

시에나는 입술을 꾹 물었다. 웃음이 나올 것 같았다. 후작이 되자마자 보란 듯이 찾아와 백작부인에게 굳이 하지 않아도 될 말을 남긴 유치함이라니.

"루크 경. 손님이 오셨다니 오늘은 그만 돌아가시오."

"전하!"

조세프가 믿을 수 없다는 표정을 지었다.

"백작부인. 루크 경을 배웅하시오."

"예. 전하."

가라는 황녀의 뜻이 확고해 조세프는 버틸 수 없었다.

"또 찾아뵙겠습니다."

성큼성큼 걷는 조세프의 발걸음에 분한 마음이 담겼다. 응접실 바깥으로 나가자마자 소파에 앉아 있는 남자와 눈이 마주쳤다. 조세프는 그를 사납게 쏘아보았다. 쿤은 어설픈 도발에 응하지 않았다. 여유롭게 웃어 주었다.

약이 올라 완전히 구겨진 표정으로 조세프는 나가 버렸다. 하지만 조세프가 나간 후 바로 쿤의 얼굴에서 웃음이 싹 사라졌다.

백작부인이 나오자 쿤은 다시 좋은 사람처럼 미소 지으며 일어났다.

"들어오시랍니다."

"감사합니다."

베스는 자신의 앞을 지나쳐 가는 쿤을 계속 눈으로 좇았다. 앉은 상태로 보니 사내의 키는 까마득히 높아 보였다. 바로 뒤따라 들어가는 베스의 눈동자가 반짝거렸다.

시에나는 소파에 앉아 손님을 맞이했다. 찻잔을 든 채 고개도 들지 않았다. 쿤은 전혀 개의치 않는 태도로 자연스럽게 소파로 걸어가 그녀의 맞은편에 앉았다.

두 사람을 번갈아 보는 베스의 눈동자가 흔들렸다. 예의범절에 엄격한 황녀답지 않았다.

"뵐 때마다 화가 나 계십니다."

시에나가 눈을 위로 치떴다. 눈이 마주친 그가 가볍게 미소 지었다. 간밤 꿈에 나타났던 중년의 쿤이 젊은 모습으로 눈앞에 있었다. 나이가 든 그도 젊은 그도 근사했다. 그에게 잔뜩 화가 났다고 생각했는데 그와 얼굴을 마주하자 분노가 형편없이 누그러져 실소가 나왔다.

"누구 때문이겠소?"

"당연히 저 때문입니다."

"……그렇게 생각하는 이유는?"

"제게 누군가가 충고하기를, 여자가 화가 났을 때는 남자가 잘못했을 확률이 열에 아홉이라고 했습니다. 싹싹 빌면서 선처를 바라는 게 가장 좋은 방법이라고도 했습니다. 그러니까 무조건 제가 잘못했습니다."

시에나가 어이없어 헛웃음을 흘렸다.

"누가 그런 말도 안 되는 충고를 한단 말이오?"

"말이 안 되긴요. 지금 효과를 눈으로 보고 있는데요. 기분이 아까보다는 풀리셨지요?"

유들거리는 그를 보고 있자니 기가 막혔다.

시에나는 흥미진진하게 보고 있던 베스와 눈이 마주쳤다. 베스가 재빠르게 시선을 돌리자 시에나는 민망해하며 괜히 헛기침했다.

"백작부인. 손님이 오셨는데 차를 내오지 않는 거요?"

"예? 예, 전하. 송구합니다. 엠마를 부르겠습니다. 이 아이가 어디를 갔지? 차를 들이는 게 조금 늦을 수도 있겠습니다. 천천히 이야기 나누세요. 너희들도 따라오렴. 날 도와줘야겠다."

백작부인이 시녀들을 모조리 데리고 응접실을 나갔다.

"눈치가 아주 빠른 분이로군요."

시에나는 키득키득 웃는 그를 흘겨보았다.

"하루아침에 수도를 들썩이게 하는 유명인이 된 것을 축하드리오. 라드 후."

"축하받을 일은 아니라고 생각합니다만, 좋은 말씀이니 감사합니다."

"그래서 무슨 일로 날 찾아온 거요?"

쿤이 시에나를 말없이 보다가 긴 한숨을 내쉬었다. 격식을 차려 점잖은 척 앉아 있으려니 숨이 막혔다.

시에나는 그가 갑자기 일어나 다가오자 화들짝 놀랐다. 반사적으로 몸을 움직여 피했지만, 소파에 바짝 등을 붙이는 게 고작이었다.

"왜……."

그가 소파에 한쪽 무릎을 올리고 상체를 숙였다. 시에나는 점점 가까워지는 그를 꼼짝하지 못하고 바라보았다. 그의 두 손이 시에나의 겨드랑이 아래를 지나 등을 감싸며 품으로 확 끌어당겨 안았다.

쿤은 품에서 느껴지는 부드러움에 전율했다. 그녀의 목덜미에 고개를 묻었다. 그녀는 이 세상에서 가장 강력한 마약이었다. 그는 그녀에게 완전히 중독된 자신의 상태를 자각했다. 그녀를 끌어안고 있는 것만으로도 행복해서 웃음이 절로 나왔다.

잠시 멍해 있던 시에나는 갈 곳을 잃은 두 팔을 그에게 둘렀다. 그의 넓은 어깨를 완전히 안기에는 그녀의 팔이 부족했다.

그는 무척 커다란 남자였다. 시에나는 그와 있을 때 종종 자신이 아주 작고 약한 여자가 된 것 같았다. 무력해서 느끼는 비참함과는 달랐다. 기대도 될 것 같은 안정감이 좋았다.

'어쩌지.'

이렇게 바짝 끌어안고 있으니 요란하게 뛰는 자신의 심장 소리가 그에게 들릴까 봐 두려웠다.

꿈에서 쿤은 시에나의 계승권을 빼앗아 철왕의 위협적인 경쟁자라는 위치에서 끌어내리는 수단으로써 결혼을 택했다. 비로소 그가 자신에게 접근한 이유를 알았다. 그래도 이 남자가 미워지지 않았다.

'내가 이렇게 어리석었다니.'

시에나는 그의 어깨를 잡아 밀어냈다. 그는 물러날 것처럼 상체를 들었다가 키스하려 고개를 숙였다. 시에나가 고개를 돌려 피했다. 명백한 거부였다. 쿤의 눈썹이 꿈틀했다.

"자리로 가서 앉으시오. 라드 후."

"전처럼 편하게 말씀하셔도 됩니다."

"그럴 수는 없지. 그때는 일개 상인이었고 이제 그대는 후작이니까."

"그게 중요합니까?"

그녀를 당당히 만날 자격을 갖추기 위해 석 달 넘게 사막에서 굴렀다. 그런데 그런 이유로 그녀가 갑자기 거리를 둔다면 몹시 억울했다.

"그대가 그걸 묻다니 우습군."

그녀의 싸늘한 대답은 그를 혼란스럽게 했다.

'뭐지?'

사슴 사냥의 그 날, 스스럼없이 자신의 품에 안겼던 그녀가 달라졌다. 그사이에 대체 무슨 일이 생긴 걸까. 그의 예민한 감각이 경고했다. 그냥 넘어가면 안 된다.

"뭐가 문젭니까?"

"내가 황녀가, 은왕이 아니었으면 그대는 내게 접근하지 않았을 테니까."

쿤이 고개를 살짝 기울였다.

"그러니까. 내가 당신이라는 사람 자체보다 황녀고 은왕이라는 신분을 탐한다는 겁니까? 돈 많은 과부에게 들러붙는 잡놈들처럼?"

말끝에 이르러 그는 거의 으르렁댔다.

"한 가지는 확실히 동의합니다. 당신이 황녀만 아니었어도."

그의 두 손이 시에나의 양팔을 움켜잡았다.

"진즉에 당신을 납치해서 아무도 모를 곳에, 누구도 볼 수 없는 곳에 꼭꼭 숨겨 두었겠지요. 최소한 내 애를 셋은 낳을 때까지. 한 순간도 내 시야에서 벗어나지 못했을 겁니다."

시에나가 눈살을 찌푸렸다.

"야만스러워."

"원래 그다지 고상한 놈은 못 됩니다. 그러니까 내가 미친놈처럼 날뛰는 게 보고 싶은 악취미가 있는 게 아니라면 말해. 시에나. 말하지 않으면 몰라. 뭐가 문제야?"

그는 진심으로 화난 것처럼 보였다. 시에나는 처음 보는 낯선 얼굴이었다. 차갑고 매서웠다. 꿈에서 봤던 그의 식은 눈동자가 떠올라 소름이 돋았다.

"철왕 때문이잖아."

그녀는 내지르듯 대답했다.

"철왕이 뭐?"

"철왕을 도우려고…… 내게 접근했잖아."

"……."

쿤이 말없이 시에나를 바라보았다. 그런데 시에나가 예상한 것과는 달랐다. 허를 찔려 당황했다기보다는 몹시 아연한 표정이었다.

아프도록 그녀의 팔을 잡고 있던 그의 손에 힘이 풀렸다. 그가 몸을 일으켜 두 손으로 제 머리를 감쌌다. 그리고 아주 절망스럽게 한탄했다.

"미치겠네, 정말."

그리고 그는 소파 주변을 돌았다. 계속, 몇 바퀴를, 씩씩대면서.

시에나는 어지럽도록 서성대는 그를 지켜보다가 알아차렸다. 저건 그가 화를 참는 방식이었다.

'화내는 방식이 얌전하네.'

시에나는 작은 한숨을 내쉬었다.

'내가 확실히 이상해.'

덩치 큰 사내가 화를 삭이는 모습이 귀엽다니. '귀엽다'라는 단어를 앙증맞은 인형이나 애완동물이 아닌 저 남자를 수식하는 데 쓰는 자신이 정말 제정신이 아닌 것 같았다.

"얘기 좀 합시다."

그가 드디어 소파 주변을 도는 것을 멈추고 시에나의 옆에 앉았다.

"대체 어디서 무슨 얘기를 들었어요?"

그가 화를 가라앉히는 동안 시에나도 아까보다 기분이 풀렸다. 제 머리카락을 쥐어뜯으며 소파 주변을 뱅글뱅글 돌던 남자가 착 가라앉은 목소리로 '얘기하자'라고 말하는데 사실 웃음이 터질 뻔했다.

"철왕을 돕고 있지?"

"그래서요?"

"철왕을 황제로 만들 목적이라는 거 알아."

쿤의 눈빛이 잠시 흔들렸지만, 그는 부인하지 않았다.

"당신에게 접근하는 것과 철왕을 황제로 세우는 일. 관련성이 뭡니까? 어차피 제가 철왕의 사람이라는 건 처음부터 알고 계셨습니다."

제후와 결혼하면 계승권이 박탈되기 때문이라고 시에나는 대답할 수가 없었다. 그는 아직 제후가 아니고 그가 결혼하자고 한 것도 아닌데 그런 말을 꺼내는 건 우스웠다.

그런데 그녀는 스스로 답하다가 모순을 깨달았다. 자신의 계승권을 박탈할 목적이라면 그가 반드시 제후가 된다는 사실을 전제로 했다.

하지만 왕이 되는 일은 간단하지 않았다. 미래를 보지 않았다면 상상도 못 했을 것이다. 아무리 황명이 절대적이라고 해도 기득권의 여론을 무시할 수 없다. 꿈속 미래에서 그가 공왕이 된 과정도 결코 순탄하지는 않았으리라.

'내가 너무 넘겨짚은 걸까?'

"그러니까 내가 목적을 위해 미남계를 썼다는 거네요. 그리고 그 작전이 당신에게 먹혔고요. 영광이라고 해야 하나요?"

"먹히지 않았어!"

쿤은 시에나의 항변을 못 들은 척 계속 말했다.

"반대로 철왕의 측근인 저를 빼 오려고 당신이 유혹했다고 하면요?"

"난 그런 적 없어."

"난 당신의 미인계에 완전히 당했는데요?"

"무슨 억지야?"

"그러니까요. 시에나. 당신이 한 말이 억지라는 겁니다."

쿤이 길게 한숨을 내쉬더니 마치 애원하듯 말했다.

"당신의 상상력이 참 풍부하다는 건 이번 기회에 잘 알았지만, 우리 인간적으로 이러지 맙시다."

"……."

"제가 비록 어릴 때 부모님을 잃었지만 엄하게 교육받고 건실하게 자랐습니다."

시에나는 조금 전 소파 주변을 뱅뱅 돌던 그를 떠올리며 고개를 끄덕였다. 그가 자신의 감정을 조절하는 방식은 시에나에게도 낯설지 않았다. 귀족들은 어릴 때부터 감정을 다스리고 해소하는 자신만의 방식을 마련하도록 교육받았다.

"그러니까 목적을 이루려고 내 몸뚱이를 파는 짓은 안 해요. 내 수하들 앞에 체면이 있지."

시에나는 또다시 무심코 고개를 끄덕이려다 멈칫했다. 설득당하고 있다. 그런데 반박할 수가 없다.

'하긴……. 꿈에서 그는 황제의 명령이자 부탁을 거부하지 않았다고 했지 스스로 움직인 건 아니었어.'

그녀는 다시 되짚어 보다가 놓친 부분을 발견했다.

'꿈에서 두 사람은 가까워 보이지도 않았지. 서로 속을 터놓고 얘기한 적도 없었던 것 같고.'

그런데 현재의 시에나는 그에게 서슴없이 편하게 말한다. 꿈과 현실이 불일치했다.

'바뀐 건가?'

언제? 어디서부터?

"오해는 풀렸습니까?"

"……."

"시에나. 정말 할 수만 있다면 속을 뒤집어서 보여 주고 싶네요. 그게 아니면……."

쿤은 망설이다가 힘겹게 말했다.

"내가 철왕 곁에 있다는 점을 용납할 수 없습니까?"

시에나가 빤히 그를 응시했다. 쿤은 그녀의 대답을 기다리는 잠깐 동안 입안이 마르고 목이 타들어 가는 것 같았다.

"……아니야. 상관없어."

안도의 숨을 내쉬며 쿤은 자신이 너무 형편없이 비겁해서 쓴웃음이 나왔다. 그녀의 대답을 핑계 삼아 본질을 외면하고 회피하고 있다. 언제까지 도망칠 수도 없는 문제이건만.

"그럼 다른 이야기를 하지요. 약혼하셨더군요."

"예정된 일이었으니까."

"그리고 약혼자가 종종 찾아와 오붓하게 데이트도 하시고요."

딱히 그런 건 아니었다. 시에나는 촘촘한 하루 일정에 따라 움직이므로 약혼자와 노닥거릴 시간이 없었다. 시간이 있어도 그럴 마음이 없고.

똑똑, 바깥에서 문을 두드렸다. 시녀가 들어와 문가에 말없이 섰다.

"라드 후. 다음 일정이 있으니 내가 이만 일어나야 하오. 담소는 즐거웠소."

"……즐거우셨다니 다행입니다. 저는 영혼이 탈탈 털린 기분인데 말입니다."

쿤이 구시렁거리며 일어났다.

"내일 뵈러 오겠습니다."

"내일?"

"모레도 올 겁니다."

"……."

"무척 상상력이 뛰어난 분이라 헛생각을 할 틈을 드리면 안 될 것 같아서요."

"바쁘지 않소?"

쿤이 주먹을 꽉 쥐었다.

'아직 마음이 풀리지 않았나?'

그녀의 기분이 좀 풀릴 때까지 물러가서 기다려야 하나.

'아니야.'

그녀는 지나치게 짙은 향을 풍기는 탐스러운 꽃이었다. 이제 성년이 되었으니 그녀는 나날이 더 화사하게 피어날 것이다. 그러면 반드시 벌레들이 꼬이겠지.

'그놈 같은.'

아까 봤던 조세프의 빤질빤질한 낯을 떠올리자 울컥 속이 뒤집혔다. 그런 게 주변에 알짱대도록 놔둘 수 없다.

'조만간 이 약혼, 반드시 파혼시키고야 만다.'

"아무리 바빠도 차 한 잔 드실 시간은 있겠지요?"

"그야……."

"그 차를 저와 마시면 됩니다."

시에나는 얼결에 고개를 끄덕였다. 꾸벅 고개를 숙인 후 돌아서 나가는 그의 뒷모습을 보다가 그녀는 뒤늦게 정신 차렸다.

'뭐가 그렇게 당연해? 내 시간은 내 건데.'

하지만 이미 그는 나가 버렸다.

슬그머니 들어온 베스가 다가왔다. 베스를 보조하는 도우미가 아까는 시녀였다가 그사이 엠마로 바뀌었다.

"송구합니다. 전하. 엠마를 찾느라 미처 손님께 차를 들이지 못했네요."

물론 거짓말이었다. 베스는 일부러 얼씬하지 않았다.

시에나는 그제야 테이블에 찻잔이 한 개뿐이라는 것을 발견했다. 일부러 찾아온 사람에게 차 한 잔도 안 주다니. 마음이 좋지 않았다.

'정말 내가 왜 이러지.'

항상 잔잔했던 그녀의 마음이 그 남자만 나타나면 오르락내리락했다. 칼리고 용병단에 관한 조사서를 읽은 이후 마음이 번잡해서 밤잠을 설쳤다.

그런데 막상 오늘 그를 마주하고 나니 따질 생각이 들지 않았다.

좀 더 지켜볼 생각이다. 철왕이 황제가 되는 미래가 올바른 미래인지, 바꾸어야 하는 미래인지 아직 모르겠다.

"전하."

"리첼 보좌관은?"

"밖에서 기다리고 있습니다."

"들어오라고 하시오."

"예, 전하. 그런데 라드 후께서 전하께 올리는 선물을 두고 가셨습니다."

"나중…… 아니, 가져오시오."

시녀가 긴 나무 상자를 가지고 들어왔다. 공을 들여 다듬은 짙은 오크색의 나무 상자는 반질반질 윤이 났다. 보석 상자치고는 꽤 컸다. 좁고 길쭉한 생김새도 특이했다. 안에 무엇이 있을지 짐작이 안 되었다.

덮개를 열어 위로 올리던 시에나의 손이 그대로 정지했다. 내용물이 흔들리지 않도록 홈을 파서 벨벳을 씌운 안쪽에 새하얀 검이 한 자루 있었다.

곁에서 베스와 엠마가 눈동자를 빛내며 곁눈질하는 중이었다.

"어머나."

베스가 감탄사를 중얼거렸다.

'저 검은 분명히……'

사냥 대회에 조세프가 상품으로 걸었던 가문의 보검이었다.

시에나가 홀린 듯 검을 쥐어 들어 올렸다.

사냥 대회에서 이긴 철왕이 마신의 눈은 약혼녀 비올렛에게 그 자리에서 주고 검은 따로 챙겨갔다. 귀부인들은 비올렛을 부러워 죽겠다는 눈으로 봤지만, 그날 시에나의 눈에는 검만 아른거렸다.

시에나에게 선물을 보내는 사람은 무척 많았다. 하지만 들어오는 선물 대부분이 시에나의 눈길 한 번 받지 못하고 창고로 들어갔다. 이 검은 지금껏 시에나가 받은 선물 중 최고로 기억에 남을 것이다.

검에 정신이 팔려 구경하느라 시에나는 꽤 시간이 흐른 후 다음 일정이 생각났다.

"리첼 보좌관은 아직 기다리고 있소?"

베스가 빙그레 웃었다.

"예, 전하. 차를 마시며 천천히 기다리도록 조치했습니다."

"잘했소."

"전하께서 워낙 즐겁게 구경하시니 방해하고 싶지 않았습니다. 그렇게 마음에 드십니까?"

시에나가 멋쩍어하며 상자에 다시 검을 넣었다.

"전하. 좋은 선물을 받으셨으면 보답을 하셔야지요."

"……내일."

"예?"

"내일 온다고 했소. 혹시 내가 없을 때 와도……."

"예, 전하. 귀한 손님으로 잘 모시겠습니다."

"그리고 백작부인의 안목이 나보다 나을 것 같으니 화답 선물을 대신 골라 주시오."

"선물은 직접 고르셔야 의미가 있습니다. 이렇게 하지요. 제가 몇 가지를 추려서 가져오겠습니다. 전하께서 고르시겠어요?"

"그럼 그렇게 합시다. 리첼 보좌관을 들여보내시오."

"예, 전하."

베스가 만약 걸을 수 있었다면 돌아서는 그녀의 발걸음에 흥이 올라 통통 튀었을 것이다.

7장

라드 후작

베스가 난처한 표정으로 말했다.

"전하. 루크 경이 뵙기를 청합니다."

시에나도 곤란함을 느꼈다. 어제 다녀간 조세프가 또 오다니.

조세프는 자신의 약혼녀를 무척 어려워했고 심기를 거스르지 않기 위해 조심했다. 그래서 사전에 연락 없이 불쑥 찾아가지 않았다. 갑자기 찾아온 게 어제가 처음이었고 오늘이 두 번째였다.

조세프는 어제 라드 후작의 방문으로 쫓겨나듯 돌아간 후 내내 안절부절못했다. 보는 순간 직감적으로 모든 게 자신보다 우월하다고 느껴지는 상대가 있다.

조세프는 라드 후작이 위협적인 수컷이라는 사실을 본능적으로 알아차렸다. 더구나 약혼녀의 근처를 기웃대는 강한 수컷을 발견했으니 사내라면 불안한 게 당연한 상황이었다. 조세프는 몸이 달아 다음 날 바로 달려왔다.

"어찌 하올까요?"

"내가……. 음……."

"아침부터 안색이 안 좋으셨어요. 두통이 있으신가요?"

시에나가 말을 제대로 꺼내기도 전에 베스는 시에나를 환자로 둔갑시켰다.

베스는 아침부터 아주 기대하는 마음으로 손님을 기다렸다. 바깥에 있는 저 엉뚱한 불청객을 어서 쫓아 버려야 했다.

"……손님을 만날 기분이 아니오."

"예, 전하. 제가 루크 경에게 말씀을 대신 전하겠습니다."

베스는 대기실로 나가면서 표정을 관리했다. 유감을 전하는데 웃으며 말할 수는 없으니까.

한편, 베스가 대기실을 비운 사이에 공교롭게도 쿤이 은왕궁에 도착했다. 쿤은 대기실에 있던 조세프와 마주쳤다. 조세프는 쿤을 보며 황당해하다가 이내 불쾌한 낯으로 바뀌었다.

"또 뵙는군요."

"그렇군. 루크……. 이런, 미안하오. 백작이셨던가?"

"아닙니다. 전 은왕 전하의 약혼자입니다."

"그건 알고 있소. 그래서 내가 은왕 전하의 약혼자님, 이렇게 부를 수는 없는 노릇 아닌가. 백작이 아니면 남작?"

루크는 얼굴이 화끈거렸다.

"……아직 작위는 수여 받지 못했습니다."

"아하."

쿤은 심드렁한 표정으로 묘한 감탄성을 흘리더니 관심 없다는 듯 고개를 돌렸다.

모멸감을 느낀 조세프의 꽉 쥔 주먹이 부르르 떨렸다.

"여긴 어쩐 일이십니까?"

"몰라서 묻는 건 아닐 테고. 전하를 뵈러 온 이유를 묻는 거요?"

조세프가 움찔했다가 대답했다.

"그렇습니다."

"언제부터 은왕 전하의 대리인이 되었소?"

"저는 은왕 전하의 약혼자입니다. 공식적으로 전하의 곁에 있어도 되는 사내는 저뿐입니다. 제 약혼녀에게 불순하게 접근하는 자를 경계해도 흠이 되지 않습니다."

무표정하던 쿤의 입술 끝이 살짝 올라갔다. 우스가 봤다면 '어, 쿤이 열 받았다.'라고 중얼거리며 몸을 사릴 표정이었다.

"과연 전하께서도 그렇게 생각하실지. 그분 성격이 독립적이라 월권을 용납하지 않으실 거요."

"어제 처음 전하를 뵌 분이 전하께서 어떤 성품이신지 어떻게 아시는지?"

"어제 처음 전하를 뵈었다고 말한 적 없소."

"……예?"

쿤은 도발하는 조세프가 아주 같잖았다. 존칭을 쓰지 않으려고 은근히 말을 돌리는 수작도 유치해서 어이가 없었다.

"조심하시오. 전하께서 화나시면 아주 무섭다는 걸 그대도 경험해 봐서 잘 알 테니까."

"말씀의 뜻을 이해할 수가 없군요."

"또다시 기사의 단추를 잃기 전에 조심하라는 말이오. 아, 그대
는 기사가 아니었지."

경악한 조세프가 눈을 부릅떴다. 배에서 있었던 일을 어떻게 라
드 후작이 안단 말인가.

완전히 잊고 싶은 치욕스러운 기억이었다. 수치스럽고 분하고
때로는 이가 갈렸다. 그 자리에 있었던 자가 아니면 모를 일을, 라
드 후작이 알고 있다니.

'설마 황녀가 저자에게 그런 얘기까지?'

이를 악무는 조세프의 턱 근육이 팽팽하게 긴장했다. 그때 응접
실의 문이 열렸다.

대기실로 나가자마자 베스는 당혹스러운 현장에 부닥쳤다. 쿤
라드와 조세프 루크. 두 사내가 영역의 경계에서 마주친 맹수들처
럼 대치하고 있었다.

정확히 표현하면 둘이 맞서는 게 아니었다. 쿤은 조세프를 공기
취급하며 느긋하게 서 있었다. 조세프는 붉으락푸르락 변하는 얼
굴색을 감추지 못하며 몹시 경계했다.

'저런.'

베스는 조세프에게 연민을 느꼈다. 겉으로라도 여유 있는 척 표
정 관리를 할 일이지. 누가 봐도 노골적이라 꼴사나웠다.

베스는 지금 막 봐서 방금 둘 사이에 어떤 사건이 있었는지 몰랐

다. 미처 조세프가 제 감정을 수습하기 전에 딱 그 순간을 베스가 목격한 것이다.

'조금 늦게 오실 일이지.'

베스는 아쉬워하며 라드 후작에게 고개를 숙여 인사를 건넸다. 두 남자가 함께 있으니 베스가 임의로 누구는 들여보내고 누구를 돌려보낼 수가 없었다. 다시 들어가 황녀께 의견을 물은 후 대기실로 나와 두 사내에게 말했다.

"두 분 다 들어오시랍니다."

쿤의 눈빛에 잠시 언짢은 기색이 스치고 조세프는 성난 표정을 지었다. 응접실의 소파에 세 남녀가 마주 앉았다. 차를 준비하는 잠시의 틈을 타 엠마가 베스의 귓가에 속삭였다.

"저는요. 전에는 전하의 약혼자분이 제일 근사하고 잘난 분인 줄 알았어요."

"그런데?"

"저 두 분이 나란히 있으니 약혼자분이 전혀 근사해 보이지 않아요. 이상하죠?"

베스가 대답 없이 입술만 끌어올려 웃었다. 사람의 매력이란 게 외모가 전부는 아니다. 그 사람의 표정, 태도, 풍기는 분위기도 중요했다.

'루크 경의 외모가 라드 후작과 비교해서 결코 뒤떨어지는 건 아니지만.'

그 외의 매력은 라드 후작이 한참 우위에 있었다. 그리고 베스는 애초에 조세프가 마음에 들지 않았다. 가끔 눈빛이 맑지 못하다는 느낌을 받을 때가 있었다.

사람의 한쪽 면만 보고 판단하는 실수는 하지 말아야 하지만, 때로는 잠깐 스치는 느낌이 그 사람의 본질일 때가 있다.

그렇다고 라드 후작이 전적으로 좋은 것 또한 아니었다. 왜냐하면, 베스는 확신에 가까운 의심 중이었다. 감히 황녀님의 마음을 아프게 한 놈팡이가 아무래도 라드 후작 같았다.

그녀는 유순하게 미소 지으며 안 보는 척 매처럼 날카로운 눈빛으로 쿤을 훑었다.

*　　*　　*

"어제 드린 선물은 마음에 드셨습니까?"

"응……."

무심코 '응' 하고 대답하다가 아차 싶었다. 시에나는 얼른 대답을 길게 끌었다.

"……음. 고맙소. 그분…… 도 아시오? 그 물건이 내게 왔다는 걸."

'철왕'이라고 할 수 없어 돌려 말했다.

"모르지만 상관없습니다. 처분권을 제게 넘겼으니까요. 그러니까 그분께 감사할 필요 없습니다. 그 선물은 제가 전하께 드린 겁니다."

시에나가 고개를 끄덕였다.

"감상용으로만 두고 싶지 않은데. 그 물건이 좀 특별하잖소. 라드 후라면 그 물건의 특별함을 시험해 볼 수 있게 도와줄 수 있지 않소?"

"안 됩니다."

사막귀를 베어 버린다는 전설이 있는 검이다. 시에나가 그 전설이 진짜인지 시험해 보고 싶다는 속말을 쿤은 알아들었다.

'정말 큰일 낼 여자네. 겁이 없어도 정도가 있지.'

황녀라면 허풍만 부리는 거로 끝내지 않고 진짜 사막으로 달려가고도 남았다. 쿤은 생각만 해도 오싹했다.

"절대 안 됩니다."

시에나가 말없이 찻잔을 들었다.

"안 됩니다. 전하."

"……알았소."

조세프는 미묘한 소외감에 당황했다. 세 사람이 앉아 있는데 두 사람만 나누는 유대감이 있었다.

딱 말로 설명하기 어렵지만, 라드 후작을 대하는 황녀의 태도나 고개만 끄덕여 대답하는 동작에서 두 사람 사이의 좁은 거리가 느껴졌다.

조세프는 입안을 꽉 한 번 깨물고 애써 미소 지었다.

"대체 어떤 귀한 선물입니까? 전하. 제게 구경시켜 주시겠습니까?"

"그게……."

조세프가 철왕에게 빼앗긴 보검이다. 그걸 꺼내 보여 주면 웃기는 상황이 될 것이다.

"손을 타는 물건이라 어렵겠소."

"아, 예……."

조세프는 민망해서 이마가 뜨끈했다. 슬쩍 시선을 돌렸다가 찻잔을 입에 대는 라드 후작의 입술 끝이 위로 올라간 것을 봤다. 조세프의 속이 부글부글 끓었다. 그는 회심의 반격을 시도했다.

"전하. 이번 겨울에 특별한 계획이 있으십니까?"

"글쎄. 겨울이라고 별다른 계획을 세우지는 않소."

"그러면 공작가의 영지를 다녀가실 생각은 없으십니까? 겨울이면 함박눈이 내리는 절경이 펼쳐집니다. 수도에서는 거의 눈을 보기 힘들지요."

"루크 공작가의 영지면 인접한 곳에 모튼 공작가의 영지도 있지 않소?"

"그렇습니다. 두 공작가의 성을 구경하실 수 있습니다."

"흥미로운 제안이오."

시에나는 쿤을 슬쩍 찔러보았다.

"그런데 사실은 라드 후가 내게 준 선물을 써 보는 데에 더 관심 있소."

시에나는 그가 덥석 미끼를 물 거라고 생각했다. 하지만 그는 예의 바른 미소를 지으며 말했다.

"위험해서 안 됩니다."

"그러면 루크 경 가문의 영지에 다녀와야겠군."

"다녀오십시오. 그편이 안전하겠군요."

칫, 시에나는 입안으로 중얼거렸다. 무안하기도 하고 서운하기도 했다. 그런데 위험한 곳에 가니 딴 남자와 여행을 다녀오라는 말이 그녀의 심장을 뛰게 했다.

"그럼 전하. 이번 겨울에 저와 함께……."

눈치 없이 조세프가 좋아라, 끼어들었다. 시에나가 모르는 척 시녀에게 손짓했다. 시에나는 시녀에게 가져온 상자를 쿤의 앞에 내려놓으라고 지시했다.

쿤이 작은 나무함을 보며 물었다.

"이게 뭡니까?"

"좋은 선물을 받았으니 화답을 해야지요."

"화답이요? 제게…… 주신다는 겁니까?"

"그렇소."

쿤이 한참 상자를 바라보다가 조심스럽게 상자를 들어 덮개를 열었다. 안에 커프스 버튼이 들어 있었다. 금와 은을 섞은 교묘한 세공에 빛의 방향에 따라 색이 변하는 독특한 보석을 달았다.

시에나는 자신이 어제 상자를 열어 보검을 처음 봤을 때의 표정이 바로 저 남자 같았을 거라는 생각이 들었다.

'더 좋은 거 할걸.'

아쉬웠다. 더 신경 써서 고를 것을 그랬다.

"마음에 드시오?"

"직접 고르신 겁니까?"

"그렇소."

쿤이 상자를 내려놓고 재킷의 소매를 걷었다. 하고 있던 셔츠 소매의 버튼을 풀어 방금 선물 받은 버튼으로 갈아 끼웠다.

보고 있으니 시에나는 왠지 모를 부끄러움에 귀가 후끈거렸다.

"전하."

쿤이 그녀를 보며 웃었다.

"키스해도 됩니까?"

이 자리에 있는 모든 사람이 경악했다. 조세프는 시뻘게진 얼굴로 벌떡 일어나 버럭 소리쳤다.

"후작님! 이 무슨! 감히 그런 무엄한 말을!"

조세프는 황녀가 거들기를 기대하고 돌아봤다가 말문이 막혔다. 무례한 희롱을 당해 노여워해야 할 황녀가 별다른 반응이 없었다. 그저 시선만 돌릴 뿐이었다.

시에나가 일어났다.

"둘 다 그만 가 보시오. 온종일 차만 마시며 시간을 보낼 수는 없소."

시에나는 두 남자를 응접실에 남겨 두고 휑하니 침실로 들어가 버렸다.

응접실에서 나오는 두 사람의 표정은 아주 대조적이었다. 조세프는 일그러진 얼굴로 쿤을 노려보았다.

"오늘의 무례를 전하께서 절대 용서하지 않으실 겁니다."

"그러게 말이오. 일간 전하께 불려가 많이 혼나겠소."

작위적인 한숨을 내쉬며 고개를 내젓는 후작의 멱살을 틀어쥐고 싶었다. 조세프는 애꿎은 주먹만 움켜쥐었다.

쿤은 분에 겨워 씩씩거리는 조세프의 멀어지는 뒷모습을 보며 비웃었다.

'짜증 나긴 하는데. 그래도 저놈이 낫군.'

당분간은 약혼한 채로 놔둬야겠다. 서둘러 파혼시켜 봤자 또 새로운 놈과 약혼하게 될 테니까.

'속이 빤히 보이고 남의 시선을 신경도 많이 쓰고. 저런 녀석이 다루기는 쉽지.'

그리고 결정적으로 저놈의 치명적인 약점을 쥐고 있다. 마음만 먹으면 파혼은 언제든 가능하다.

궁에서 나오는 길에 쿤은 뒤를 돌아보며 궁의 전체적인 모습을 살폈다.

'구조상으로 저기쯤인가?'

시에나는 침실 안에서 달아오른 얼굴을 식히며 숨을 골랐다.

톡톡. 가볍게 두드리는 이상한 소리가 들렸다. 시녀를 부를까 하다가 신경 쓰이는 소리가 들리는 방향으로 갔다.

그녀는 발코니 창 너머에 서 있는 쿤을 보고 소스라치게 놀랐다. 자신도 모르게 뒤를 돌아보며 아무도 없는지 확인했다.

쿤이 시에나와 눈이 마주친 채 다시 톡톡, 창틀을 두드렸다.

시에나는 팔짱을 끼고 그를 노려보다가 창으로 다가갔다. 잠긴 고리를 옆으로 당겼다. 쿤이 곧바로 창을 잡아 열면서 침실 안으로 들어왔다.

"미쳤……."

시에나는 말을 끝내지 못했다. 성큼 다가온 그가 시에나의 허리를 끌어안으며 곧바로 입술을 삼켰다.

"응……!"

그의 어깨를 내리치려던 손목이 붙잡혔다. 허리를 감았던 팔이 어느새 위로 올라와 커다란 손이 그녀의 얼굴을 턱 아래부터 감싸 쥐었다.

깊이 들어온 혀가 그녀의 치열을 훑고 안쪽을 문질렀다. 혀의 돌기가 예민한 점막에 마찰하자 그녀의 몸이 흠칫했다.

아무리 낮 시각이라지만 침실이었다. 장소의 은밀함과 언제 시녀가 문을 두드릴지 모를 아슬아슬한 상황이 초조한 한편으로 자극적이었다.

예전보다 훨씬 빠르게 몸이 뜨거워졌다. 그녀의 목 안쪽에서 작은 신음이 울렸다. 그의 손에 더 힘이 들어가는가 싶더니 혀뿌리가 얼얼하도록 강하게 혀가 빨렸다. 그는 맞붙인 입술을 깨물고 핥으며 잡아먹을 듯이 그녀의 입술을 탐했다.

시에나가 숨을 할딱거릴 때쯤에 그가 입술을 뗐다.

"정말 미쳤어."

시에나가 가쁘게 호흡하며 그를 비난했다. 황녀의 침실에 무단 침입했다. 바로 잡혀가서 목이 잘려도 할 말이 없는 중죄였다.

"그러게요."

타액으로 번들거리는 그녀의 입술을 보며 쿤의 눈동자도 번들거렸다. 그는 자신의 입술을 그녀의 입술에 스치듯 가까이 붙인 상태로 말했다.

"나도 내가 미친 것 같아."

말하는 그의 눈은 웃고 있었다. 시에나는 다시 덤벼드는 그의 입술을 속수무책으로 허락했다. 배회하던 그녀의 두 팔이 그의 목을 감으면서 호응하자 그들의 키스는 더 격정적으로 치달았다.

＊　　＊　　＊

"전하."

길버트와 대화 중이던 시에나가 시선을 돌렸다. 베스가 미묘한 미소를 지었다. 이제는 말하지 않아도 뜻이 통했다.

시에나는 작은 한숨을 내쉬었다.

"둘 다 안으로 들이시오."

"예. 전하."

어느덧 요즘 은왕궁에서 벌어지는 익숙한 풍경이었다.

열흘째였다. 하루도 빠지지 않고 두 남자가 은왕궁에 출근했다. 방문하기에 가장 무난한 시각이 점심때가 지난, 낮 휴식에 들어갈 즈음이라 두 남자의 방문은 항상 겹칠 수밖에 없었다.

은왕궁의 시녀들은 매일 정오 무렵부터 얼굴에 웃음꽃이 피었다. 비록 자신의 것이 될 수 없는 아득히 먼 존재일지라도 눈요기만으로 즐거웠다.

시녀들은 두 개의 파벌로 나뉘었다. 라드 후작파와 루크 백작 영 랑파. 두 남자는 외모적인 매력이나 지닌 위치와 신분이 양극단에 있어서 취향에 따라 완전히 선택지가 갈렸다. 시녀들은 각자 생각하는 더 나은 남자를 변호하며 자기들끼리 쓸데없는 논쟁을 벌였다.

"두 분 다 들어오시랍니다."

베스가 대기실로 나와 말했다. 어제도 그제도 똑같은 장면이 펼쳐졌다. 그리고 두 남자의 태도도 거의 매번 비슷했다.

라드 후작은 여유가 있었다. 편한 자세로 앉아 기다리다가 베스가 나오면 느긋하게 일어났다. 베스의 앞을 지나쳐 가면서 항상 살짝 고개를 숙여 인사를 건네는 것을 잊지 않았다.

베스는 처음엔 후작의 잘생긴 얼굴에만 시선이 가다가 이제는 전체적인 모습을 한눈에 담아 봤다. 큰 키만큼 체격도 큰 사내인데 다른 사람과 나란히 서 있을 때가 아니면 덩치가 느껴지지 않았다. 아주 날렵하게 움직인다는 인상을 받았다.

'흐음.'

질세라 뒤따라가는 조세프의 모습은 언제나처럼 조급해 보였다. 표정은 경직되어 있고 걷는 자세도 뻣뻣했다. 사람을 알면 알수록 좋은 모습을 발견해야 하는데 조세프는 그 반대로 가고 있으니 베스는 다소 안타까움을 느꼈다.

조세프가 더 마음에 들어서가 아니라 그냥 인간적인 연민이었다.

베스의 이동을 도와주는 엠마가 뒤에서 속삭였다.

"백작부인께서는 어느 쪽이세요?"

베스가 작게 웃었다. 근래 시녀들의 논쟁을 베스도 잘 알았다.

"너는 어느 쪽이니?"

"전 후작님 쪽이요."

"시녀들은 어떠니? 누가 더 인기가 좋아?"

"음……. 반반이에요."

"정말?"

의외다. 베스는 라드 후작의 압승일 줄 알았다.

"루크 경이 좋다는 쪽도 물론 있지만, 라드 후작님이 거북하다는 의견이 꽤 있어요. 딱히 설명은 못 하겠는데 좀 무섭대요. 근데 그게 무슨 말인지는 알 것 같아요."

"그래. 나도 알 것 같구나."

베스도 라드 후작을 보면서 때때로 생각했다. 그의 정중한 태도, 말투, 고급스러운 의복이 날카로운 검날의 예기를 감추는 검집 같다고.

＊　　　＊　　　＊

두 남자가 응접실로 막 들어왔을 때 마침 길버트가 용무를 끝내고 나가려는 참이었다. 길버트는 집안에 일이 생겨 한동안 수도에 없었다. 부모가 거주하는 지역이 꽤 멀기 때문에 장기 휴가를 받았다.

어제 늦게 돌아왔고 오늘 귀환 보고를 하러 왔다. 오전에 동료 기사들로부터 최근 수도를 들썩이게 하는 소문 몇 자락 주워들었지만, 라드 후작의 실물은 오늘 처음 봤다.

그리고 당연히 초면이어야 할 라드 후작은 아는 얼굴이었다. 길버트의 눈이 당혹스럽게 흔들렸다.

'이렇게 닮은 사람도 있나?'

자신이 아는 사람과 동일인이라고는 생각하지 못했다. 서글서글하게 웃으며 자신에게 말을 걸던 비밀 호위와 라드 후작은 하늘과 땅 만큼 차이가 있었다.

"하실 말씀이라도?"

쿤이 묻자 넋 놓고 보던 길버트가 화들짝 놀랐다.

"송구합니다. 결례를 용서하십시오. 후작님께 인사드립니다."

"반갑소. 길버트 경."

길버트는 '내가 이름을 소개했나?' 하고 의문을 가졌지만, 어디선가 들었겠거니 생각했다.

"아, 참. 길버트 경."

지나쳐 문으로 가던 길버트가 돌아섰다.

"예?"

"품질 좋은 백조 깃털이 들어왔소. 인편으로 보내 드리리다."

"……예?"

"지난번 것보다 낫소. 단단함도 휘어짐도 특등품이라 직접 보면 더 마음에 들 거요."

"……예. 저……."

길버트는 말을 꺼내려다가 주변의 다른 사람을 의식하고 입을 다물었다. 돌아서 나가는 길버트의 표정은 얻어맞은 사람처럼 멍했다.

시에나는 쿤의 입가에서 짓궂은 웃음을 발견하고 미간을 찌푸렸다.

"라드 후. 내 호위 기사를 놀리지 마시오."

"놀리다니요. 저는 길버트 경을 좋아합니다. 참 괜찮은 사람이지요."

"다음에 보면 사과하시오."

"사과요?"

"의도하지 않았다고 해도 그를 속였소."

"흐음. 기분이 상했을 수는 있겠군요. 알겠습니다. 길버트 경이 오해하지 않도록 잘 얘기해 보겠습니다."

조세프가 불편한 내색을 감추려 찻잔을 입에 물었다. 또 둘만 아는 얘기를 한다. 분명 황녀의 약혼자는 자신인데 두 사람 사이에 자꾸 자신이 끼어들어 방해하는 기분이 들었다.

라드 후작의 방문을 막을 명분이 없으니 조세프는 두 사람만 단둘이 만날 기회를 주지 않으려고 오기를 부렸다. 이마저도 안 하면 불안해 견딜 수가 없었다.

그렇다고 은왕궁을 다녀오면 기분이 나아지는 것도 아니었다. 때로는 더 나빠졌다. 아무리 애를 써도 황녀와의 거리는 좁혀지지 않았다.

'주어진 조건은 저자도 나와 다를 게 없는데.'

매일 똑같은 시간만큼 만났다. 황녀가 두 사람에게 내주는 시간은 한 시간도 채 안 되었다. 차를 마시는 동안 황녀는 거의 말도 하지 않았다. 라드 후작 역시 현란한 말재간을 보이는 것도 아니었다.

'그냥 차를 마시고 앉아 있다가 별다른 사건 없이 일어날 뿐이잖아.'

기분 탓일까. 조세프는 하루하루 지날수록 자신만 홀로 제자리에 서 있고 라드 후작만 저만치 가는 것 같았다. 그제보다는 어제, 어제보다는 오늘. 이상하게 점점 갈수록 황녀와 후작의 사이에 감도는 공기가 푸근해졌다.

두 사람이 남들이 듣지 못하는 정신 감응으로 대화를 나누는 건 아닐까, 망상까지 들었다.

조세프가 이해할 수 없는 게 당연했다. 황녀와 후작의 만남은 오후의 티타임이 전부가 아니었다. 진짜는 그 후였다.

조세프가 기이한 패배감을 곱씹으며 돌아갈 때 쿤은 황녀의 침실 발코니 창문을 두드렸다. 언젠가부터 잠겨 있지 않았다. 쿤은 예의상 몇 번 두드리고 바로 창을 열어 침실로 들어갔다. 오늘은 평소보다 늦었다.

'그 녀석, 오늘따라 귀찮게 굴고.'

휙 먼저 가 버리던 조세프가 오늘은 뭉그적거리며 자꾸 말을 걸었다. 딴에는 아까 길버트에게 말했던 깃털 이야기가 뭔지 정보를 캐낼 작정이었나 본데 쿤은 적당히 두루뭉술 넘어갔다.

넓은 침실은 긴 직사각형의 구조로 응접실로 통하는 문, 시녀들이 드나드는 문 등 용도에 따라 여러 개의 문이 따로 있었다.

쿤은 테이블 앞에 서 있는 시에나에게 곧바로 다가갔다. 뒤에서부터 끌어안았다. 시에나가 고개를 뒤로 돌리자 그녀의 입술에 키스하는 연속된 동작이 자연스러웠다.

가벼운 키스가 몇 번 이어졌다. 두 사람의 입술이 맞닿아 부드럽게 마찰했다가 떨어졌다.

시에나는 그의 재킷 소매를 잡아 걷어 올렸다. 드러난 셔츠 소매를 잠시 보다가 손으로 잡아당겨 더 잘 보이게 했다. 그의 소매에 그녀가 선물한 버튼이 채워져 있었다.

"이거 지금 입은 옷에 안 어울려."

"상관있나요? 어차피 내 소매를 보는 사람도 없는데."

"가지고 있는 버튼이 이거뿐인 건 아니잖아."

"자주 사용해야 물건이 빨리 낡으니까요."

"낡은 물건을 좋아해?"

"아니요. 낡으면 당신에게 새것을 또 달라고 하려고요."

시에나는 어이없어하다가 웃고 말았다. 그녀는 웃음이 늘었다. 그의 앞에서 얼마나 자주 웃는지 그녀 스스로는 몰랐다.

"꺄앗."

갑자기 몸이 휙 들리는 바람에 시에나가 짧은 비명을 질렀다. 그가 시에나를 번쩍 안아 테이블 위로 올렸다.

그가 두 손으로 테이블을 짚고 자세를 낮추며 상체를 숙였다. 그녀의 턱 아래에서 고개를 들어 바짝 얼굴을 가까이 붙였다. 자연스레 시에나가 그를 내려다보는 자세가 되었다.

시에나는 이런 식으로 종종 그가 일부러 자신을 올려 볼 때마다 기분이 이상했다. 우리 두 사람 사이에 주도권은 무조건 당신에게 있다고 말하는 것 같았다.

그렇다고 그가 정말 약하다거나 비굴해 보이지는 않았다.

"언제까지 루크 경과 유치한 경쟁을 할 셈이지?"

"계속할 겁니다."

"왜?"

"난 당신을 만나야겠고. 그 녀석은 그 꼴을 못 보겠다는데 어쩌겠어요. 그냥 셋이 봐야지."

"이해가 안 돼."

"어떤 점이요? 내가 그놈을 그냥 내버려 두는 게?"

시에나가 그에게 살짝 눈을 흘겼다. 솔직히 그것도 조금 의아하기는 했다. '약혼'이나 '약혼자'에 무척 예민하게 반응하길래 조세프와 껄끄럽게 부딪칠 줄 알았다.

해코지까지는 아니어도 망신을 준다거나 속을 긁는다거나.

그런데 뜻밖에 그는 조세프를 무던하게 대했다. 가끔 조세프가 건방진 소리를 해도 웃어넘겼다.

"내가 걱정하는 문제는 다른 거야. 이대로는 이상한 소문이 날 거야."

"안 나요. 내가 당신과 단둘이 만나면 모를까."

"셋은 괜찮다고?"

"약혼자가 공인한 만남이잖아요."

기가 막힌 시에나의 입이 벌어졌다.

"어떻게 그런 식으로 해석해?"

"두고 봐요. 이상한 소문은 절대 안 나요. 그 녀석도 끼어 있으면 우리가 하루 한 번이 아니라 세 번을 만나도 괜찮아요. 그리고 누가 물어도 그 녀석은 절대 사실대로 말 못 해요. 아마 날 친구라고 할 걸요. 남의 눈을 엄청 신경 쓰니까."

"루크 경을 이용하는 거야?"

"쓸 만하지요."

"……약았어."

"내가 당신 얼굴 보겠다고 한계치로 머리를 굴리고 있다고요."

"원래 그런 게 특기가 아니라?"

"너무하시네. 나 좀 좋은 쪽으로 봐 줘요."

그가 고개를 들이밀어 시에나의 얼굴 여기저기에 자잘하게 키스했다. 시에나는 웃으면서도 성가시다는 듯 손으로 그의 입술을 요리조리 막았다.

쿤이 몇 번의 시도가 막히자 굽혔던 무릎을 세워 일어났다. 단번에 자세가 역전되었다. 이제는 시에나가 그를 올려다보게 되었다.

그가 그 자세에서 상체를 숙이니 시에나의 등이 점점 테이블로 눕혀졌다. 앉은 자세를 겨우 유지할 수 있는 아슬아슬한 순간에 그의 손이 시에나의 등을 받쳐 지탱했다.

고개를 옆으로 기울인 그의 입술이 다가왔다. 그녀의 입술을 가볍게 물었다가 물러났다.

시에나는 눈을 내리떴다. 이번에는 막거나 피하지 않았다. 따로 약속을 정하지 않았으나 둘만 나누는 은밀한 신호였다.

그의 입술이 다시 닿았다. 시에나가 입을 열었다. 두 사람의 호흡 소리 사이로 희미하게 비음이 섞였다. 깊은 체온이 닿는 긴 키스 끝에 그가 한숨처럼 중얼거렸다.

"음. 시에나. 당신의 키스 실력은 나날이 느는군요."

다시 맞붙은 입술 사이로 웃음소리가 샜다.

"말했잖아. 난 빨리 배운다고."

"그래서 큰일입니다."

"왜?"

"내 인내심의 한계가 보여서."

시에나는 재미난 농담을 들은 것처럼 웃었지만, 쿤은 웃을 수 없었다.

정말 그는 인내심이 바닥나는 순간을 보는 횟수가 부쩍 늘었다.

시에나가 염려한 대로 소문은 퍼졌다. 미혼의 남자, 더구나 사교
계에서 촉각을 곤두세우는 인물이 매일 은왕궁에 드나드는데 소문
이 나는 게 당연했다.

그리고 쿤이 예측한 대로 소문이 파다하게 난 것치고 그다지 이
상한 뒷말은 없었다. 그 자리에 항상 약혼자 조세프도 함께였기 때
문이다.

오히려 약혼자인 조세프만 자주 황녀를 만나러 갔다면 두 남녀
가 이미 깊은 관계까지 갔다라는 말이 나왔을 것이다.

그런데 세 사람이 만나니까 사람들은 그들의 만남을 남녀의 화
학적 작용이 아니라 모임 비슷하게 생각했다. 은근히 그 모임에 끼
고 싶어 했다.

조세프는 사람들로부터 같은 질문을 자주 받았다.

"라드 후작님과 친교를 나누신다면서요? 전부터 느꼈지만 루크
경은 사교성이 참 좋으시네요. 라드 후작님과 대화 한 마디 나눠 본
사람이 거의 없는데 그분과 절친한 관계 시라니."

부러워하며 치켜세워 주는 사람들에게 '그런 거 아니다'라고 말
할 용기가 없었다. 조세프는 웃으며 넘기거나 때로는 허세를 부렸
다.

어느새 사교계에서 조세프는 라드 후작의 유일한 친구라는 소문
이 진실로써 뿌리내렸다. 소문은 디안의 귀에도 들어갔다. 디안이
쿤을 불렀다. 쿤의 얼굴을 보자마자 호쾌하게 웃었다.

"하여튼 머리 좋아. 네가 은왕궁에 자꾸 가는 바람에 너와 나의 밀착을 의심하던 자들이 혼동을 일으키기 시작했어."

"……."

쿤은 당황했다. 그건 정말 의도한 결과가 아니었다. 요즘 그의 관심 범위 안에는 오직 황녀뿐이라 다른 일은 안중에 없었다.

"은왕의 약혼자까지 끼어서 함께 만나다니. 넌 정말 수단 하나는 기가 막히는 녀석이야. 이름이 조세프였지? 루크 공의 손자가 그다지 도량이 넓어 보이지 않던데 어떻게 구워삶았냐? 정말 그자와 친구라도 된 거야?"

쿤이 코웃음 쳤다. 그 소문은 쿤 역시 들었고 사람들이 오해하도록 내버려 두었다.

"친구는 무슨. 그자는 날 아주 싫어해."

"그럼 무슨 수로 은왕을 만나러 가는 거야?"

"은왕을 만나는 것과 그자가 무슨 상관이지?"

"은왕의 약혼자가 널 데려가는 게 아닌데…… 은왕이 널 만나 준단 말이야? 매일?"

쿤이 고개를 끄덕였다. 디안의 표정이 점점 굳었다.

"은왕이 너와 내 관계를 의심하는 건가?"

"……."

디안은 장점만큼 단점도 있는 녀석이지만, 녀석의 단점 중에 멍청함은 없다고 생각했는데. 쿤은 자신의 판단을 수정할 필요성을 느꼈다.

"그런 거 아니야."

"그러면?"

이제는 디안에게도 말할 때가 되었다.

"……내가 그녀에게 관심이 있어."

디안의 반응은 기대와 달랐다. 놀라는 한편으로 몹시 난감해했다.

"그럴 필요까지는 없어."

"뭘?"

"네가 굳이 그런 짓까지는 안 해도 되잖아."

쿤이 미간을 좁혔다.

"그런 짓?"

"은왕의 잘못이 아니야. 은왕은 그저 몰랐을 뿐이고. 말투나 표정이 딱딱해서 그렇지 사실은 정이 많아. 완벽해 보이는 사람이 안이 여린 법이거든. 그리고 아무리 어른스러워 보여도 성년 생일이 지난 지 얼마 안 되었고……. 황녀는 이제 겨우 스무 살이란 말이다. 이 나쁜 놈아!"

주절주절 은왕의 변호를 늘어놓던 디안이 마지막에 가서는 소리를 질렀다.

"……."

"……."

두 사람 사이에 어색한 정적이 감돌았다.

쿤이 한숨을 푹 쉬며 고개를 떨어뜨렸다.

'남매가 맞긴 맞네.'

참 안 닮은 남매는 하필 왜 이런 점이 닮았을까. 쿤은 자기 자신을 진지하게 되돌아보았다. 두 사람에게서 같은 오해를 받을 만큼 형편없이 살았나, 자괴감에 휩싸였다.

"잘 들어."

"쿤."

"닥치고 내 말 들어. 자칭 친구라면서 사람을 쓰레기 취급해?"

여전히 불신이 담긴 디안의 눈을 쳐다보며 쿤은 진지하게 말했다.

"딴 속셈 있는 게 아니야. 목적이 있어서도 아니고. 그 여자가 좋아. 그 여자를 원한다고. 난 그녀가……. 젠장! 왜 내가 그녀에게도 못한 고백을 네놈 앞에서 해야 하는데!"

디안이 눈만 끔벅거렸다. 제 눈앞에 앉아 있는 녀석이 이렇게까지 성질을 내는 건 처음 봤다.

"좋다고? 그 좋다는 게…… 여자로서 좋다고?"

"너, 그런 이해력으로 황제 노릇은 어떻게 할 거냐? 나라 꼴 잘 돌아가겠다. 조만간 제국이 망하겠구나."

신랄한 악담에도 디안은 상처 입지 않았다. 신기했다. 내색은 안 했어도 쿤이 여자에게 관심이 없을지도 모른다고 생각했다.

쿤은 귀족들을 그다지 좋아하지 않는 것치고는 꽤 부지런하게 사람들과 교류했다. 냉소적인 녀석이 일이 목적이면 방긋방긋 잘도 웃었다.

필요 때문에 퇴폐적인 귀족들의 파티에 수시로 참석해야 했다. 디안은 호기심에 몇 번 따라가 봤다. 어떤 상황에서도 쿤이 흔들리는 모습을 못 봤다.

거의 알몸으로 들러붙는 여자를 심드렁하게 떼어 내던, 지루해 죽겠다는 녀석의 표정이 아직 잊히지 않는다. 처음에는 감탄하다가 나중에는 쿤의 성 기능을 의심했다.

"일단 다행이다."

"뭐가?"

"그런 게 있어."

같은 남자로서 널 동정하지 않아도 되니까.

디안은 크음, 소리 내며 현실로 돌아왔다.

"그래서 어쩔 건데?"

"그걸 질문이라고 하냐?"

"아, 확실히 말을 해 줘야 알지. 황녀와 뭘 어디까지 하고 싶은데."

"뭘 어디까지? 끝을 볼 게 아니면 시작도 안 했어."

"……허."

디안의 표정이 심각해졌다.

"너 진심이구나."

보통 이런 상황이면 두 사람의 동맹은 깨질 가능성이 컸다.

디안은 아직 압도적으로 정권을 잡지 못했다. 그런데 중요한 조력자인 쿤이 디안의 경쟁자인 황녀를 얻는다? 누구라도 쿤이 딴 속셈을 품었다고 생각할 것이다. 그녀를 황제로 옹립한 후 제국을 좌지우지하다가 심지어는 장차 스스로 제위에 오르고 싶은 건 아닌가.

하지만 디안은 일족의 운명을 짊어진 쿤의 처지를 잘 알았다. 한 시대를 풍미할 거대한 권력 따위는 쿤의 관심사가 아니었다.

라드 일족은 정착을 원했다. 일족의 염원이 쿤의 소명이었다. 백

년, 이백 년, 대대로 일족이 독립적이고 안정적으로 살아갈 수 있는 땅이 필요했다.

그래서 디안은 쿤을 신뢰했다. 황제가 되면 쿤이 원하는 것을 주기로 했으니까. 약속을 어기지 않으면 쿤은 절대 배신하지 않을 테니까.

"내가 뭘 어떻게 돕기를 원해?"

"넌 그냥 계획된 대로 움직이면 돼. 네 계승권을 되찾아서 황제의 후계로서 자리를 잡고 잡음 없이 황좌에 앉아."

"은왕이 순순히 물러나겠어? 제위가 눈앞에 있었는데."

"원래 자신의 것이 아니었다는 걸 알면 그녀 성격상 욕심내지 않을 거야."

디안이 눈살을 찌푸렸다. 말이 뾰족하게 나왔다.

"은왕의 성격을 네가 어떻게 알아?"

쿤은 무시한 채 말을 이었다.

"그리고 황제가 되면 명군으로서 제국을 통치해. 그녀가 미련을 남길 여지를 두지 않도록. 그게 네가 날 도와주는 길이다."

"……원론적이고 막연한 얘기군. 내가 반대하면?"

"왜?"

디안이 짓궂게 빙글거렸다.

"정치적인 이유에서가 아니라. 이복 오라버니도 어쨌든 오라버니니까. 내가 누이의 남편감으로 네가 탐탁지 않다고 한다면?"

"넌 안 그럴 거야."

"무슨 자신감이야. 친구와 누이동생을 노리는 놈은 입장이 다르지."

"누이가 있으면 날 매제로 삼을 거라며."

"어, 그게……."

디안은 언젠가 제가 했던 말을 똑똑히 기억했다. 말문이 막혔다. 쿤은 디안을 보며 여유롭게 씩 웃었다.

"네 말대로 이복 오라버니도 어쨌든 오라버니지. 미리 허락해 줘서 고맙다."

*   *   *

쿤이 디안에게 불려간 비슷한 이유로 시에나도 패트리샤에게 불려갔다.

"은왕. 요즘 이상한 이야기를 들었어요. 라드 후작이 은왕궁에 자주 찾아온다면서요?"

"루크 경도 함께입니다."

"안 그래도 루크 경을 불러 물었어요. 세간에 알려진 것과 다르게 아주 친한 관계는 아니라고 해요. 솔직히 불편하다더군요. 은왕과 오붓하게 담소를 나누고 싶다고 했어요."

시에나가 말없이 찻잔을 입에 댔다. 비죽 비웃음이 나왔다. 비겁한 자다. 가뜩이나 낮은 조세프의 점수가 형편없이 바닥으로 곤두박질쳤다.

라드 후작과 제대로 말도 나누지 못하는 사이면서 '아주 친한 관계는 아니다.'라는 교묘한 거짓말로 허세를 부리다니. 패트리샤의 힘을 빌려 라드 후작을 쫓아내려는 조세프의 알량한 속마음이 빤히 보였다.

'내게는 라드 후작이 불편하다는 말조차 못 꺼내는 주제에.'

시에나는 패트리샤의 안목이 의심스러웠다. 조세프의 어떤 점이 마음에 들었을까.

"루크 경이 함께 있으니 문제가 되지는 않을 텐데요. 여러 사람과 교류하라고 어머니께서 권하셨습니다."

패트리샤가 고운 미간을 찡그렸다가 과장된 한숨을 내쉬었다.

"은왕. 듣고 너무 놀라지 마세요. 그 라드 후작은…… 철왕의 측근입니다."

시에나가 물끄러미 패트리샤를 보았다. 물론 전혀 놀라지 않았다. 진즉 아는 정보를 마치 대단한 기밀인 듯 심각하게 말하는 어머니가 가소로웠다.

'어머니. 철왕은 황제가 된답니다.'

오늘 이 세상에서 오직 시에나만 알고 있다. 신이 그녀에게 준 미래 정보다.

"그자는 철왕과의 관계가 아주 긴밀해요. 확실한 근거를 갖고 말하는 거랍니다. 그자가 어떤 듣기 좋은 말을 해도 넘어가시면 안 됩니다."

"예. 새겨듣겠습니다."

시에나는 무감하게 대답했다.

"은왕. 그자는 주변의 눈을 속이기 위해 농간을 부리고 있어요. 은왕을 자주 찾아가 자신이 철왕의 측근임을 감추는 거지요."

찻잔을 든 시에나의 손끝이 움찔했다.

'······그렇겠지.'

쿤은 철왕을 제위에 앉힐 목적이다. 그 거대한 계획을 실행하기 위해서는 하나부터 열까지 철저한 계산으로 움직일 것이다. 그가 순수한 목적으로 은왕궁에 방문했을 리가 없다.

패트리샤가 지적한 사실이 새삼 충격받을 일은 아니다. 그래도 마음이 헛헛했다. 입에 머금은 차가 떫게 느껴졌다. 억지로 삼켰더니 속이 울렁거렸다.

"그래서 말인데······."

패트리샤가 시에나의 눈치를 살폈다.

"약혼 기간을 길게 두어서 뭘 하겠습니까? 슬슬 혼인을 생각해 봅시다."

시에나가 거칠게 찻잔을 내려놓았다. 짜증이 확 일었다. 어머니의 일방적인 의견만은 아닐 것이다. 조세프가 그러기를 바란다고 했을 게 틀림없다.

"전에 그 이야기는 끝난 것으로 압니다. 약혼은 어머니 뜻대로 합니다. 대신 결혼은 서두르지 않겠다고 말씀드렸습니다."

"은왕. 나는 결혼으로 그대의 기반이 단단해지기를 바랍니다."

"루크 경이 제게 무슨 도움이 된다는 겁니까?"

"아니지요. 은왕. 그대가 얻는 건 루크 경이 아니라 루크 공작 가문이에요. 철왕이 그로시 공의 손녀와 왜 약혼했다고 생각해요? 철왕이 바라는 건 약혼녀가 아니라 그 뒤에 있는 공작 가문이랍니다."

"······."

"굳이 말하지 않아도 그 정도는 당연히 잘 알겠지요."

시에나는 차가운 물을 뒤집어쓴 것처럼 정신이 확 들었다. 어머니는 조세프를 사윗감으로 골라 루크 공작 가문을 택했다. 철왕이 그로시 공작 가문과 손잡으려고 비올렛과 약혼한 것처럼.

결혼은 필요에 의한 결합.

시에나는 얼마 전까지 그게 당연하다고 생각했다. 그때의 시에나라면 조세프의 됨됨이에 불만을 품지 않았을 것이다. 조세프가 어떤 사람인 건 중요하지 않으니까. 그자의 가치는 루크 공작의 손자라는 점이다.

그리고 그때의 시에나라면 철왕의 약혼은 당연히 계산이 깔린 계약이라고 생각했을 것이다.

수줍게 웃는 비올렛의 얼굴을 떠올리며 이유 모를 불편함을 느끼는, 지금 같은 기분을 몰랐을 것이다.

「변하셨습니다.」

포프 백작부인이 했던 말이 머릿속을 스쳤다. 흘려들었던 한마디가 깨달음으로 와 닿았다.

'내가 변했어……?'

고작 반년 만에 급격히 가치관이 변했다. 그녀는 달라진 자신이 낯설었다. 꿈에서 봤던 황제가, 도무지 공감할 수 없었던 미래의 자신이 저만치 멀리 있다가 성큼 눈앞에 다가온 기분이었다. 두렵고 불쾌했다.

'난 절대…… 그 황제처럼 되지 않겠어.'

지난 과오를 후회하며 가슴을 치는 짓 따위는 하지 않을 것이다.

시에나는 적왕궁을 나와 궁으로 돌아가는 길에 방향을 틀었다.

"철왕궁으로 가자."

"예. 전하."

꿈에서 쿤은 말했다. 철왕은 시에나를 증오하는 한편으로 지키고 싶어 했다고. 생각하고 또 생각해도 의미를 모르겠다. 그 말을 이해하려면 철왕이 어떤 사람인지 파악해야 할 것 같다.

철왕궁의 시종이 시에나를 맞이했다. 갑작스러운 방문에 꽤 당황한 기색이었다.

"철왕께서 안에 계시는가?"

"예, 전하. 한데 손님이 들어 계시옵니다."

"기다리겠다."

시종이 곤란한 낯으로 말했다.

"손님이 언제 나오실지 기약이 없습니다. 철왕 전하께서 언제나 절대 방해하지 말라고 엄명를 내리십니다. 손님이 가실 때까지 저희는 어떤 말씀도 전하러 들어갈 수가 없습니다."

"괜찮다. 기별 없이 찾아온 내 잘못이지."

시에나는 소파에 앉으려다가 시종이 '언제나'라고 표현한 부분이 인상적이라서 물었다.

"손님이 누구인가?"

시종이 머뭇거렸다.

"자주 오는 손님인가?"

이번에도 시종은 대답하지 못했다.

현재 디안은 쿤과 함께 있었다. 쿤은 라드 후작이 되기 전부터 철왕궁에 드나든, 철왕의 귀빈이자 비밀스러운 손님이었다. 쿤은 이제 후작이 되어 남의 눈에 거리낌이 없지만, 철왕궁의 시종들은 아직 예전에 조심했던 습관이 남아 있었다.

시에나는 석연치 않은 시종의 태도를 통해 손님의 정체를 짐작했다.

"라드 후작이 들어 계시느냐?"

고개를 숙인 시종의 어깨가 대답처럼 움찔했다.

"들어가 말씀 전해 올리라."

"전하."

"장담컨대 철왕께서 노여워하지 않으실 터. 내가 뵙고자 한다고 말씀드려라."

"……예."

시종이 몹시 주저하다가 안으로 들어갔다. 잠시 후 가벼운 걸음으로 나온 시종이 꾸벅 고개를 숙였다.

"안으로 모시라고 하셨습니다."

시에나는 시종이 열어 주는 문 안으로 들어갔다. 소파에 앉아 있던 두 남자가 시에나를 보며 일어났다. 시에나의 걸음이 잠시 멈칫했다.

'친구……'

꿈에서 쿤은 철왕과의 관계를 친구라고 했다. 참 묘한 어감이었다. 주종 관계도 거래 관계도 아닌, 친구.

시에나는 저 두 사람이 친구가 될 수 있다는 게 놀라웠다. 황제가 되려는 자와 그자를 제위에 앉히려는 자. 냉정한 계산과 결단만 가능한 관계일 텐데.

'내가 아는 친구의 정의가 쿤이 생각하는 의미와 다를 수도 있지.'

시에나가 그들에게 다가갔다. 눈이 마주친 쿤이 고개를 숙여 인사했다. 디안은 자신이 앉았던 자리를 시에나에게 내주었다. 그들 사이에 의례적인 인사 몇 마디 오갔다. 시종이 세 사람의 차를 가져왔다.

"연락 없이 찾아와 결례했습니다. 중요한 대화를 방해했다면 미안합니다."

"한담을 나누는 중이었으니 괜찮아요. 은왕이 날 찾아온 이유가 더 중요하겠지요. 무슨 일이 있어요?"

"지나는 길에 들렀습니다."

"……지나는 길?"

"지난번에 말씀하신 소풍은 어찌 되어가는지 궁금하기도 하고요."

"아…….."

디안이 재빠르게 표정을 관리했다.

"마침 잘 왔네요. 안 그래도 사람을 보내려고 했는데."

시에나가 핑계로 삼은 방문 이유는 납득이 가지 않았다. 절대 황녀답지 않다. 그런데 디안의 마음에 변화가 일었다. 전이라면 오로지 의심만 했겠지만, 그 의심이 반으로 줄었다.

"어딜 다녀오던 중이었나요?"

"적왕궁에요."

디안이 입술 끝을 살짝 비틀어 웃었다. 미묘한 미소였다.

"적왕께서는 평안하신가요?"

"예."

"모녀 사이가 좋군요. 자주 뵙나 봅니다."

"필요한 만큼이요. 오늘은 따로 용무가 있었지요."

"무슨 용무……. 아, 은왕. 캐물으려는 게 아닙니다. 습관적으로 나온 말이에요."

시에나는 대수롭지 않게 고개를 끄덕였다. '당신들 두 사람을 조심하라더라.'라고 말하면 반응이 재밌겠다.

그런데 그보다 더 상대방의 반응이 기대되는 말이 떠올랐다.

"결혼을 재촉하시더군요."

쿤은 태연했다. 최소한 겉으로 보기에는 그랬다. 오히려 시에나의 대답에 디안이 몹시 흥미로워했다.

"적왕께서 은왕의 결혼을 서두르고 싶어 하나요?"

"두 사람의 생각은 그렇더군요."

"두 사람?"

"루크 경이요."

"아아."

쿤은 오누이의 대화에 참여하지 않았다. 내리까는 그의 눈동자에 다른 사람은 보지 못할 사나운 기운이 스쳐 지나갔다.

'그놈. 당분간은 봐주려 했더니. 간사한 수작을 부려?'

디안과 그녀의 대화를 통해 대충 가닥을 잡았다. 조세프가 쪼르르 적왕에게 달려가 결혼 이야기를 꺼냈나 보다.

약혼자라는 그자의 허울이 필요해 내버려 두었다. 조세프가 약혼자의 위치에 만족해 얌전히 있으면 쿤은 거짓 친구 노릇도 해 주고 적당히 그자의 위신을 세워 주려 했다.

'결혼이라니.'

쿤은 어금니를 지그시 사리물었다. 불쾌함으로 속이 부글부글 끓었다. 동시에 불안했다.

그녀는 '예정된 일'이라 약혼했다고 말했다. 약혼에 별 의미를 두지 않았다는 뜻이다. 그녀에게 약혼은 수많은 일정 중 하나였다. 조세프에게 관심이 없는 건 다행이지만, 그녀는 결혼도 그런 식으로 할 거다.

'결혼은 안 돼.'

본격적으로 결혼 말이 오가는 것도 막아야 한다. 말이 나오는 대로 적왕은 서둘러 진행할 테고 결혼은 또다시 그녀에게 '예정된 일'이 될 것이다.

"난 올해는 넘길 것 같군요. 이러다 은왕이 나보다 먼저 결혼하겠네요."

디안의 목소리 톤이 평소보다 약간 높았다. 이건 약 올리는 거다. 쿤은 속으로 숫자를 세며 참았다. 속은 진흙탕이어도 표정 변화는 없었다.

슬며시 쿤을 곁눈질하던 시에나는 그가 반응이 없으니 재미가 없었다. 그리고 남의 속을 떠보려는 자신의 유치함이 창피했다. 그녀는 화제를 돌렸다.

"그럴 수도 아닐 수도 있겠지요. 소풍은 언제인가요?"

"나흘 후, 어때요?"

"보좌관에게 일정을 확인해 봐야 합니다."

"안 되면 다음 날도 괜찮아요. 라드 후. 시간이 되면 그대도 함께 하겠소?"

병 주고 약 주는군. 쿤은 속으로 투덜거리며 대답했다.

"영광입니다. 전하."

"그럼 라드 후도 참석자 명단에 추가하면 되겠군. 물론 은왕이 동의한다면요."

"……상관없습니다."

"그리고 메르제 백작 부부도 초대하려 합니다."

뜻밖의 인물이 거론됐다. 메르제 백작은 리먼 공작의 측근까지는 아니어도 상당히 가깝게 교류하는 유명 인사였다. 디안이 설명을 덧붙여 의문점을 해소해 주었다.

"그들은 증인입니다. 우리가 정말 순수하게 소풍을 즐겼다는 걸 증명해 주겠지요."

메르제 백작은 사교계의 마당발로 유명했다. 백작부인의 사교성도 남편 못지않았다. 사교계에 돌아다니는 소문 중 백작 부부가 모르는 게 없고 상당히 많은 소문이 또한 백작 부부의 입에서 흘러나갔다.

시에나는 픽 웃으며 고개를 끄덕였다. 가볍게 생각한 소풍인데 철왕은 빈틈이 없었다. 철왕이 어떤 사람인지 조금 알 것 같다. 허술해 보이는 겉모습과 다르게 꼼꼼했다.

"장소는요?"

"황궁에 정원은 많지요."

"날이 찹니다. 온실을 쓰세요."

"거길 사용하려면 절차가 많더군요."

온실은 특별한 정원이었다. 오래전 선황제가 온실을 지어 아내에게 선물한 이래 온실의 사용권은 황제의 배우자가 갖는 게 전통이 되었다. 패트리샤가 절대 허락할 리가 없었다. 그래서 디안은 아예 시도도 하지 않았다.

"적왕의 허락은 내가 받겠습니다."

"아무리 은왕이라도 쉽지 않을걸요."

"내가 쓰겠다고 하면 됩니다."

"……거짓말을 하겠다고요?"

"거짓말이 아닙니다. 내가 누구와 함께 쓸지 말을 안 하는 것뿐이지요."

디안이 헛웃음을 터뜨렸다. 모범생의 일탈을 보는 기분이랄까. 황녀는 종종 생각지 못했던 모습을 보여 주었다. 디안은 조금씩 시에나에 관해 알아가는 게 즐거웠다. 가족 놀이를 하고 싶으냐, 누가 비웃는대도 좋다.

"그럼 은왕의 도움은 사양 않고 받겠습니다."

"온실 관리인에게 말해 두겠습니다."

시에나가 대화를 마무리하며 일어났다.

"가려고요? 라드 후. 그대가 은왕을 배웅……."

"배웅은 됐습니다."

시에나가 딱 잘라 말하고 돌아섰다. 디안이 쿤을 보며 어서 따라가지 않고 뭐 하느냐고 눈짓을 보냈지만, 쿤은 일어난 채 나가는 시에나의 뒷모습을 바라보다가 도로 자리에 앉았다.

"뭐야. 두 사람 왜 이렇게 데면데면해?"

은근히 기대했던 장면을 전혀 보지 못한 디안이 타박했다.

"그리고 왜 안 따라가?"

"따라오지 말라잖아."

"그런 식으로 어느 세월에 진도를 빼려고. 이제 보니 너 연애 처음이지? 풋내기 티 내냐?"

"황녀는 좋다는 대답은 확실히 안 하는데 싫은 건 분명하게 말해."

그녀가 화가 나 있다면 얘기가 다르지만, 그것도 아니고. 말을 붙이려고 예전처럼 무리수를 둘 필요가 없다. 언제든 보고 싶으면 보러 갈 자격이 되니까.

"너야말로 무조건 들이대는 수작이 황녀에게 먹힌다고 생각하는 건 아니겠지?"

"……그래 너 잘났다."

디안이 뚱하게 꿍얼거렸다. 그러고 보니 쿤이 아까 황녀의 성격을 잘 아는 것처럼 말했다. 자신보다 황녀를 잘 파악하고 있다는 게 불만스러웠다.

"난 그냥 잠자코 지켜만 봐라?"

디안이 시에나의 갑작스러운 방문으로 끊겼던 이야기를 이었다.

"어설픈 간섭은 독이다."

"둘이 서로 좋아 죽는 사이가 되어도 간단한 게 아니라는 건 알지?"

"그렇겠지."

디안이 미심쩍은 표정을 지었다.

"숨겨 둔 한 수가 있냐? 왜 이렇게 태평해?"

"사냥할 셈이었으면 네게 가만히 있으란 말 안 해. 목적 그 자체만 중요할 땐 내가 수단 방법 안 가리는 거 알잖아."

"정도를 걷겠다? 그래도 자신 있다? 재수 없는 놈."

쿤이 피식 웃었다. 자신? 그런 거 없다. 어느 정도 그녀의 성격을 파악했기 때문이다. 강압적인 수단을 동원해 그녀를 차지해 봤자 마음은 얻지 못할 것이다.

그녀는 고지식한 사람이었다. 자존심도 강하다. 자신의 기준에 어긋나서 잘라 낸 상대는 다시 용서하고 받아 주지 않을 거다.

쿤의 반응을 자신감으로 오해한 디안의 눈초리가 곱지 않았다. 황녀가 이 녀석의 속이 새까맣게 타 버리도록 애를 태웠으면 좋겠다고 생각했다.

쿤이 돌아간 후 디안은 한참을 혼자 끙끙거렸다.

"괜찮은 놈이라는 건 알지. 아는데⋯⋯."

능력 있고 돈도 많고. 대외적인 신분까지 누구에게도 뒤지지 않게 갖추었다. 가문의 보호를 받으며 곱게 자란 귀족 자제들과 비교 자체가 안 된다.

몇 년에 걸쳐 곁에서 지켜보니까 사람 자체의 됨됨이도 괜찮았다. 우유부단하지 않고 자기 사람은 확실히 챙기고.

"으아아."

디안이 두 손으로 머리를 부여잡고 괴로워했다. 머리와 가슴이 따로 놀았다. 머리로는 더 나은 놈을 찾을 수 없다는 걸 안다. 감정적으로 억울했다.

"아까워. 아깝다고!"

아깝다. 황녀가 아까웠다. 우리 집의 귀한 보석을 애먼 놈이 집어 가는 것 같다. 황녀가 조세프와 약혼했다는 소식을 들었을 때는 별 생각 없었다. 디안은 자신이 왜 이런 마음이 드는지 알 수 없었다.

*　　*　　*

철왕궁에서 나오는 길에 쿤은 은왕궁으로 방향을 돌렸다. 평소처럼 창틀을 가볍게 몇 번 두드렸다. 힘을 주어 당겼더니 스르르 열렸다.

'경비가 허술하군.'

무단 침입하는 주제에 쿤이 혀를 찼다.

아까 그녀를 닷새 만에 봤다. 닷새 전부터 은왕궁에 가지 못했다. 황실의 제례 때문이었다.

황족은 신의 사제이기도 하다. 그래서 정기적으로 황실에서 제례 의식을 주관했다. 며칠에 걸쳐 진행되는 제례 기간에 외출을 삼가고 손님을 맞지 않았다. 어제 제례가 끝났다.

제례가 끝나고 하루는 안식일이었다. 이때는 방문하지 않는 게 예의였다.

오늘 디안이 불러서 입궁할 때만 해도 이럴 작정은 아니었다. 잠깐 그녀를 봤더니 인내심이 바닥났다. 태연한 척 앉아 있었지만, 표정 관리하기가 정말 힘들었다.

아직 그녀에게 우리 관계를 디안이 안다고 말하지 않았으니 그

자리에서 감정을 드러낼 수가 없었다. 그녀가 지금 침실에 있을지는 확실하지 않았다. 없으면 그냥 돌아갈 참이었다.

조용히 발코니 창을 닫고 침실 안쪽으로 몇 걸음 내디뎠다.

"으헉!"

침실 안쪽에서 억누른 비명이 터졌다. 절대 그녀의 목소리는 아니었다.

'아, 이런.'

등 뒤가 서늘했다. 쿤은 소리가 난 방향으로 천천히 고개를 돌렸다. 굳은 목이 뻣뻣하게 움직였다.

포프 백작부인의 부릅뜬 눈과 마주쳤다. 비명을 지른 당사자로 짐작되는 젊은 여자가 백작부인의 이동의자 뒤에 서서 한 손으로 제 입을 막고 있었다.

'큰일 났다.'

순식간에 온몸의 피가 다 식어 손끝까지 저렸다. 단언컨대 지금껏 살아오면서 이 정도로 눈앞이 깜깜해진 적이 없었다. 이 시각에 그녀가 아닌 다른 사람이 침실에 있을 거라고는 생각하지 못했다.

그가 좀처럼 저지른 적 없는 실수였다. 평소에는 폐쇄된 공간에 들어갈 때 항상 사람의 기척을 미리 확인했다. 그는 자기도 모르는 사이에 그녀와 있으면, 그리고 그녀와 함께 있는 공간에서는 완전히 방심했다.

쿤은 머릿속이 새하얘져 뻣뻣하게 굳었다. 베스가 먼저 정신을 차리고 상황을 정리했다.

"엠마. 나가 있으렴. 소란 피우지 말고."

"예, 예. 백작부인."

엠마가 얼른 침실에서 나갔다. 쿤은 자신을 뚫어지게 바라보는 베스의 시선을 피해 고개를 돌렸다.

변명할 여지가 없다. 도망칠 수도 없는 노릇이라 처분만 기다렸다.

"전하를 뵈러 오셨습니까?"

"……예."

"은왕궁에 제가 모르는 출입문이 있었군요."

"……"

"보아하니 이번이 처음은 아니신 듯합니다. 제가 아니라 다른 시녀가 봤으면 어찌 되었겠습니까? 운 좋게 시녀가 후작님을 알아보지 못했다고 해도 전하의 침실에 침입자가 있었다는 사실만으로 황궁이 발칵 뒤집힐 일입니다."

라드 후작을 봤을 때 베스는 별생각이 다 들었다. 황녀에 대한 강한 믿음이 베스의 놀란 마음을 진정시켰다. 한편으로 마침 좋은 기회라고 생각했다. 한 번쯤 반드시 라드 후작과 이야기를 나눠 보고 싶었다.

"형편없는 사내들이 넘보기 어려운 여자를 어떤 방식으로 얻는지 종종 목격하곤 합니다. 자신의 격을 높이기보다는 상대를 끌어내리더군요. 전하의 명예를 떨어뜨리는 것이 후작님께서 바라시는 일입니까?"

베스는 일개 수석 시녀에 불과했다. 그녀는 후작을 추궁할 자격이 없었다. 그런데 마치 집안의 큰 어른처럼 모욕적인 비난을 던졌다.

순간적으로 드러나는 눈빛이라도 좋다. 후작의 반응을 통해 그의 본성을 엿보고 싶었다.

"절대 아닙니다. 그녀……. 전하께서는 어리석은 분이 아닙니다. 그런 일을 용납할 리가 없지요."

베스는 유심히 후작의 표정을 살폈다. 당황하는 기색이 역력하지만, 화를 눌러 참는 것 같지 않았다.

"전하께서 허락하셨다고 해도 이런 일은 하시면 안 됩니다."

"예. 경솔했습니다."

"더구나 전하께서는 약혼하셨습니다. 엄연히 약혼자가 따로 있는데 다른 사내와의 밀회는 올바르지 않습니다. 전하께 충고를 드릴 주제는 못 되어도 전하께서 제 말은 귀를 기울여 들어 주십니다. 다시는 이런 식으로 후작님을 뵙지 마시라고 간곡히 말씀 올릴 생각입니다."

쿤이 말없이 한숨만 내쉬었다. 잘 보여야 할 사람에게 밉보인 모양이다.

베스는 후작이 자기 자신을 변호하려 애쓰거나 협상안을 제시하지 않는 점에서는 일단 합격점을 주었다.

"기왕 오셨으니 전하를 뵙고 가십시오. 곧 오실 겁니다."

마지막 시험이 남았다.

후작이 황녀를 만나 지금 이 상황을 어떻게 모면할지 궁금했다.

잠시 후, 황실 도서관에 들르느라 시간을 지체한 시에나가 돌아왔다. 베스는 가타부타 설명 없이 황녀를 침실로 들여보냈다. 그리고 기다렸다. 오래 지나지 않아 황녀가 침실에서 나왔다.

시에나가 응접실에서 다른 시녀들을 내보내고 베스와 단둘이 남았다.

"난처한 상황이었다고 들었소."

"침실에 멋대로 들어가 송구합니다. 전하."

"그건 상관없소. 그대가 종종 간식을 챙기는 걸 모르는 것도 아니고."

"제가 놀라는 바람에 후작님께 무례한 말씀을 드렸습니다."

"괜찮소. 라드 후는 불쾌해하지 않았소."

"후작님이…… 뭐라고 하셨습니까?"

시에나가 훗, 가볍게 웃었다.

"따끔하게 야단을 맞았다더군. 진땀이 나서 혼났다고 엄살을 부리던데."

"전하. 제가 주제넘게……."

"아아. 나무라려는 게 아니오. 잘했소. 나도 경솔했소. 남의 입에 오르내릴 만한 일은 하는 게 아니지. 오늘 같은 일은 다시는 없을 거요. 앞으로도 그대가 보기에 아닌 것 같은 일은 언제든 말해 주오. 내가 가끔은 올바른 판단을 못 하는 것 같아."

베스가 감격해서 붉어진 눈시울로 미소 지었다.

"예. 전하."

베스는 라드 후작에 관한 판단을 보류했다. 그의 대처는 완벽했다. 그래서 오히려 마음을 놓을 수 없었다.

진심이면 다행이지만, 다른 속셈을 숨긴 철저한 계산이라면 무서운 사내다. 장차 황녀에게 치명적인 상처를 남길 것이다.

"전하. 주제넘은 질문을 한 가지만 드려도 되겠습니까?"

시에나가 잠시의 간격을 두고 고개를 끄덕였다. 아무래도 베스의 질문이 무엇일지 짐작하기에 내키지 않는 기색이었다. 베스는 이번만큼은 황녀를 배려하지 않고 과감히 물었다.

"그분을 마음에 두셨습니까?"

시에나가 한참 만에 대답했다.

"잘 모르겠소."

그 남자는 다르다. 시에나는 쿤과 함께 있을 때만 느끼는 감정이 특별하다고 인정했다. 하지만 단순히 좋다, 싫다로 딱 자를 수 없었다. 현실의 문제뿐 아니라 미래까지. 얽힌 게 한둘이 아니었다.

"그래서 말인데."

"예. 전하."

"그 남자. 정부로 삼을까?"

"전하!"

사색이 된 베스를 보며 시에나는 웃음을 터뜨렸다.

*　　*　　*

다음 날 늘 오던 시각에 라드 후작은 은왕궁에 나타나지 않았다. 제례가 끝났으니 두 남자의 보이지 않는 싸움이 다시 시작될 거라고 기대했던 시녀들이 술렁거렸다.

라드 후작은 안 왔으나 조세프는 왔다. 그는 라드 후작이 보이지 않아 잠시 당혹스러워했다가 이내 승리자의 미소를 지었다.

'적왕께 말씀드린 효과를 보는군.'

틀림없이 적왕의 입김이 작용한 덕분이라고 믿었다.

'진즉 이랬어야지.'

방해자가 사라져 속이 시원했다. 조세프의 자신감이 충만해졌다.

"뵙기를 청한다고 은왕 전하께 말씀 올려주시오."

베스가 난처한 표정으로 대답했다.

"루크 경. 전하께서는 지금 자리에 안 계십니다. 다음에 미리 연락을 주고 오시지요."

최소한 하루 전에는 미리 연락해야 한다. 알현 요청의 당연한 절차였다.

제례 전, 열흘 넘게 이어진 두 남자의 방문이 이례적이었다. 엄밀히 말해서 첫날을 제외하면 이튿날부터는 전날에 '내일 뵙겠다'라고 인사하며 돌아갔으므로 사전에 허락을 받은 셈이었다.

"안에 계신 걸 알고 있소."

조세프는 베스의 말을 믿지 않았다. 라드 후작이 없이는 만나고 싶지 않다는 건가, 혹은 안에서 후작과 단둘이 만나고 있는 것은 아닌가 의심스러웠다.

"정말입니다. 안에 계신 전하의 행방을 왜 속이겠습니까?"

정말 시에나는 자리를 비웠다. 온실 사용 허락을 받으려고 적왕궁에 갔다.

"그럼 날 들여보내 주시오. 정말 전하께서 안 계시는지 확인해 보겠소."

"주인이 안 계시는데 어찌 손님이 들어가겠다고 하십니까?"

"내가 그냥 손님이오? 난 그분의 약혼자요. 날 들여보내지 못하는 것을 보니 분명히 안에 계시는군!"

"루크 경. 억지 부리지 마십시오."

조세프가 몹시 언짢은 안색으로 베스를 노려보았다. 그동안 내내 베스가 라드 후작에게 호의적이었다고 느꼈다. 베스가 실제로 후작에게 호감을 드러낸 적은 없었다. 그런데 조세프의 입장에서는 자신의 편을 들어주지 않은 것만으로 충분히 편파적이었다.

'후작한테 뭔가를 받아 챙긴 게 틀림없어.'

만나는 사람마다 조세프에게 라드 후작의 안부를 물었다. 조세프는 요즘 상황이 몹시 짜증스러웠다.

"나를 막무가내인 사람으로 몰아붙이지 마시오. 백작부인이 무슨 자격으로 약혼녀를 만나겠다는 나를 막아서는 거요?"

베스가 입을 다물었다. 말이 통하지 않으니 설득할 방법이 없다. 그러지 않으려 해도 라드 후작과 비교하게 되었다.

후작은 공손한 태도로 꼬박꼬박 존칭을 썼다. 베스가 보기엔 후작보다 조세프가 잘났다고 으스댈 구석이 전혀 없었다. 은왕의 약혼자라는 점을 빼면 대체 뭐가 남는단 말인가.

"전하께서 안 계시는 동안 루크 경을 안으로 모셔도 좋다는 지시는 받지 않았습니다."

"이렇게 답답해서야. 사람이 융통성이 있어야지. 백작부인. 상황을 봐 가며 고집을 부리시오. 어서 전하께 말씀을 올려 주시오."

"안에 계시지 않는다고 말씀드렸습니다."

"그럼 정말 안 계시는지 확인시켜 달라는 거요."

같은 말을 반복하며 두 사람의 말씨름이 지루하게 이어졌다.

베스가 '적왕궁에 가셨다'라고 황녀를 거취를 명확히 말했다면 조세프는 납득했을 것이다. 무작정 없다고만 하니까 거짓말이라고 생각했다.

베스가 그만한 눈치가 없어서가 아니었다. 조세프가 초반에 순순히 물러갔다면 말해 줬을 것이다. 자꾸 옹고집을 부리니 얄미워서 말해 주기 싫었다.

"백작부인! 사람이 참!"

옥신각신하다가 조세프가 버럭 언성을 높였을 때였다.

"무슨 일인가."

조세프가 바깥문을 통해 들어오는 황녀를 보고 화들짝 놀랐다. 틀림없이 황녀가 안에 있다고 믿었던 조세프의 안색이 허옇게 탈색했다. 거짓말을 한 쪽은 황녀이므로 따져 물을 명분이 자신에게 있다고 생각했다가 날벼락이었다.

"루크 경. 왜 내 궁에서 소란을 피우는 거요?"

"전하. 그게……."

"백작부인."

"전하께서 자리에 안 계시다는 데도 루크 경이 안으로 들여보내 달라고 고집을 부려 난감하던 참이었습니다."

베스가 재빠르게 설명했다. 조세프가 미처 자신을 변호할 틈도 없었다. 시에나가 지그시 조세프를 응시했다. 할 말이 있으면 해 보라는 듯, 위압적인 시선이었다.

조세프는 기가 죽어 고개를 떨어뜨렸다. 배에서 겪었던 망신스러운 기억이 되살아났다. 그 일은 조세프에게 깊은 트라우마로 뿌리박혔다.

"루크 경. 적왕께서 그대의 신중하지 못한 모습을 알면 실망하실 거요."

"송구합니다. 전하."

식은땀이 삐질삐질 났다. 조세프도 자신이 왜 황녀의 약혼자로 선택되었는지 대충은 알았다. 적왕의 눈에 든 덕분이며 적왕의 마음이 바뀌면 약혼은 얼마든지 무위로 돌릴 수 있었다.

"가 보시오. 다음엔 연락 없이 오지 마시오."

"예. 전하."

조세프는 두말없이 물러갔다. 마치 도망치는 것 같았다. 시에나가 혀를 차며 안으로 들어갔다. 뒤따라 들어오는 베스에게 말했다.

"고생했소."

"아닙니다. 전하."

베스는 조금 전의 광경을 떠올리며 쓴웃음을 지었다.

'두 분 약혼을 이대로 진행하기에는 문제가 있겠어.'

부부란 함께 손잡고 인생을 개척해야 하는 동반자인데 두 사람의 관계는 너무 일방적이었다. 황녀는 마치 고압적인 상급자 같고 루크 경은 잔뜩 위축된 수하 같다.

아내의 눈을 쳐다보지 못하는 남편이라니. 제대로 된 부부라고 할 수 있을까. 아내에게 자격지심을 느끼는 남편은 밖으로 나돌 것이다. 남들이 보지 못할 곳에서 아내에게 언어적 물리적 폭력을 행사할지도 모른다.

'그렇다고 전하께 부군의 비위를 맞추라고 할 수는 없는 노릇이
니.'

황녀의 앞에 납작 엎드리면 차라리 낫지만, 귀족 자제들의 자존
심이 만만치 않았다. 그들도 어릴 때부터 떠받들어져 자랐다.

'전하 앞에서 당당한 사내를 찾는 것만도……'

그때 불현듯 떠오른 라드 후작의 얼굴 때문에 베스는 흠칫했다.
베스가 오묘한 표정으로 생각에 잠겼다.

*　　*　　*

"그게 무슨 소리냐!"

패트리샤가 날카롭게 소리쳤다. 놀란 온실 관리인이 고개를 더
수그렸다.

"누구 마음대로 온실에서 티파티를 연단 말이냐."

"하오나 적왕께서 허가증을 내주셨습니다."

"내가?"

"직접 주신 건 아니오나 은왕 전하께서 보내 주셨습니다."

패트리샤의 표정이 흔들렸다. 불과 며칠 전의 일이니 분명히 기
억했다.

"그랬지. 하지만 나는 은왕께서 사용하신다고 들었다."

"처음에는 은왕 전하께서 주최자로 존함을 올리셨는데 오늘 아
침, 자격을 양도하셨습니다."

패트리샤가 이를 꽉 악물었다.

"알았다. 자리가 파한 후 참석자 명단을 내게 가져오라."

"예. 적왕."

온실 관리인이 물러간 후 패트리샤는 손에 잡히는 대로 소파의 쿠션, 테이블 위의 꽃병 등 가리지 않고 내던졌다. 약이 바짝 오른 패트리샤의 얼굴이 시뻘겋게 달아올랐다.

"감히 내 온실에서."

패트리샤가 과민 반응하는 이유가 있었다. 그녀는 황실의 안주 인으로서 사교계의 여왕으로 군림했다. 욕심만큼 재능도 있었다. 그녀는 언제나 최고의 파티 호스트였다.

적왕이 된 후 황궁 내에서 열리는 모든 모임과 연회는 패트리샤 가 지휘했다. 오늘 그녀의 완벽한 기록에 오점이 생겼다. 다른 곳도 아닌 온실에서.

황제도 온실을 사용하려면 적왕의 허락을 구해야 한다. 패트리 샤는 자신의 권력을 상징하는 온실을 애지중지했다. 그곳에서 철 왕의 약혼자가 티파티를 주최하다니, 부득부득 이가 갈렸다.

고작 온실 한 번의 사용이 아니었다. 이면에 담긴 의미를 생각해야 한다. 말 많은 귀족들은 소소한 일에도 의미를 부여했다. 패트리샤의 온실 사용권을 비올렛이 물려받을 가능성을 두고 수군거릴 것이다.

"정말 이러실 겁니까. 황녀."

패트리샤가 노여움으로 부들부들 떠는 동안 시에나는 온실에 도 착했다. 베스도 함께였다.

온실 입구로 비올렛이 마중 나왔다.

비올렛이 두 손을 모아 쥐고 활짝 웃었다.

"전하. 와 주셔서 감사합니다. 이렇게 완벽하고 아름다운 장소를 사용할 수 있게 도와주셔서 감사드려요."

시에나는 비올렛의 목에 걸린 나무 조각을 보며 웃었다. 철왕은 결국 저걸 도로 가져가는 데 실패한 모양이다. 겉보기에는 순해 보이는 여자가 은근히 고집 있는 것 같았다.

"어서 오세요. 백작부인."

"초대 감사합니다."

"올 사람이 더 있소?"

"다 오셨습니다. 안에서 전하를 기다리고 있습니다."

"내가 지각했나 보군."

"아니에요. 전하께서는 정시에 맞추어 오셨는걸요. 다른 분들은 먼저 오는 게 맞습니다. 전하를 기다리게 할 수는 없지요."

그들은 안으로 들어갔다. 온실은 넓었다. 패트리샤는 매년 온실에서 규모가 큰 파티를 개최했다. 모든 귀부인들이 초대장을 받기를 고대하는 자리였다. 수백 명을 수용하는 넓은 온실을 열 명이 안 되는 인원이 쓰고 있으니 상당한 호사였다.

먼저 와 있던 사람들은 시에나가 나타나자 인사했다. 다 아는 얼굴이지만, 낯선 인물이 하나 있었다. 이국적인 생김새의 미인이었다. 제국의 귀족처럼 차려입은 드레스가 겉돌았다. 짙은 머리카락 색과 피부색으로 출신 지역을 짐작했다.

"전하. 이 숙녀분은 저와 함께 왔습니다."

메르제 백작부인이 소개했다.

"페로 연합국 국왕의 따님입니다. 공주님이지요. 이번 사신단 일행과 함께 오셨습니다. 파티마. 인사드리세요. 은왕 전하이십니다."

"말씀 많이 들었습니다. 은왕 전하. 직접 뵙고 인사드려 영광입니다."

파티마의 입에서 위화감이 없는 제국의 언어가 흘러나왔다.

"반갑소. 제국어에 능통하군."

"제국 출신의 스승님께 배웠습니다."

파티마의 외모는 제국의 전형적인 미적 기준에 맞지 않아도 색다른 매력이 있었다. 눈빛은 강하고 휘어 올라가서 안쪽으로 쏙 들어간 입술 끝이 요염했다. 단단하면서도 여성스러웠다.

"메르제 백작부인. 연합국의 공주를 어떤 인연으로 그대가 파티에 동행한 거요?"

"연합국의 사신단 중 몇 분을 저택으로 모셨습니다."

"그새? 대단하오. 백작가의 사교술은 가문의 비법이라고 해도 되겠소. 마음만 먹으면 사귀지 못할 사람이 없겠소."

"별말씀을요. 저희도 공략하지 못하는 상대가 있습니다."

"그게 누구요?"

"지금 제 눈앞에 계십니다."

"나?"

"전하께 얼마나 많은 초대장을 보냈는지 모릅니다. 한 번도 답을 안 주셨지요."

"그랬소?"

시에나가 가볍게 웃었다. 메르제 백작부인의 표정이 상기되었다. 오늘처럼 황녀와 길게 말을 섞은 적이 없었다. 사교성이 좋은 백작부인에게도 시에나 황녀는 높은 벽이었다.

초대를 받은 후 오늘 올지 말지 무척 고민했는데 오기를 잘한 것 같다. 몇 명 안 되는 참석자 모두가 최고의 화제 인물이었다.

"저기 후작님도 친해지기가 어렵습니다. 사교 모임에 전혀 얼굴을 내밀지 않으시더군요."

백작부인이 가리키는 방향에 라드 후작이 있었다. 후작과 철왕, 메르제 백작 세 남자가 대화 중이었다. 메르제 백작은 풍채가 좋은 호남이었다. 하지만 함께 있는 두 남자의 매력에 밀려나 존재감이 희미했다.

백작부인은 제 남편에게는 눈길도 주지 않고 두 미남자를 황홀하게 바라보았다. 백작부인이 흐뭇하게 보는 사이 자연스레 다른 여자들도 남자들을 바라보느라 대화가 끊겼다.

쿤이 침실에 몰래 들어왔다가 베스에게 들킨 그 날, 시에나는 그에게 말했다.

「앞으로는 침실에 들어오지 마. 내일부터 궁에 오는 것도 그만 두고.」

「오늘은 잘못했습니다. 그렇다고 출입 금지는 너무 가혹해요.」

「출입 금지가 아니야. 이런 식으로는 루크 경도 함께 만나야 하잖아. 그자를 매일 보고 싶지 않아.」

「아주 설득력 있는 이유로군요.」

쿤은 시에나의 대답이 만족스러운 눈치였다. 그리고 다음 날부터 오지 않았다. 며칠째 혼자 차를 마셨더니 홀가분한 한편으로 허전했다.

쿤이 단둘이 있을 때처럼 다른 사람들 앞에서도 스스럼없이 굴면어쩌지, 한때 염려했으나 이제는 아니었다. 그는 사람들 앞에서는 적당히 거리를 지켰다. 아주 깔끔해서 시에나는 간혹 기분이 묘했다.

'차라리 저 남자가 조금은 싫은 짓을 했으면 좋겠어.'

마음이 자꾸 그에게 기울었다. 기울다가 넘어질까 봐 시에나는 의식적으로 힘을 주어 버텼다. 버티지 못하는 날이 올 것 같아 걱정이다.

그녀는 고개를 돌리다가 멈칫했다. 잠시 시선 끝에 스쳐 지나간 파티마의 표정이 인상적이었다. 파티마는 주변을 아랑곳하지 않고 노골적인 시선으로 남자들을 응시했다.

'확실히 제국인은 아니군. 제국의 귀부인들은 저런 식으로 사람을 쳐다보지 않지.'

파티마의 눈빛에서는 기이한 열망마저 느껴졌다. 대체 누구를 보는 걸까.

오늘 동행한 백작부인의 남편은 아닐 테고, 약혼녀 비올렛이 이 자리에 함께 있으니 철왕도 아닐 것이다. 그러면 남는 사람은 하나였다.

'……쿤?'

그때 시에나의 머릿속에 꿈에서 들었던 대화가 재생했다.

「그대에게 연인이 있었다는 걸 우연히 들었소.」

시에나의 눈빛이 흔들렸다.

「사막에서 태어나 자란 여자입니다.」

시에나의 표정이 얼어붙었다. 파티마를 바라보던 그녀가 천천히 고개를 돌려 쿤을 보았다.

꿈에서 들은 정보는 고작 그것뿐. 그런데 사람의 예감이라는 게 참 이상하다.

'이 여자구나.'

확신이 들었다.

'두 사람은 앞으로 연인이 되는 걸까? 아니면 이미 서로에게 관심이 있을까?'

혹시 오늘 이 자리가 두 사람 인연의 계기가 되는 건 아닐까.

시에나는 파티마에 관해 알고 싶어졌다. 성격은 어떤지, 대화할 때의 표정과 말투는 어떤지. 가치관은? 지적 능력은?

호기심은 즐거움이었다. 궁금하면 탐구하고 싶고 이윽고 알아내면 희열을 느꼈다. 그런데 지금처럼 전혀 즐겁지 않은 호기심은 처음이었다. 파티마를 속속들이 파헤쳐 알아내고 싶은 만큼 외면하고 싶었다.

"파티마 공주."

파티마가 놀라 고개를 돌렸다가 미소 지었다.

"이름만 불러 주시면 됩니다. 전하."

"지내는 데 불편함은 없소? 백작부인이 손님을 불편하게 할 사람은 아니지만, 아무래도 낯선 환경일 테니 말이오."

"백작부인의 과분한 배려를 받고 있습니다. 제가 나고 자란 곳과 문화가 달라 재미있습니다. 하루하루가 즐겁습니다. 전하."

파티마의 짙은 밤색 눈동자가 반짝거렸다.

"그대의 제국어는 자연스럽소. 제국에서 나고 자란 사람이라고 해도 믿을 정도요."

"과찬이십니다. 사실 며칠 동안 백작부인의 도움으로 특훈을 받았습니다. 일상적인 대화는 문제없지만, 교양과 예절은 서툴러서요. 혹시 제가 실수하더라도 너그럽게 용서해 주서요. 전하."

대화를 길게 나누니 파티마의 발음은 약간 어색했다. 그런데 그런 점이 오히려 매력 있었다.

"문화가 다르다? 뭐가 그렇게 다르오?"

"모두가 다릅니다. 신분 체계만 해도 그렇습니다. 저를 왕의 딸이라고 소개하면 다들 공주님이라고 합니다. 하지만 저희는 공주라는 지위가 없습니다. 저는 군장의 딸이었고 제 부친께서 왕이 되셨을 뿐입니다."

"차차 체계를 만들어 가게 될 거요. 나라를 세웠으니 걸맞은 구조가 필요한 법이지."

"아, 그렇군요. 전하 말씀이 지당하십니다. 그럼 저를 공주라고 소개해도 되는 겁니까?"

"아무도 문제 삼지 않을 거요."

파티마는 제국의 귀부인들과 달랐다. 과도한 예를 차리지 않았고 시에나의 눈을 바라보며 편안하게 대화를 나눴다.

제국 귀족들의 기준으로는 약간 무례한 정도지만, 시에나는 자신을 어려워하지 않는 상대와 대화하는 기분이 꽤 괜찮았다.

"군장이라는 신분은 제국의 공작과 비슷하오?"

신목의 가지 수여식 날, 쿤이 연합국에서 군장으로 대우받는다고 들었다.

"군장은 우두머리입니다. 아버지한테 물려받는 것만으로 되는 자리가 아니라 부족의 인정을 받아야 합니다. 오직 군장만 왕이 될 수 있으므로 굳이 비교하자면 왕족과 비슷하겠습니다."

"그럼 라드 후작도 왕이 될 수 있소?"

"예."

파티마의 볼에 홍조가 떠올랐다. 그녀가 후작에게 품은 강한 호감이 느껴졌다.

"그분은 자격이 있습니다. 그분이 외지인이라는 점은 걸림돌입니다만……. 만약 사막의 여인을 아내로 들이시면 그분이 왕권에 도전하시는 데 누구도 이견이 없을 겁니다."

시에나의 기분이 가라앉았다. 돌을 매단 것처럼 가슴이 묵직했다.

"재미난 이야기를 나누시나 봅니다."

디안의 목소리가 끼어들었다.

세 남자가 여인들에게 다가왔다.

"아니, 왜 우리가 오니까 말이 끊겨요?"

"세 신사분께서는 남자들만의 대화를 더 하시지 않고요."

메르제 백작부인이 약간 비꼬았다.

"아, 미안합니다."

디안이 멋쩍은 웃음을 지었다.

"별 이야기는 아니었는데. 메르제 백작이 좋은 와인……."

메르제 백작이 갑자기 커흠, 헛기침했다. 백작부인이 세모눈이
되었다.

"와인이요? 여보. 저 모르게 또 와인을 샀어요?"

"아니, 그게 한정판이라……."

"대체 이번엔 얼마짜리예욧!"

백작의 흔들리는 눈이 허공을 배회했다. 디안은 잠시 마주친 백
작의 눈빛에서 원망을 읽었다.

"말하면 곤란한 일인지 몰랐소. 미안하게 됐소."

"전하. 이 은혜는 훗날 꼭 갚겠습니다."

백작이 음울하게 중얼거리며 디안과 비올렛을 번갈아 보았다.

"내 약혼녀는 왜 보는 거요?"

"별다른 뜻은 없습니다."

"방금 불순한 의도를 느꼈소."

"예민하십니다. 전하."

"비올렛. 백작이 훗날 나에 대해 무슨 말을 하더라도 절대 믿지
마시오."

비올렛이 순진한 표정으로 싱긋 웃었다.

"예. 속단하지 않을게요. 메르제 백작부인이 제 조언자가 되어
준다고 하셨어요."

"……."

디안의 괴상한 표정이 사람들의 웃음을 이끌었다.

분위기가 유쾌했다. 시에나는 그 속에 좀처럼 섞여 들지 못했다.

그녀의 무표정이 주변인들에게 익숙해서 억지로 웃지 않아도 되는 건 다행이었다. 시에나의 표정만으로 그녀의 기분을 추측하는 사람은 없었다.

'이미 두 사람 사이에 내가 모르는 일이 있어.'

쿤은 사막에서 공을 세웠다. 파티마는 연합국 왕의 딸이다. 오늘이 두 사람의 첫 만남일 리가 없다.

시에나는 수시로 파티마를 곁눈질했다. 가장 말수가 많은 백작 부인이 자연스레 대화를 주도했고 곁에서 파티마는 곧잘 맞장구쳤다.

'사막의 여자는 다 저런가?'

용감한 아가씨였다. 사람도 환경도 낯설 텐데 파티마는 전혀 주눅 든 기색이 없었다. 모르는 주제가 나오면 주저 없이 그게 뭐냐고 물었다. 그리고 간혹 갈망하는 시선으로 라드 후작을 바라보았다.

기분이 나빴다.

저 남자를 그런 눈으로 보지 말라고 말하고 싶었다.

'내가 참견할 권리는 없지.'

시에나는 논리적으로 자신의 기분을 설명할 수 없었다. 그래서 더 불쾌했다.

파티마는 자신을 흘끔거리는 시에나의 시선을 알아차리지 못했다. 그녀가 오롯이 정신을 빼앗긴 상대는 따로 있었다.

조심하려고 했으나 자신도 모르는 사이에 라드 후작을 넋 놓고 보고 있었다. 오죽했으면 메르제 백작부인이 슬그머니 팔을 건드려 일깨웠다.

하지만 파티마는 부끄럽지 않았다. 사막에서 여자의 적극적인 애정 표현은 흠이 아니었다.

'저분뿐이야.'

수개월 전, 파티마는 수행원들과 사막을 지나다가 사막귀 무리의 공격을 받았다. 다 죽을 절체절명의 위기에 처했다. 다행히 늦지 않게 전사들이 칼리고 용병들과 함께 그녀를 구하러 달려왔다.

그날 파티마는 목숨을 구명 받았고 어둠처럼 까만 머리카락을 가진 이국적인 외모의 사내에게 심장을 빼앗겼다. 사내가 괴물을 사냥하는 무시무시한 광경은 사막의 노을보다 아름다웠다. 그날부터 파티마의 가슴앓이가 시작되었다.

'저분만이 진정한 사막의 통일을 이룰 수 있어.'

파티마는 머리가 좋았다. 야망도 컸다. 하지만 여자라는 이유만으로 인정받지 못했다. 멍청한 오빠들은 그저 남자이기 때문에 군장이 되었다.

사막의 가장 강대한 부족 셋이 연합국을 세웠으나 그게 전부가 아니었다. 사막에 흩어져 사는 부족은 헤아릴 수 없이 많았다. 그들을 모두 지배해야 진정한 사막의 통일이라고 할 것이다.

사막의 저력은 대단하다. 괴물과 싸워 강자만 살아남았다.

모두가 전사였다. 사막이 하나가 될 수 있다면 강력한 힘이 제국 못지않다고, 파티마는 생각했다.

그녀는 사막의 주인이 되고 싶었다.

어차피 정략혼의 제물이 될 바에는 자신의 야망을 함께 이룰 남자를 고를 생각이었다.

'저분이라면 아버지도 흡족하게 허락하실 거야.'

사막 부족은 능력만 있으면 아들과 사위를 차별하지 않았다.

파티마의 시선을 의식할 법한데도 라드 후작과 한 번도 눈이 마주치지 않았다. 유심히 그를 보던 파티마는 후작이 틈만 나면 눈길을 주는 대상이 있다는 것을 알아차렸다.

'은왕?'

은왕을 볼 때 후작의 시선이 유난히 길게 머물렀다.

라드 후작은 미혼이고 아직 특정한 상대도 없다고 들었다. 파티마는 당혹스러웠다.

'사내는 아름다움에 현혹되지.'

자신의 미모에 적잖이 자부심이 있었다. 그러나 은왕과 경쟁할 자신은 없다.

시에나 황녀를 처음 봤을 때 오히려 소문이 약하다고 생각했다.

완벽했다.

황녀는 사람이 지닐 수 있는 미의 정점에 있었다. 투명하도록 흰 피부, 큰 키, 몸에 밴 기품에는 위엄이 깃들었다. 모두 파티마는 가질 수 없는 것들이었다.

초조해진 파티마가 입술을 꼭 물었다.

'쿤 님의 일방적인 감정인가?'

생각지 못한 장애물이 등장했다.

'가만. 은왕은 약혼했다고 하지 않았나?'

"……라는데 파티마의 생각은 어때요?"

메르제 백작부인이 동의를 구했다.

생각에 빠져 무슨 내용인지 듣지 못했다. 파티마는 귀 기울여 들은 척 천연덕스레 고개를 끄덕였다.

"예. 제 생각도 그래요."

정보를 얻어야겠다. 다행히 소문에 정통한 사람이 곁에 있었다. 파티마는 메르제 백작부인을 보며 미소지었다.

〈다음 권에서 계속〉